フライパンの歌・風部落

TsutOmu MiZukaMi

水上勉

P+D BOOKS
小学館

目次

フライパンの歌

風部落

フライパンの歌

序文

谷崎精二の「葛西善藏《かさいぜんざう》・人および藝術」といふ文章のなかに、「作品を生むために何の下調べや道具立てを要しなかつた人——さういふ意味でも彼（葛西のこと）の存在は日本の小説壇で際立《きはだ》つてゐる。二つの椅子と人物とを與へれば、それだけでドラマを書いてみせる、と、ストリンドベルヒは云つたさうであるが、小説作家としての葛西善藏の立ち場がそれである。うすぎたない下宿の四疊半で、窓の下が五月の日光にゆらぐ椎の若葉を眺めただけで、彼には立派な作品が書けた」といふ一節がある。

この谷崎の言葉をもぢつていふと、この『フライパンの歌』の作者も、たいてい、『屋根裏部屋』を舞臺にして、人物も、主人公の安田と、その妻の民江と、ときどき、赤ん坊のユキエ、——と、この三人だけをつかつて、この本にをさめられてゐるいくつかの、小説を、書いてゐる。さうして、かういふ『くみたて』が、葛西の小説と、いくらか似てゐるところがある、といへるかもしれない。そのうへ、葛西の小説に『詩』があるやうに、これらの小説にも『詩』がある。かういふところも、この二人の作家の小説には、いくらか、共通してゐるところがある。それから、葛西の作品のなかに、諧謔《かいぎやく》味《み》があるやうに、これらの小説のなかにも、その『味』

はまつたくちがふけれど、やはり、諧謔味のやうなものがある。

しかし、いふまでもなく、葛西の作品には、ふたたび、谷崎精二の言葉をかりると、「多くの讀者に面《おもて》をそむけしむる」やうな、苛烈味《かれつみ》があり、苦悶があるが、この作者の小說には、さういふ『味』はまつたくないけれど、そのかはり『餘裕』のやうなものがあり、くるしい生活があつかはれてゐながら、あかるいやうなところが感じられる。

この本は、いくつもの短篇があつまつて長篇小說をなしてゐるが、この作品だけでいへば、この作者は、いはゆる短篇小說の「こつ」のやうなものを知つてゐるので、どの作品も、こぢんまりとまとまつてゐて、心にくいほど、『うまい』ところがある。それから、なんともいへぬ『おもしろ』味があるけれど、『かる』すぎるやうなところもある。

それから、ほめていふと、今のいはゆる新進作家の作品のほとんど大部分は、讀むのにたいへん骨がをれるうへに、くらくて、おもくるしいのにくらべると、この作者の小說は、讀みやすくて、くらいなかにも、あかるい感じがする。

それから、缺點をいへば、作者が、『いい氣』になつて、書いてゐるところと、ところどころ、作品のなかで、主人公と作者自身を一しよにしたり、作者の、理窟をいつたり、感想をのべたり、するところである。

それから、欲をいへば、せつかく、終戰のときから書きはじめ、終戰後の都會の庶民生活を題材にしながら、主人公とその周圍の生活を書くことだけに力をいれて、終戰後の都會の『ありさま』を書きたりなかつたところが、讀者としての私に、不滿である。
さいごに、終戰後にあらはれた數すくなくない作品の多くが、前にのべたやうに、くら過ぎ、おもくるし過ぎるなかで、この本のなかにをさめられてゐる小說が、その反對にちかいのが、めづらしい。しかしまた、ぜんたいに、新鮮味が感じられないのと、いはゆる『あたらしみ』がないのとが缺點といへば、缺點であらう。

宇野浩二

昭和二十三年六月二十八日

第一章　屋根裏部屋

瓦を割るような爆音がしたと思うと、一機の飛行機がみるみる大空にまい上り、鳥のように消えていった。チカッと陽《ひ》に光った機体の頭部が嘴《くちばし》のような鋭さで眼《め》に突きささった。地上は焼け跡で、家といっても小さなバラックしか建っていない。おそらく上空から俯瞰《ふかん》してみても、ゴミゴミした瓦礫《がれき》と青草の原っぱに映ることだろう。うすら寒い東京の秋空に、翼をかたむけて飛翔してゆくアメリカの一機を、ふと、鳥だと安田は思った。

空が輝いて見えたのは通りが暗いせいで、じいっと飛行機を見ていると、安田保吉は寒気をおぼえた。ひどい風であった。

そうだ。もう冬が迫っているのだ。

高い銭湯の煙突はうす灰色の煙を吐いていた。煙は風にちぎれて綿《わた》ぼこりのようになって空に吸われていた。

東京へ来てから、はやふた月たつ——そんな感慨が、歩いている安田の胸を領した。教えられた「三徳湯」という銭湯は、あの煙突なのかもしれないと思い、歩いていくと、須田町の方へ近づくにしたがい、やはり字が読めた。銭湯のある通りが「一八通《いっぱち》り」である。そこを曲れば目的の工場があるはずだった。ふりかえると民江は眠っているユキエの頭に、ねんねこをひきあげていた。

通りを折れると工場はすぐわかった。工場はトタン葺《ぶ》きの低い小さなものだった。封筒をつくる工場なのである。それはわかっていたけれど予想がしだいにはずれる気がした。

「低い工場じゃないか」

安田がふりむくと、民江はがっかりしたような顔で、

「ほんとねエ、これで二階があるのかしら！」

と、またねんねこをひきあげた。

安田は持っていた荷物を民江の足もとへ置くと、

「ちょっと、行ってくる」

工場の四軒向うが三木の家だときいていたので、向い風に帽子を取られないようにして安田は走っていった。

三木は留守だった。エプロンをかけた上《かみ》さんが出てきて、「お話はきいてましたさかいに案内しまっさ」と関西弁でいった。上さんは台所下駄をつっかけたが、また戻ると工場の鍵らしいものを持ち、先に玄関を出た。通りに佇《たちど》っている民江がちいさく見えた。軒に触れるほど接近している電信柱で、民江は風をよけていた。どこかでトタンが鳴った。上さんが、

「ひどい風どすなあ」

といったが、安田はだまって民江に手で合図した。民江は風呂敷包みを両手に下げると、蹴《け》出《だ》しの出る、裾を気にしいしい歩いてきた。上さんは鍵をあけ、先に工場の中へ入って、

「さあ、お入りやす」

安田は民江の荷を受けとると、

「はいれよ」

と民江を先に入れて、自分はまだ外に立っていた。すると上さんが、

「奥さんどしたのかあ」

と、民江に丁寧に頭を下げた。

「寒おすなあ、今日は、えらい御苦労はんなこって……」

民江は、愛想のよい上さんなので、挨拶の言葉も忘れたみたいに笑って立っている。

「さあ、ほんなまあ上ってみとくれやすな」

機械のあいだを通ると板の間《ま》があった。板の間から階段がついていた、段の数は五段ほどしかなかったが踏むとギイギイ音がした。

二階といっても変な二階だった。屋根裏の三角の所に板を張って畳を敷いただけのものである。「中二階」というのより、もっと低いものに思われた。安田はこういう部屋を、何というのか名前を知らなかった。「ひさし部屋」というのかもしれない、とあとで思った。暗かった。松かなんぞの樹肌《きはだ》の出た梁《はり》が手の届く所を十文字に交錯していた。トタンの釘穴から入って

くる光線がわかった。その穴は星のように見えないこともなかった。

窓は一つだけ西側の壁についていた。安田はあけようと思って寄っていくと、屋根板で頭を打ちつけ、手が届かなかった。腹ばいになってあけるしか方法がないらしかった。三尺ほどの一方窓である。ガラスはくもっていて、蜘蛛《くも》の巣がはっている……。

安田はまったく失望した。民江はどんな顔をしているだろうと、ふりむくと、何か上さんと話していたが、

「あら、いいところねエ――」

といい、持ってきたユキエのおむつ袋を下ろし、ぺたりと坐《すわ》りこんでいる。

安田は家賃はいらない、と社長のいった理由がわかるように思えた。これでは取る方もいくら取っていいかわからぬだろうと思われた。とにかく、この屋根裏が新居なのである。

三木がこの二階を安田に貸す気になったのは、取引先の封筒が積んであるので、盗難を防止するためということであった。それに昨今では工場の女工たちが、月給値上を三木に申請していて、三木がそれを出ししぶっているところから、製品の封筒を一束ずつチョロマカして、闇市の文具屋へ流しているということであった。で、つまり三木は、安田を倉庫番にたのんだのである。このことは三木からじかにきかなかったが、安田は社長からきいていた。「三木は俺の友人なんだ」といってから、「なに権利金も家賃もいりゃしないんだ」と社長は倉庫番云々《うんぬん》

を説明したのである。安田は北千住の三世帯も一緒に住んでいた菊本の家のことを思うと、どこだっていい、屋根裏だって一世帯だからと気もはずんだのだった。それがいま、穴のあいた風船のようにしぼむのを意識した。天井の星を見ながら安田は、自分では辛抱するとしても、民江やユキエが辛抱できまい、と思った。部屋のまん中に坐った民江を盗み見すると、民江はあいかわらず、にこにこして上さんにいっていた。

「ほんとにいいところですわねエ、あら、奥さん、あんな窓がついていますわ」

上さんはエプロンの端を指にまるめて、民江とも安田にともつかぬふうに、

「もうちょっと、大きな窓やとよろしおますのやけど……、ほんまに汚いところですんまへんなあ……」

といった。

「いいえ、そんなこと、あたしたち、千住のほうで三世帯も一緒だったんですのよ。それにくらべれば一世帯ですもの、ほんとにうれしいですわ」

「そやけど奥さん、工場になってますさかいなあ、今日はまあ休みやからよろしおますけど、これでなかなか毎日やかましおますのや、いまあがって来やはりましたやろ、あの板の間のところが『貼り子部屋』いうて、女工はんが手貼りするところどすのや。それから、土間の方に機械がおましたやろ、あれが製袋機《せいたいき》いうて、大きな音をたてますのや。まんだそのほかに、エキセンやらパンチいうてなあ、ごっとんごっとん大きな音をたてます機械がおまして、家ン中

をゆすぶりますのやでェ……」

というと、上さんは眼を丸くして、人の好さそうな口元をとがらせて、大仰《おおぎょう》な表情をしてみせた。民江はあいかわらずにこにこしていて、

「いいえ、あたしどんな音がしたって辛抱しますわ。だって、ぜいたくなんぞいっていたら、きりがございませんもの……」

背中のユキエのねんねこをとろうとすると、上さんは、「あら、かあいい赤ちゃんやこと」といって、ユキエを抱きに、うしろへまわった。

安田は二人の会話をききながら、窓ぎわに腹ばいになってガラスに顔をおっつけていた。安田の眼には、焼けのこった町の一角と、丸の内まで見える野原がうつっていた。

無惨な爆撃の跡はつい三月前のくすぶっている硝煙《しょうえん》の匂いと、遠空にとどろく爆音が、まだ残っているような、風景に思われた。半倒れになってくずれている家や、土台石だけ残して吹飛んでいる家の焼柱やが、赤さびた鉄筋の骸骨にまじってまばらに見えた。瓦礫や鉄屑の積まれた所には黒い金庫のようなものが残っていた。所々に緑色の草の生えているのも見られた。風はひどくなったらしく、草は倒れて、砂塵《さじん》がまき起って、天の色は濃灰色に見えた。

先ほどの飛行機がまた、降下してくるのか、激しい爆音がきこえた。

夕方になると、ここは北千住とはちがって喧《やかま》しかった。省線と市（今の都電）電と自動車の通る音だった。付近の道路であそぶ子供の声などもして騒がしかった。しかし夜に入ると、省

線の時々通る音しかしなかった。昼が騒々しいだけに、静かだと思われた。

夕方ちかくに運送屋の荷物が届いたので、階段の上りはなを炊事場と靴脱ぎ場にした。あとの畳四畳の分を寝る場所にきめた。親子三人蒲団を敷くと、それでもう部屋はいっぱいになった。枕もとに炭箱や靴箱がならんだ。

寝ころんでみると、視線の向く方に西側の窓が位置していた。月夜なので白い光線が入ってきた。下駄箱の上とそれに乗せた蜜柑箱《みかんばこ》に壺のようなかたちに光りがあたった。その壺を見ていると、雲が出たものか、すうーッとうすくなった。しばらくそれを見ていると、光りは濃くなったり、うすくなったりし、ほどたってまっ暗になってしまった。

夜《よ》がふけると風がやんだもようである。しかし階段の口には戸がないので、つつ抜けの風がふいていた。ユキエは泣かずに寝た。民江も横になるとすぐ寝ついたらしかった。安田はながく起きていて、三時半ごろ眼をつむった。明日《あした》からは満員電車に乗らずに出社できると思った。

安田の勤めている出版社は終戦後にできたもので、本郷の帝大前の普通の家が事務所になっていた。

もともと経営者の久能は、終戦のどさくさに軍のミシンを手に入れて、少し儲《もう》けた金を預金封鎖を察知して流動しておかねばならぬ必要から、そのころ雨後《うご》の筍《たけのこ》みたいに名乗りをあげだした群小出版に刺戟《しげき》され、自分も仕事をはじめたものである。表向きは、合資会社という名目であったけれど、内容は久能個人の投資で、その旗じるしも、出版文化の再建などと、いかめしい題目をとなえていたが、腹では一儲けしようとたくらんだ連中にほかならぬ。

久能は、自宅の玄関横の応接間を事務室にして、そこへ五脚ほどの机と椅子をならべ、編《へん》輯《しゅう》と営業の二つを押し込み、奥の離れに起居して、七人の社員を指図《さしず》していた。年齢はすでに五十ちかく、ただ商才にたけているというだけの、いわば小商人上りの男である。大柄な身体《からだ》つきと、人をそらさぬ愛想のよい眼をもった下《しも》ぶくれの顔と、漫談家のような感じのする、せまい額《ひたい》をもっていた。仕事のこととなるとその顔相がにわかに容色を変え、眼などもけわしくなるという人物であった。この久能が安田に神田の屋根裏を紹介したのである。

安田が、こんな出版社に、職を得たのはほかでもなかった。上京早々に、生活費に窮したためで、北千住の友人の菊本が、たまたま久能と懇意であった上に、土曜書店の創立も、菊本の息がかかっていたというより、成立の大半は、菊本の相談によってなっていた。ところが菊本は書店の創立の骨子《こっし》が出来上ると、自分は、業界新聞に職を得ている都合上、書店へ出勤するわけにいかないので、このポストをちょうど上京して菊本の家に入り込んだ安田に委《ゆだ》ねたわけである。あそんでいた安田にはこの就職は絶好といえた。安田は菊本の推薦ですぐに書店から発行される「再建文学」の編輯長になった。出版について全然無智というべき久能は、仕事はミシンの部分品販売しか知らぬ男で、はじめに文芸物を出すべきか、それとも手固い政治や哲学書を出すべきか、あるいは理工学書を出すべきか、などということには、もうとう意見はなかった。最初から菊本まかせで菊本が安田と同じように小説家志望で、戦争以前には小説の二、三も発表して先輩作家の二、三とも面識があり、出版方面の仕事をするとなれば文学の方面にしか智慧《ちえ》がなかったせいであろう。菊本の発案で「土曜書店」という、菊本にいわすと、「のんびりしていて、純粋的な書店名」がつけられ、出す本も文芸物一本槍でいこうということになっていた。雑誌を発行することが、社の宣伝になるという、これははでずきな久能の力説で「再建文学」が計画されたのであった。

当時、菊本と久能が、書店の成立と雑誌発刊の目的を刷り物にして、文壇関係や、ジャーナリズムに配布した文章の一部をうつしてみると、二人《ふたり》の意気込んでいるありさまが髣髴《ほうふつ》とする。それは、

屈辱の言論統制の闇は明け、いまや日本の出版界は、個性を充分に発揮し得る時機が到来しました。吾人《ごじん》はここに、合資会社「土曜書店」を創立し、主として文芸出版に微力をそそぎ、文芸雑誌「再建文学」の発行を企てるものであります。ややもすれば、偏狭《へんきょう》なるジャーナリズムの波に踊らされ、醜体を演じたる過去の文学は、今や地下に没し去られんとし……(中略)吾人はこの醜体を演じたる過去と訣別《けつべつ》してあくまでも純粋芸術の孤城を死守せんとするものであります。よってその誌名も「再建文学」といたし……云々

というようなもので、菊本たちの、いわば鼻息の荒い出発はともかく、そのあとに入社した安田は、仕事には熱情をおぼえた。それは「屈辱の言論統制の闇が明けた」という時勢の興奮が、いくらか安田にもあったためにほかならない。

戦争以前といっても、昭和十五年の春、大学の文科を中退した安田保吉は、新聞社に職を得たけれど、その後出版社にうつると、雑誌社、出版社を転々する身になった。いわば本や雑誌の編輯が安田の社会生活の大半となった。文学をやりたいという安田の方針が、自分の趣味ととけ合い、手ぢかな編輯の仕事に馴《な》れていったものと思われる。

安田は肝腎《かんじん》の小説勉強を四分にして、あとの六分は文芸出版者としての理想に胸を燃やした。

戦争中はいうまでもなく、いつの時代においても、ジャーナリズムというものは、はなはだ軽薄なものだと安田は思っていた。編輯者たちには何らの個性的な信念はない。ただ世間を驚かせるものを追いまわすことが新しいとなされ、それがまた彼らの大半の仕事であることに反《はん》撥《ぱつ》をおぼえてもいた。

考えてみると、編輯者たちは、考えちがいをしているようにも思われた。自己を研《と》ぎ澄ますしか方法のない世界は、ここだって変りはあるまい。いかに生くべきかの問題をまさぐらねばならぬのに、多くの人たちは、何を引っ下げて愚劣なる社会と対決しているのであるか、わからなかった。

戦争中は、好戦的な軍部の方針に、全く沈黙せねばならなかった事実と、それに、ある腰の強さを示して、誠実なたたかいをした二、三の上役の下で、安田は職を得ることのなかった自分を、不幸と感じるほかなかった。だから、いくども出版社を転々としたのだけれど、しまいに厭気《いやき》がさして、戦争の深刻化とともに東京を捨てたのである。

そこぼくの小資本で、おまけに社長の久能甚三は、出版には素人《しろうと》である。資本の多い他社や、堅実な上長を戴く社にくらべて、安田は土曜書店の卑小性を省みないわけにはいかなかったけれど、それは何らの失望をあたえなかった。そのころは生産工程の見透しも、素人的に計算して、久能の出資すると約した二十万円で、けっこう一冊の雑誌は経営できる確信があったし、肩にかけられている重みは、かえってこの場合、悲壮な情熱をかり立てた。

給料三百円という、当時としては、冷遇の部類へ入る待遇にも、安田は心からあまんじたのであった。

世話をしてくれた菊本が、久能の性格や、資本のことについて説明したあとで、

「まあ、つとまるか、つとまらないか、仕事としてはおもしろいことは確かなんだ。君にはもってこいの仕事だと思うよ。ひとつやってみて、あばれてみないか。もっとも君はいちばい正義派なんだし、久能は汚なすぎる商人なんだ。この点、馬があうかあわないか、それが気になるけれどね……」

といい、なかば悲観的に安田の答えを求めたのに、安田は、

「なあに、俺はべつに正義派でも何でもありゃしない。けれどそいつは百も承知だよ。馴れているよ。資本家という奴は儲けが先決なんだろ、儲けさしてやるさ。事実、出版界は今日の場合だけ、純粋なものとその商業的な満足とが、両立できる可能性にあるんだ。もっとも、時間がたってくるとわからないけれども、とにかく、今の場合、俺の方針でいけば資本家を側面的に驚喜させることは可能だね、自信があるよ」

「それはよくわかるが、久能が僕らの思っているように、資本関係や、印刷屋の方をうまくやってくれるかという問題だ」

「二十万円出すことに決定しているんじゃないのか」

「しているんだけれども、印刷屋さ」

「久能さんの話によれば、たいへん心やすい印刷屋があって、何でも紙もちで刷ってくれるという話じゃないのか」

「まあ、そうはきいているんだがね」

「とにかく、最初の出版物に二十万円もかかりはしないんだ。印刷も、雑誌一冊ぐらい何とかなると思うしね、希望的に観測しなくっても、第一回の出版はできるよ」

いまだに、他の出版社はかけ声ばかりで、現実は四六判《しろくばん》六十四ページの、うすいパンフレットみたいな、その場かせぎの刊行物しか出していなかった。そして、一般読書界は、灰燼《かいじん》の中で、皆無といっていい書物に飢えていたのである。

安田はこの虚をついて、まとまった二百ページぐらいの本を出す仕事をすれば、必ず何だって世評を浴びることができ、儲かると信じた。

こういう仕事の野心が、せまい製袋工場の二階のごみごみした生活を耐えさしたのであろう。引っ越してきて十日ほどした日の朝。民江が窓べりの壁に背中をもたせかけ、ユキエに乳を頰《ほお》張《ば》らせていたが、

「ねえ、何とかならないかしら、その穴のところ……」

と、あごで階段をしゃくったのである。安田は、

「穴ってなんだね？」

とたずねると、

「ユキエが落っこちるの……」

と民江は顔を半泣きみたいな渋面《じゅうめん》にした。

屋根裏は封筒を積んだ倉庫と、階段で仕切りになり、その階段口には戸がなかったのである。民江のいうとおり、それはこの部屋の「穴」みたいに陣取っているのだった。大人の安田や民江は気をつけて上り下りすればよかったが、そのころにようよう這《は》い歩きをおぼえ出したユキエが、「穴」から「貼り子部屋」へ転落するおそれがあった。炊事場が階下の、女工さんたちの洗面場になっていて、そこまでいちいち下りていかねばならぬ民江にとって、ユキエを二階

に放っておくことはしばしばであったので、「穴」は民江に恐怖となって迫ったらしい。

「せめて、手擦りかなんぞあるといいけど、これじゃ、あなただって、お酒を呑んだりしてくると落っこちるわよ……」

いつの日であったか、民江が階下へおりて、薩摩芋を洗っていたら、寝かしつけておいたユキエが断裁機の音で眼をさまし、目まぐるしい「貼り子部屋」の板の間の見える階段口へ、這ってきて、一段目の階段の板に両手をつき、今にも落ちそうな恰好《かっこう》で、無心に笑っていた。

「女工さんのみちのさんに教えられて、あたし飛んできたけど、ユキエのその時の笑い顔を見てたら気絶しそうになったわ、どうぞ階段口まで、あたしの手がとどくまで、神様、ユキエを落っことさないで……、ほんとに、あたし神様に拝んだのよ……」

眼をつむって、そのときの模様を説明する民江は、ユキエが呑んでいる乳房をブチッとつき放して、窓べりから安田の方へいざり寄った。

「ねえ、だからさア、何とかならないものかしら、あの穴……」

安田はその時、「再建文学」の初校の出る日を頭の中でかぞえていたので、つっけんどんにこたえた。

「馬鹿な、這いはじめの赤ん坊は、どこにいたってあぶないんだ。放っておく母親のほうがどうかしてるよ……」

そういうと、安田は朝飯もたべずに、出勤の仕度にとりかかったのである。

安田が出ていくと、間もなく、工員たちの出勤してくる足音がし、時計が九時を打った。するとけたたましい電気ベルが、ちょうど階段の下の方の、天井裏にとりつけてあるので、割れるように響きわたった。それが、屋根裏の板につきあたり、せまい屋根裏を二分間ほど鳴りつづけた。民江はその音で、ユキエの耳の膜が破れはしないかと惧《おそ》れたので工員の足音がすると必ず、ユキエを抱いて、拇指《おやゆび》と人さし指とで、赤ん坊の両耳をふさぐのである。

ベルが鳴り終ると、まず男工たちの製袋機が動きはじめる。川原の砂利と小砂を分離するようなバラバラという変な音がし、それから、たくさんの紙を一束にまとめ、切断する断裁機の音がごっとん、ごっとんと、これは二階の床をゆすぶった。エキセンの音、パンチの音、ベルトのひんひんと泣く廻転、その機械の音にまじって、八人の女工たちが、手貼りをするために、机をたたく音、封筒の糊さばきをする音、仕上げの百枚束を積み重ねる音、そしてそれらは、手先だけの仕事であるために、間断なくかわされる女たちのお喋り。流行歌をうたう声――

なるほど、これは、最初の日引っ越してきた時、三木の上さんが気の毒だと説明したとおりであった。この騒音になれることは、なかなかだと民江は思った。当分外へ出て、散歩ばかりしていなければなるまいと、やおらユキエをおんぶし、西側のはめこみ窓から天候を判断して電車道へでも出ようと、それが毎日のことゆえ、厭《あ》きていたけれど、下りていくのである。

外へ出ると、民江はきまったように「三徳湯」の角から一八《いっぱち》通りへ出た。何でもこの通りは、昔、一と八の日に縁日があったのだそうだが、その縁日のお大師さまが、焼け跡のまん中に、石の門だけ残してたっていた。その方へぶらぶら歩くのである。工場から出てきた民江には、町は海のように静かに思えた。

——こういう民江の日課は、夜になって民江の報告で、安田にわかった。

「今日は小川町から御茶の水まで歩いたわ。何もかも辛抱だと思って、じっとがまんしてるけど、泣けてくる時があるの、そしてその涙をこらえて、眼をつむっていると、あたしには山の分教場の、あのお部屋がうかんでくるの。やっぱり東京へ出ようとあの時は山の生活がつらくて厭だったけど、こんな屋根裏に住まおうとは思わなかったわ。考えると憂鬱になるわ。あの山の上で、あなたは先生といわれて、あたしは先生の奥さんで、生徒のもんぺのほつれなど縫っていたほうが、どれだけよかったか知れやしない、このごろつくづく思うのよ、あたし」

民江は眼をほそめ、真実、昔の生活を思うように感慨をもらした。山の分教場というのは安田が疎開中に勤めていた日本海辺の村にあった。安田は民江の眼を見ている勇気がなかった。で、横をむくと、

「なにいっているんだ。もう少しの辛抱だアな。いまに見ていろ、本屋のほうも発展してくるし、その時は、社長にたのんで、少しまとまった金を借り、権利金を払って、ちゃんとした家を借りるようにするさ」

しかし、これは、あくまで安田の希望的な観測であって、民江には夢のようにしか思われなかった。民江にしてみれば、月三百円という現在の給料では、しだいに昂騰《こうとう》してくる物価の波

をくぐって、暮していく心細さが思われた。

「だって、三百円じゃ、あなたどうにもならないわよ、そりゃあなたは仕事の情熱があって、おもしろいだろうけれど、あたしは着物ももうたんとないし、心細いわ……」

安田は両手を組み、立てた膝坊主を抱きながら、冬ちかい風をうけていた。

「まあ、かなしいことばかりならべるな。ふふふふ」

と安田は笑ったけれど、どこか昔から楽天的で、あかるい性格をもっていた民江が、その性質を一日一日すり切らしていくような気がした。出ない乳房を、ユキエにふくませている民江の胸もとを淡い後悔で安田は盗み見しているのであった。考えてみれば土曜書店の将来も一抹《いちまつ》の不安がないとはいえぬ。

そうしたある夜。安田は二時ごろまでかかって、階段の「穴」の「手摺り」をつくったのだ。疎開先の学校から送ってきた荷物の箱を打ちくだいて板をつなぎ合せ、うすい四分板ではあったけれど、それを橋の欄干のようなかたちに打ちつけたのである。

「どうだい、これだけ岩乗《がんじょう》なものなら、ユキエも落ちまい」

板はかんなもかけてない荒けずりのままの、ザラザラだったので、民江は、

「そげがたつから……」

といい、その夜、あけがたまでかかって、階下の工場から封筒の破れ紙を盗み出し、これも、「貼り子部屋」の糊で紙を貼った。

手摺りができると、部屋はいっそうせまく見えた。

「これで、やれやれ、心配がなくなったわ」

民江は紙貼りの欄干の板に、白と紅《あか》のゴム風船を結えつけて寝た。二色の小さい風船は階下の風を受けて、アドバルーンのように上昇したのである。風船はたがいに肌をすりあわせ、かすかな金属性の音をたてた。

第二章　雁を見る日

秋も深くなったある日、安田はユキエをおんぶして製袋工場の二階から外へ出たが、焼け跡の空を雁《がん》が渡るのを見た。

十二、三羽の雁は、行儀よく一列にならんで、ふわふわ透明な羽を動かし、その羽が動くたびに雁の行列は乱れそうに思えたけれど、列は乱れなかった。「三徳湯」の煙突から煙が出ていたので、雁はその煙の中へ消えていった。

雁は煙から出はずれたときには、もはや塵《ちり》のようにしか見えなかった、安田はこのとき背中のユキエに、雁を見せてやろうと思って、

「おい、おい、雁だよ」

と首をまげ、ついでにユキエの手の甲をなめてやろうと思ったけれど、あとで、誕生もまだこない赤ん坊が、まして眼を患っているユキエがどうしてそれほど、遠い空の鳥を見とめることができたろうと苦笑せねばならなかった。

ちょうど、「貰い乳」の途中であったので、雁を見るということは、なにかものがなしさを安田にあたえた。

そのものがなしさから、安田は無意識に、逃れたくもあったし、また、眼を患っているユキエが四、五日前から、わずかに見えはじめたという、嬉しさも手伝って、

「おい、おい、雁だよ、ユキエ」

安田は、寝ているのか起きているのか、わからない背中の子を何どもゆすってみた。

ユキエはもともと眼のわるい子であった。

生後、四か月もたてば、赤ん坊は母親の顔もおぼえてしまうし、眼も対象をとらえるようになる。もちろん、もう首も坐ってしまって、相手になってやると、ウックンウックンおはなしなどするということであった。けれども、七か月だというのにユキエの眼はなかなか見えなかった。何もかも鼻の低いところまで、民江の顔に似たユキエだったが、眼だけは父親の安田に似て、丸くて大きな黒眼をしていた。パッチリあけば、可愛いい眼であるのに、ボオッと薄い膜かなんぞがはったみたいに、かすんで見える黒玉は、のぞいても顔がうつらなかった。買って来たガラガラを振ってやっても、音にだけ敏感なのが目だって、顔はふりむけたけれども、肝心の眼はよそを見ていた。

「ここだよ、ここだよ」

と、大きな声で教えてやっても、ユキエは、今度は声の方をむいてしまって、ガラガラには眼がいかなかった。それでいて、ガラガラのなかで転げている鈴の音にききとれて、それを見

とめたいあせりが、赤ん坊ながら表情に出ていることが、いっそう安田たちにはふびんでならないのだった。

民江は一度医者に診てもらおうといい、幸い神田からは日大病院が近かったので、ある日、つれていくと、医者はべつに気にしなくてもいい、といい、だいたいが発育がわるいんだから、もう少したてば見えますよ。とかんたんにいわれて帰ってきていた。

安田はどう考えても、これは栄養失調からくる視力の喪失としか思えなかったのである。民江は乳が出なかった。娘じぶんと変らないような乳房をしていた。子供さえ生めば、ひとりでに乳房がふくらんできて、赤ん坊がそれに吸いつくという話だけれども、民江は産後も変化のない、平べったくなった乳房だった。いくらユキエの唇をうまくあてがっても、ユキエは乳首を頬張るまでに、固い乳房の上部に、鼻を圧《お》されて泣きわめいた。

しかし、現金なもので、少しばかり米の配給がつづいて、茶碗に三杯もの白米をたべると、民江の乳房は、娘じぶんのお碗をふせたようなままに、ぷくッとふくれあがった。乳首の部分が、馬鹿みたいに空を向いた。先端が梅の実のように張った。そうなると、ユキエも頬張りやすいものか口をあてがうまでに、ほとばしる白い液体を、顔いっぱいに浴びながら、吸いついた。乳房がふくれていると、もう鼻は圧えられず、すうすうというせわしい飲みかたであった。

ところが、このごろのように、欠配がつづいて、主食に事欠くというありさまでは、朝晩お粥をするしか方法がない。だといって、闇市から一串十五円もの蒲焼を買ってきて、それでカロリーをおぎなうということは、安田にはできなかった。むろん、闇の米も思うようには買うことができず、民江の乳房は、結局ふくれあがる日がなかった。その上、乳房というものは、いったんしぼんでしまうと、一度や二度の栄養食物では、なかなかもとどおりにもどるものではないらしく、安田は医学上の知識はなかったけれど、もう民江の乳房の貯蔵タンクが、閉塞されてしまったのではないかと思ったほどである……。

母親の栄養失調が、赤ん坊の栄養失調になるのは当然のことだろう。病院の医者も、それを当人の母親を前にしては、すこしいいにくかったのではないかと、安田は思った。で、民江が医者からもどってきた夜、

「発育不良だなんて、いいようにきこえるけれども、なあーに、君の栄養失調の影響だよ」

といった。すると民江はちょっとかなしい顔つきになって、

「そうかしら……」

といい、だまってしまった。

「そうだとも、俺だって、いつかメチールを土曜書店で呑んだことがあったが、あの時なんか眼にいちばん早くきたじゃないか、眼という奴は、敏感なんだよ」

安田はそういったけれども、さて、そのまま、見捨てて置いて、ユキエの日に日にやせていくのを傍観しているわけにもいかないと考えた。結局、現在の収入の三百円の給料に、いくらかの足し前を算段してきて、米や、副食物の闇買いに手をつくすより致しかたなかった。

どうしても七百円はかかった。

ところが、安田は、その足し前を、土曜書店の久能に請求する気が起きなかったのである。

土曜書店は、すでに破綻のきざしを見せていた。はじめに、菊本や、久能のいうところをきいていると、実際にそれが可能のように考えられたけれども、その後、安田は他の出版社の勃《ぼっ》興《こう》につれ、印刷屋が足もとを見る横暴振りや、金の顔を見せないと一連の紙も融通してくれない取引業者の冷たさにあい、しかもその上、久能の豪語していた二十万円の出資額も、二、三の印税の前渡しや、雑誌の稿料を支払ってしまうと、あと十万円ばかしの出資の約束がと絶えてしまった。その上また、久能が知己《ちき》であるとかで、用紙持ちで印刷を引受けてくれるはずの赤羽の大原印刷がなかなかこちらの原稿を組みにかかってくれないのだった。だから、「再建文学」も第一号を出したままで、二号の企画はできていても稿料の支払いが、第一号の売上金を待たねばすまされないというありさまであった。

これは、何も久能や菊本の失敗ばかりでなく、時勢の影響がはなはだしかったためでもあろう。夢はしだいに破れていったのだ。

ところが、安田はまだ確信を捨てきれなかった。というのは、安田が入社してから、これは菊本との共同企画で、「土曜選書」というものを企画した。文壇の一流作家たちが最初に名声を馳せたところの処女作全集といったようなもので、それを二百ページまでのページ数にまとめて二十円の廉《やす》い定価で発行するのである。安田はすでに「選書」に入れるべき、文壇大家十名の承諾も得、題名と発刊広告を、「再建文学」の表紙裏に刷り込んで、世評をためしてみたところ、俄然、広告だけで、一般読者からの申込みが殺到し、文壇の作家たちにも、企画の軽快性と、純粋性をいろいろのところで賞められていることも、安田はきいた。雑誌はともかく、単行本の企画においては、すでに群小を抜いた観があった。安田は「再建文学」第一号の売上金を、この「選書」に注入して雑誌は休刊してもいいと考えた。

久能甚三も、この安田の打開策にはむろん賛成していた。菊本も、新聞社の仕事のあい間には本郷まで立ちよって、進行に力を貸した。たとえば作家訪問なども、菊本は大半をひきうけ、安田の時間をたすけたのである。菊本も、久能が資本を十万円でストップしたことに驚いていた。しかし、それを、もっと出すようにいうのは久能にさし控えているようであった。

口ひとつで儲けのあるミシンブローカーとちがって、案外に費用のかさむ出版事業は素人のもともと小金持の久能を、尻込みさせるに充分であった。はじめの豪語を久能はしだいにごしていった。

そのころからたくさんできたバラックの喫茶店などで、菊本と安田はコーヒーをすすりながら、書店の予測をはずされた現状と、将来の経営について語りあった。菊本は長い髪の毛がうるさく眼鏡の上にかかるのを、時々、白い女のような、二本の指でかきあげて、

「いろいろ勉強するよ、これまでに考えなかったわずらわしいものがあるね。しかし、これは、

過去もそうだったし、将来もそうだろうと思うんだ。これがジャーナリズムの楽屋なんだよ。どこだって同じさ、火の車さ。つまり、僕らは昔は文壇のいい小説さえ読めばたのしかったものを、このごろはその小説がどういう経路で、ジャーナリズムが取りあげているのか、というようなことが頭にきて、困ってしまうんだ。作家なんかも、思ったより俗物が多くて、みんな適度の政治性でうまく泳いでいるし……、思ってもみなかったことばかしだね。小さい出版社の雑誌経営でこんなことが知れるのだから、大きなところはたいへんだろうと思うなあ」

菊本はそういうと、ちょっと彼のくせである眼をほそめ、考えるような沈黙に入った。これは安田も同感であった。しかし、安田は、菊本のいう「わずらわしくて、汚ない、極度の政治性を必要とする」世界から、前人未踏の傑作や、新人の単行本の出た、過去を、まぶしいように追想するのであった。

「土曜選書」に入れるべき単行本をF・Bという作家にたのみにいった際、菊本は、知らない本屋だというために、玄関ばらいを食わされていた。それから、これは安田が契約した作家であったけれども、Hという人は、いったん「土曜書店」に契約しておきながら、同じ作品を全部、他の社にそっくり二重売りしていた。Hは、しかも土曜書店からは印税を前借りしていった。

これは単行本の場合であったけれども、雑誌の方では、ある作家に小説をたのみにいくと、その作家の友人である、戦争作家T・Mの情痴小説を持ちこまれたりし、それを掲載せずに返却してしまうと、T・Mの関係している某書店の編輯部で、安田と菊本の、悪口が喧伝《けんでん》されていた。その悪口は根も葉もない菊本の「印税使い込み」だとか、安田が土曜書店の女事務員とどうかしたとか、まるで口さがない女みたいな感情の噂話であった。活動がにぶっている書店は、そういうふうにジャーナリズムの嘲笑の的にされつつあった。

菊本がわずらわしいといったのは、これまでの経験から一種の菊本流の詠嘆をいったので、安田はきいていて、菊本もすこし厭気がさしてきたのではあるまいか、と思い、話題をべつの方へそらした。で安田は、

「どうだい、その後、小説は書かないのか」

というと、

「生活に追われていると書けないね」

菊本はコーヒーの残りをすすり、力強く、やけに茶碗を音だてて、

「ずるちんだよ」

といった。安田は、だいぶ、その時、自棄的になっているらしい菊本を感じて、

「生活の方はどうだい、俺にくらべりゃ、君は新聞社もあることだし……」

というと、菊本は、

「そうだね、二千円ちかくはかかるよ。親子四人だから、たいへんなんだ。君はどうなんだい。久能さんからいくら出るんだか知らぬが、昔のままではやっていけまい……」

「いくも、いけぬもあったもんじゃないよ。三百円じゃ、はなしにならない。女房もすっかり

着物を売った。それにこのごろ赤ん坊がわるいんで、金がかかってしようがないよ……」

なにごとも打ちあけてきた菊本だからと安心して、つい愚痴に出ている自分を意識すると、安田は口をつむった。友にはこうして打ちあけているけれども、勤め先の実相は話さず、虚勢に似たようなはったりで、民江の眼をくらまし、そして、民江が安田の虚勢に、しぶしぶついてきている。明日《あす》知れぬあやふやな現在の生活を、安田は痛く思いかえすものがあった。屋根裏の騒音の中で、今ごろ、ユキエが階段の穴へ寄ってはしないか、と思えば、眼がくもるのだった。また、菊本がその時、二千円の給料でやりづらいといった言葉を思うと、それでは自分たちは毎日とうもろこしばかりの配給に、舌づつみを打ち、配給の魚を待ちこがれて、暮している現状は、いったい人なみどころか、たいへんな窮乏なのだと気づいた。

菊本と別れると、安田は帝大の構内を歩いて、いろいろ生活のことなど考えたが、日が暮れてくると、神田の方へ湯島を下りていった。歩きながら安田は、いまひと押しだという土曜書店への期待を捨ててはならぬと思った。

——こういう状態であるから、土曜書店をいまだに辞めようとはしなかった。いっそのこと、出版界から足を洗って、恥も外聞も考えず、闇屋にでもなり、市《いち》に出て何か売ろうかとも考えるのであったけれど、それは安田にはできぬことであった。だいいち、資本がなかったし、もともと、そうは思ってみても、いざとなると決断のつかない性格でもあったのだ。結局このごろでは疎開先から送ってきた蔵書を、それも、あとわずかしかなかったけれど、神保町へ出て売っていた。民江の着物も入質して、今はもう何もなかった。

本もなくなったら、どうして食っていくつもりなのかと、自問してみて、安田は慄然《りつぜん》とする。しかし、主食は欠配で予定日すぎてから、もう今日で二十日もたっているのであった。

区役所から配給されるユキエのミルクも、もちろんなくなっていた。それで、ユキエには、うすい重湯《おもゆ》に配給の砂糖をまぜたものを呑ましていたのだが、ユキエはそれをおいしそうに呑んだけれど、あとで必ず下痢を起した。便の色が緑色を呈してきて、お腹が痛いものか、ひいひい泣いてばかりいる。やはり母乳がいちばんとみえ、このまま放っておけば、ユキエがまず死ぬであろう。

安田は最後にしまっておいた、葛西善蔵《かさいぜんぞう》全集などを売ったお金で、そのころ辛うじて、闇米を探していた。どうにかしてユキエを救う道は民江の乳房をふくらませるよりほかに方法は見つからなかったからである。

そんな時、工場の三木の上さんが、やせているユキエが見ておられないといいだし、「どなたはんでもええよってに、『貰い乳』したらどうだっしゃろなあ」と民江に教えたのである。

そして上さんは毎日、心あたりを探していたところ、ようやく、くれてやろうという奇特な人が見つかったのだ。

「ほんまに、あんた、干乾《ひぼ》しになりまっせ」

上さんはそういうと、ある日、民江をつれ、須田町から少し入ったところにある山上鉄工所と看板のかかった、ビルの一階へつれていった。十五日ほど前のことで、安田が本郷から帰ってくると、ユキエはめずらしくすやすや寝入っていた。

「どうしたのだい、めずらしいじゃないか、おとなしく寝てさ……」

安田がたずねると、襁褓《むつき》をたたんでいた民江は「おかえんなさい」とこれもめずらしくはりきった声でいい、須田町の山上鉄工所の奥さまに乳を貰ってきたといった。

「ふーん、そりゃ、よかった」

よかったといったけれど、安田はあとで妙な気持になった。妙な気持というのは、なにか、すやすや寝ているユキエの寝顔が、あまりに現金に見えたので、いってみれば、なあーんだといったような、風が吹いて過ぎたような思いがしたのだった。その気持を言葉には出せなかった安田は、しばらくユキエの寝顔を見つめていたが、ふとユキエの顔が、圧迫するように幻影となって眼を被《おお》った。

「大丈夫かい」

「大丈夫かいって、あなた、おかしな人ねえ、お金持の奥さまで、よく肥えたとてもりっぱなひと」

「そんなことといってるんじゃないんだ。何かこの空気は妙だ、ユキエの顔を見てごらんよ、嘘みたいな顔じゃないか、世の中が……」

と安田がふりむくと、

「変なひと、お腹が久しぶりにふくれたので、さっきから寝ちゃったの、たぶん、一年ぶりで安眠するんでしょう……」

と民江はすましていた。

「そんないいひとよく見つかったもんだねエ……」

「御自分の子供さんは、もうハイハイして、ウエハースだとか、チョコレートだとか、いっぱいおヤツをたべるものがあるので、お母さんのおっぱい少しも呑まないんですって、それで山上の奥さま、毎日乳がはって、いたくて泣いていらしたの……」

「ふーん」

「ビフテキだとか、カツだとか、いっぱいたべるもんだから、きっとおっぱいがあまるのねえ」

「そうかな、そんなもんかな、いまどきそんな人もいるのかな……」

「あたし、驚いちゃった」

と、民江はそこで、その一日のことを話しだした。

民江の話を要約してみると、山上鉄工所の奥さまは、たいへんに白いむっちりした皮膚をしていて、臼を据えたような丸い尻をしているということである。あってみて驚いたことであるが、いつも「三徳湯」で出あう人なので、民江は奥さまの裸体はよく知っていた。須田町のビル全体が、その亭主の持ち物であるとかで、もとは渋谷に本宅があったのを、爆弾でやられたために、こちらへ移り、ビルの一部をあげ間にして、三つの部屋をとり、タンスや水屋や鏡台などの部品を隅においで、畳もまだ青いさっぱりした部屋だということだった。奥さまは毎日、亭主の留守を、赤ん坊と二人きりでくらしているのだが、台所は女中がするらしく、自分は映画を見たり、甘いものを漁《あさ》ったりして、一日をすごしている。出向き勝ちの亭主の鉄工の仕事は、たいへんボロイものと見え、部屋の調度品から、奥さまの着ているものまで、段がちがうということであった。それまでに民江が、「三徳湯」であった奥さまは、裸体の上から見ると、一見そういうぜいたくをしているひとに見えず、どこか小市民的な貧相な肥りかたに見え、身体の大柄なのも、ひょっと下卑《げび》て見えることさえあったのだが、三木の上さんにつれられたずねていったとき、民江はこの人だったのかと驚いてしまった。想像とはまるで反対に、面とむかうと、言葉つきも上品できれいなのが、民江の気持をとらえたというのである。

「お金があれば、世の中もまるで逆ね」

と民江はいい、そのとき、

「ああ、つくづく貧乏はいやになったわ」

と、遠い眼をして安田を見つめた。

「そうかな、そんなものかな」

安田は、まだユキエの寝顔を見つめ、民江の説明をきいていた。「貰い乳」のできた嬉しさはこんこんと音をたててわかるようであった。おそらくユキエのしなびた血管にも、温い血がいっぱいふくまれて、元気に流れているような気がした。

「いい人、とってもいい人、これから毎日、朝二回、昼二回、夕暮れに二回と必ずつれてらっしゃいッておっしゃったの」

「ふーん」

「ふーんて、あなた感謝する気持はないの」

「感謝はしてるさ、そんな、ブルジョアの奥さんを、三木の上さん、どうして見つけたものかなあ……」

「お風呂で見つけたっていったじゃないの……」

ユキエはよく三木の上さんに風呂に入れてもらった。子供ずきな上さんは、自分には子供はないので、ユキエを自分の子のようにかわいがり、乳の足りないことが、民江以上に苦になっていた。「三徳湯」へいっても、たえず、あたりの人に「貰い乳」の相談をもちかけていたらしかった。

「そうか、風呂屋の縁か、妙な縁だな」

「風呂屋だって、何だっていいじゃないの……」

「何だっていいことがあるもんか、いやな病気なぞもってられると困るぜ……」

安田が顔をしかめると、民江は、

「そんなことないから安心しなさい、いちどあなたもつれていってごらんなさいよ。いい人で驚くにきまってるから……」

　とにかくその日から、毎日、民江はユキエをつれて、山上鉄工所まで乳を貰いに通った。やはり、母乳の効果はてきめんであった。ビフテキや、カツなどの栄養をとっている奥さまの乳は、さすがにユキエに影響した。現金なもので、ユキエはまず足の関節のあたりからふとりはじめた。民江の乳で育っているころとくらべ、頬のあかみがぼうーっと紅《べに》をさしたようになり、気持からかもしれなかったが、泣く声にも元気が出てきたように思えた。瞳の上を被っていた薄膜かなんぞのような、ぼーっとしたものも除かれはじめた。これまでいくら声をかけてもいっこう見とめなかったガラガラにも、眼がキョロキョロしだし、対象を求める動作を現わしはじめた。そしてユキエはめずらしく笑ったのである。じいっと見ていると、安田の顔が、黒いユキエの目の玉に、茶褐色にあざやかに映じているのがわかった。

「おい、お目々が見えはじめたよ」

　安田は、ガラガラをふり、大声で民江をよんだ。


　民江が、風邪をひいて、八度前後の熱が下らず、寝込んだのは、それから十日ほどしてからであった。民江は昔からすこし気管支がわるく、ちょっとした風邪からでもすぐ寝ついた。だから、あまり酷な仕事はさせないように、安田も注意はしていたのだけれど、このごろのように、主食の欠配がつづく日は、いろいろと無理が出て、そういう無理がたたったらしかった。

最初にうまれた「涼子」という女の子を、安田はやはり民江の病気から、疎開先で亡くしていたのである。民江の肥立ちのわるい理由もあって、その子はうまれてから、芯の弱さが目立ち、もちろん、不足な母乳のかげんもあって、やせ細ったまま、蒼く育ち、日本海辺の山の学校の、宿直室で死んでいた。

その「涼子」の二の舞いを、こんどのユキエで見たくはなかった。

——民江の風邪もどうやら、ひどくなる気配もなく、昨日あたりから快くなってきていたが、今朝はもう起きるというのを、安田は社を休み、まだ一日ぐらいは用心していろ、とすすめたのである。

民江が寝ているうちは、三木の上さんが二階へあがってきて、朝、昼、晩と、三回も須田町へ「貰い乳」に行ってくれた。考えてみると、ユキエはいっこうに母親の病気と関係なく、すくすく育っている。「貰い乳」の恩典というべきで、安田はこれだけでも、山上鉄工所の奥さまに礼をいいたい心持ちがわくのだった。

その朝三木の上さんは、麹町《こうじまち》へ用足しに出かけたとかで、乳を貰いに行く手がなかった。民江が、無理をして抱いていくというのを、安田は俺が行ってくる、とユキエをおんぶして、ねんねこでつつみ、出かけてきたのである。

ちょうど、その時工場から通りへ出たはずみに、安田はふっと、焼け跡の空を渡る雁を見たのであった。雁の列がものがなしく、安田の胸を領したのも、ほかではなかった。安田は北国の山村で死んだ長女の涼子を思いうかべたのである。

塵ほどに消えていく雁は、まだ安田の眼の奥にふわふわ飛んでいた。灰色の空の遠い方で、それは刻まれたようなあざやかさで、安田の眼奥に点となって残った。

そうだ。その雁が、安田の足を止めてしまったのだ。安田はくるりと向きをかえると、山上鉄工所へは行かずに、そのまま、工場の方へ戻ってきた。何だか「貰い乳」ができそうにもなかった。

二階へあがると、民江は起きていて、七輪をあおいでいた。

「いけないいじゃないか、起きたりして」

「いいのよ、あなたが出ると、間なしにお魚の配給があったの」

「ふーん、それで町へ出たの」

魚屋は二軒となりにあった。

「ええ、町へ出たら、すうッとして、寝ているのがいやンになっちゃったの、もう、熱はないのよ！」

ボーッと赤味のさした、しゃくれ顔で、民江は安田を見つめ、ほっとしたようにユキエをのぞいた。

「まだ、山上さんへ行かないのでしょ、よく寝ているじゃないの」

「途中で、雁を見たんだ、雁を見ていたら、田舎で死んだ涼子を思い出して、急に妙な気持がして家へ戻りたくなったんだ。無性にお腹がすいている。山上さんまで、歩く元気がなくなった。何か、おいしいものでも君と一緒にたべて、満腹したいような、そんな気持になって帰ってきたんだ……」

「お金あって?」

「少しばかりある、例の本代の残りがあるんだ……、元気をだして、闇市でも歩いてみようか」

「あら、嬉しい、あたしも、お腹すいて困っていたの、熱はないし、散歩しましょうよ。あなたおでんおごって頂戴、闇市のかえりに、山上さんへ二人で寄ればいいじゃないの、ユキエはよく寝てるし……」

「うん、そうしよう」

安田は階段を下りた。

「お粥をかけていくから、待っててね」

「うん」

外へ出ると、霧が下り、町はもう黄昏《たそがれ》の色であった。雁を見たということが、妙な散財に変化して、夕食を闇市でたべようということになったわけである。ふっと「貰い乳」のてれ臭さが、加勢したのかもしれぬ。

神田の駅のガードをぐぐると、焼け跡の一角は闇市場になっていて、そこだけ屋台のならんだおでん屋の列があった。ちょうどこの時刻は、売れ残りの鍋物をしまわねばならないラッシュの時刻で、商人たちも威勢のよい叫び声で客を誘っていた。通る人も夕食前のこととて、空腹の顔が多かった。

大勢の空腹の列、その中には背広だの着ながしだの、はっぴだの、菜っ葉服だの、色とりどりだったが、どこかのデモの一隊から別れてきたらしい連中が腕に布章をまいて交ってもいたし、女学生らしい子の甘いものを漁る一群も見られた。

「へい、いらっしゃい、平貝のバタ焼が五円です」

「おいしい平貝が、たったの五円です」

洗濯石鹼のような平貝の山が、二尺角ほどの鉄板の上で、じゅくじゅく煮えていた。貝から出る黄色い泡つぶが、鉄板からこぼれて竈《かまど》の火にはじき、ボッボッと煙があがる。それにつれて平貝の味覚が、ぷーんと匂ってくるようだ。

「へい、烏賊《いか》の丸煮に野菜がついてたったの五円」

「安い、安い、烏賊の丸煮でございい」

それかと思うと、次の屋台は女だった。

「ハイ、甘いまんじゅうが六つで十円、十円で六つ、甘い甘いまんじゅうですよ……」

喧しい屋台の列は、薄汚ない中年女か、それとも復員者らしい若者が多くて、竈の火で汗だくの彼らは、声をからしたしぼり声で、最後の客呼びを争っているように思われた。

雑踏にもまれながら、安田は背中のユキエをゆすりあげ、民江に、

「おでんをたべる?」

「そうねえ、甘いおしるこもあってよ」

「おしるこ、もいいねえ」

「平貝もおいしそうだけど」

二人はそういいながらも、唾をのみこんだ。共に昼食を抜いていたために、ここへくると、激しい空腹が感じられた。

「それじゃ、平貝から順番にたべようか。順番にたべたって、お金は知れているんだ。大散財だ。お腹のふくれるまで、軒並みを食っていこうじゃないか」

「え、あなたの好きなとおり、あたしもついていくから……」

民江の声は少しうわずっていた、安田もいくらか、興奮している自分がわかった。

ここ、ひと月もふた月も、いわばこういう楽しい時間をもったことはなかった。かりにいくばくかの金が入ったとしても、それは医者代か、それとも薬代になり、闇市場をのぞくというようなぜいたくは許されなかった。

それが、今日にかぎって、いったい何の風の吹き廻しか——。

「順当にたべるとして、まず烏賊から食おうじゃないか」

「そうねえ、烏賊もおいしそうね」
二、三の客が烏賊にぱくついている中を、二人は割り込んでいった。
「兄さん、ふた皿おくれ」

「ヘイ、ありがとうわいす。烏賊の丸煮に野菜がついてたったの五円、お代はたべてからのお帰り……」

出された赤い烏賊の皮膚はギラギラ光って、一摑《ひとつか》みのキャベツを跨《また》いでいた。ぴんとはったいぼの足は、浅底の皿の外へはみ出ている。いぼはほとびたように大きくふくれている。

「お前から先にたべな」

「あなたから」

「いいからたべろよ」

「じゃ、お先にいただくわ」

そこへ一皿また同じのが出された。

民江は背中のユキエをのぞいてから、皿を持ちあげた。烏賊は朝から汁の中でゆだっていたものと見え、肝心の甘みはなく、水臭い薄味の代物《しろもの》だった。見た目と味はちがっていた。しかしそういう幻滅を味わいながらも、最後まで、たべてしまわねばならなかった。

「よく寝ているわ……」

民江はどうして食っているかと、安田が盗み見すると、わき目もふらず烏賊の胴体をたべ終って、残した足の一本一本を、顔を斜めに歪めて、食いちぎっている所だった。妻の咽喉首《のどくび》の、男でいうならば仏の場所が、青い静脈をうきたたせ、無心にごくりごくり動いているさまは、安田には冷淡に観察された。それはいくらか、安田にかなしいものをともなった。自分に見られているとは知らぬ民江の無心さが、やがてまた滑稽にも見えた。

それにしても、何と固い烏賊の足であろう。安田は自分も口をひんまげ、薄味のいぼ足を食いちぎったのである。

「いらっしゃい、烏賊の丸煮に野菜がついてたったの五円、おいしい、おいしい丸煮でございい」

若者の肩の向うの、よしずの網目から見える焼け跡は、すでに霧の海である。濃い乳色の地上は背後の雑踏をよそに、どんより沈んでいるように思われた。ふとその霧の中に、安田は、先ほど見た雁の列がふわふわ重なっていくのを見た。小さな雁の行列は淡いうぐいす色を呈していて霧の中にくっきりと浮んでいた。

第三章　人さまざま

安田保吉が、土曜書店のベニヤのドアをあけ、入っていくと、それまでしんとしていた室《へや》が急に騒がしくなり、左側のとっつきの、壁の方で机にむかっていた吉本が、とつぜん、挨拶しようとする安田の口を押さえるように、

「ねえ、安田さん、何とかなりませんかね、こりゃ、もうお陀仏ですぜ、……」

といった。そして吉本の声で、となりの机に蜜柑箱に紙を貼ったみたいな金庫を置き、算盤《そろばん》とインキ瓶しかのっていない所へ、新聞紙をひろげて、先ほどから巻いていたとみえる配給の「のぞみ」を、くわえた倉井が、吉本老人の言葉に、なかば同感するような、なかば傍観的に笑うような顔で、くるりと安田の方へむきなおった。

「安田さん、ほんとにお陀仏ですぜ……」

そのころはもう、はじめの七人の社員は、三人退職して、四人しかいなかった。吉本と倉井のほかは女事務員で、一人は寺田絹枝という既婚者である。絹枝は編輯の下働きや、地方読者の通信を受けもっているが、安田が妻の病気で休んでいたため、仕事もないので、サボリ勝ちにしているらしく、十七になる給仕がわりの湯沢きみをつれ、今日も、電車通りへ「しるこ」

でもたべにいったものとみえる。

安田は四、五日休んでいたために、かわったことでもあったかと、そこらあたりを見廻し窓ぎわの自分の机へ寄ると、吉本老人と倉井にちょっと会釈して、手紙箱をのぞき、何も入っていないので、やおら二人の方へ椅子をまわした。安田がくる前に、二人で論じあっていたのであろう。社の経営の問題に、またか、とうんざりするものがあったが、安田はそれでも、吉本の顔がたいへん蒼ざめているので、「ききましょう」といった顔になった。吉本は黒いうすでのオーバーの襟をたて、風邪をひいたものか、たえず水洟《みずばな》をすすって、

「いっぺん、久能さんに、みんなでいおうじゃないですかね、安田さん、これじゃ、あっしたち何しに会社へ来てるんだか、わかりゃしませんや」

と、椅子をひっぱってきて、まん中に置いてある、火の気のない煉炭火鉢の、穴のあいた灰が冷たく固まっているのへ、煙管《キセル》の雁首を吉本はちょんとのせた。

「どんな話だか、さっぱりわからない、何しろ、僕は四、五日休んでいたので、留守中に何がおこったんだか、知らないんです」

と安田がいうと、吉本老人は、そばの倉井の顔をちょっと見て、

「へへ、例のまた、熱海でさあ……」

と嘲笑するようで、しかも哀れっぽい顔をつくった。そんな顔をすると、この老人の小さな酒やけの顔は、てかてかひかった皮膚が畳まれて、急に年のよった、汚ない猿のような顔とな

る。安田は倉井の方を見て、興奮している吉本よりは、倉井のほうが落ち着いて話してくれるだろうと期待した。倉井は、真鍮《しんちゅう》製の「煙草巻器」を上手にまいて、糊の瓶から指先に少しくっつけたのを、紙に塗りながら、

「もう僕は、情熱をうしないましたよ、とにかく、これじゃ、社長が、社員をだましているていたらくなんだから、お話になりませんねエ……」

詳しい話はいうのも厭だといった顔で、新聞の広告を読みだした。すると吉本はなおいきりたったように膝をふるわせて、

「寺田さんも、寺田さんだよ、あんな久能さんの……」

といいかけて、この建物の奥の方の、つまり窓から見える廊下をへだてた、本宅の障子へ、吉本はちょっと眼くばせした。

「かわいそうなもんでさあ……」

とあごでしゃくった、安田は、ははんと納得がいったのである。つまり、吉本と倉井は、社長が、女事務員の寺田と、二人で熱海へ泊り込んでいるのだと、そういうあて推量に、躍起になっているらしかった。なるほど、先ほど入ってきた時には、しるこでもたべに出たものと思った寺田絹枝の机の上は、きれいに取片づけられており、細いガラス製の一輪ざしに、黄色い安田には名前のわからぬ花が、午後の陽ざしをうけて、しずまっていた。

安田は、二人の顔から眼をそむけて、給仕の湯沢きみの机の上に、「アンクルトム物語」と

した本がのっているのを眺めて、

「それで、湯沢さんは」

とたずねると、倉井は「のぞみ」をしまいながら、

「郵便局へ行きましたよ」

と、つっけんどんにこたえた。

菊本も顔をみせていないもようであった。


久能甚三は、前にも書いたごとく、五十ちかい小商人あがりの男である。彼はこの本郷の家に、戦争中から疎開もしないで住んでいた。爆弾の落ちてくる最中でも、奥の間で寝ている病妻と、貰い子である中学生の長男と三人で、家を守りとおしてきた。

久能の細君は、四、五年も前からカリエスで寝たきりであった。

久能は元来、活動ずきの、事業慾のある男であるから、肉体的な活動慾も人いちばいもっていた。菊本なんかも、社の創立当時は、よく久能の顔のきく待合などへ連れてゆかれ、底の知れない淫酒《いんしゅ》ぶりに、おどろかされている。なんでも、その待合は湯島にあって、金を持っていかなくても帳面で呑ませたり、あそばせたりするらしかった。もっとも金を持っていかぬ、といっても、あとで久能がまとめて支払っているからに相違なかったが、その待合にも、妾《めかけ》らしい女が出入りしていて、久能は女を高円寺にかくまっているらしかった。

酒は安田も好きなほうである。菊本は少ししか呑まなかったけれど、安田は「好き」のほうにまわっている。安田はこのごろ生活に追われ、ついぞ酒など呑んだためしはなかったが、屋台のカストリや、メチールのはいった、安ウィスキーなどは、時おり民江の眼を盗んで、一、二杯ひっかけて帰ることがある。それはたかだか五十円ぐらいの金であったけれど、給料だけではやっていけず、本など売って食っている始末では、血の出るような酒といえた。安田などとくらべれば、久能の酒は一段格がちがっていた。

安田は、久能とも時々付近のおでん屋へ呑みにいった。久能は酔ってくると人のよい顔をたるませて、眼尻をたえず動かし、五十ちかい年と思えぬほど若がえって見えた。小肥りにふとっているせいもあったけれど、呑みぶりは「やさしい達磨《だるま》さん」のようなおもむきがあった。といっても、久能は達磨のように落ち着いているわけではない。たえず、給仕女などに「洒落をとばし、からかい、しんみり小唄などうたったりするのは、好まぬようであった。いつも、最後までふざけ散らして帰ってくる。

これは、永年病気の妻をかかえた、久能の家庭の不幸が原因しての、狂気じみたあそびと思われた。いまでこそ中学生の長男は、自分で飯など炊くそうだが、一時は久能は自分で炊事をして妻の枕もとにはこび、長男にもたべさしていた。そんな久能のいわば意に満たぬしめっぽい家庭と持ち前の明朗な活動好きの性格のギャップが、久能を酒に走らせ、女に走らせたのだと解することもできる。

久能は、いちど安田や菊本と一緒に鬼怒川へ湯につかりに行った。まだ土曜書店が創立当初で現在のように、資材の入手難や、資金の欠乏も感じなかったころであるが、久能は旅館で土地の芸者を一人よび、その芸者とさんざん騒いだ末、菊本と安田が湯につかりに出たあと、その女に無謀なふるまいに出た。「あたしはお女郎さんじゃないんです」といって、こばむ女を、久能は持ち前の大力で組み伏せ、無理矢理な満足をした。何も知らない安田は、菊本より早く湯からあがって廊下を歩いてくると、とつぜん唐紙《からかみ》が荒々しくあき、三味線を引きずるようにした芸者が、泣いた顔で、安田につき当った。そのあとから、だらしなく裾前《すそまえ》をはだけて、丹《たん》前《ぜん》の裾をからげた久能が、

「おい、おい、持ってゆけ、持ってゆけ」

と百円札らしい紙ぎれを、廊下へむけて投げているのを見た。思わず安田は立ち止って、かけていく女の後姿が、廊下の角で見えなくなる瞬間をふりかえったのであった。けれど、その時、安田と顔をあわせたバツ悪さで、てへへへへ、と妙なにが笑いをし、散らばった札びらを、一枚一枚拾いだした久能の首すじが、充血した血管をうきたたせているのを、安田はみていたのである。

安田は、あとで菊本と一緒に、久能の、以上のような武勇伝について話しあったが、廊下であわてた久能の不逞《ふてい》なにが笑いが、頭にのこってしようがなかった。女の道にかけては、これと思えば、意志を通さずにはおかぬ執念に似たものを、安田はその久能の笑いから汲みとった。

しかし安田は、久能のこういう淫酒ぶりは、自分の仕事とは無関係なものと考えた。そのころはまだ、前にのべたように、久能の資本力で、書店の経営は可能であり、それにまた、刊行本の企画においても、実現性と睨みあわせて、満足のゆく仕事ができるという楽しみが、久能のそれを別問題として考えさした。俺は俺で、仕事のほうをすればいいんだと、かえって社長の遊興は安田に針をさす役割をしていた。

ところが、書物の発行が思うようにいかなくなり、ただ一つのたのみである、赤羽の大原印刷に、久能がじきじきの交渉をして、うまく組版を開始してくれるのを、待っている今日に至って、久能が印刷屋へ交渉に行くどころか、熱海へ行って帰らぬというのであった。しかも、吉本老人と、倉井の話をきくと、事務員の寺田絹枝をつれて行っているということである。安田は不快さを意識すると、荒々しく事務室のドアをあけ、靴をはき、戸外へ出た。

心では、赤羽の大原印刷へじかに乗り込んで、ひと月も前に、渡したはずの原稿が、どうなっているのか、問いただすために出たのだけれど、電車道へ出ると、安田は自然と足が重くなり、そのまま帝大の構内へ入っていった。

落葉した銀杏《いちょう》の枝が、冬空の遠くまで、針をたてたように消えていて、長いアスファルトの道は寒かった。安田はオーバーのない背広の襟をたて、考えながら歩いた。

すると寺田絹枝の顔が、ぼーうとかすんで安田の頭に、大きく浮びあがってきたのである。

寺田絹枝は、年は二十八であるといったが、若く見えた。痩せ肩のすんなりした背の高い女である。容貌もさして美人というほどでもないが、おも長な顔に細長い眼をして、鼻すじがとおっている。理智的に見えた。厚い唇をとじ、仕事をしている時は、どこか、男のような感じもした。

絹枝は、中野の省線にちかいアパートに住み、なんでも、製図をしている夫君と、それに、絹枝のほうの叔母と姪にあたる二人が、新橋で焼け出され、アパートの六畳ひと間に入り込んでき、つまり、二世帯あわせた四人が、一緒に暮しているということであった。夫君の製図の仕事は請負いのような仕事であり、夫君はアパートの部屋で、机にむかい、朝から晩までコンパスなどつかっている。収入といっても、それほど、ボロいものではなさそうであった。何ぶん仕事は、「根《こん》」をつめてする仕事なので、アパートのひと間の雑居では、思うように能率も上らないらしい。

で、絹枝は子供がないところから、ブラブラしているのも勿体ないと考え、叔母たちが夫の食事なども面倒をみてくれるのを幸いに、勤めに出た。はじめ絹枝は喫茶店のレジスターをしていたらしいが、客の紹介で、雑誌社に入り、編輯の仕事などおぼえてしまうと、その社を、どういうわけか辞めてしまった。ひと月あまりあそんでいたのであるが、菊本が、これもどういう縁で絹枝を知ったのかわからないが、土曜書店の創立と同時に、絹枝をつれてきたのである。つまり、安田が書店へ入社した時には、もう、寺田絹枝は、事務室で菊本の指図する企画の下働きをしていた。

絹枝のこうした家庭の事情や、過去のことは、菊本がいくらか話してくれたことと、のちになって、絹枝がじかに安田に話したのでわかった。よく、作家訪問などの途中で、印刷屋まで校正を持ってゆく絹枝と、安田は同道して道傍《みちばた》のバラックの甘党屋で、絹枝とコーヒーを呑みながら話した。

絹枝はだいたいよく喋るほうで、なんでも安田に打ちあけた。家庭の状況なども、時おり、愚痴っぽい話を、ながながと安田にきいてもらいたいといった。安田はこういう絹枝から、まだ未婚者のような娘々した雰囲気を感じとったり、どこか男好きのするような絹枝の顔と、隙のようなものを感じて、興味をもった。

その絹枝が、いちど安田に妙なことをいったことがある。やはり、仕事をしに行く時であったが、帝大前の電車通りだった。学校側の樹影《こかげ》を歩いて、本郷三丁目の方へ出た時である。とつぜん、自分と同じくらいの背丈の安田を、絹枝は見つめ、

「安田さん、あたしね、別れようと思うの」

安田は、絹枝の顔を見つめた。それが、どんな意味なのかわからなかったので、

「別れるって、誰とさ」

とたずねた。絹枝はいつもの顔で、

「旦那とよお……」

といった。その「だんな」といった絹枝の声が、いまだに安田の耳に残って、消えないのであるが、その「だんな」は妙にひびいた。それは絹枝が、ああいう社会の女でもあって、「だんな」に愛想がつき、かわりの旦那を得るまで、座敷へ出ようといったあんばいの、ひびきにきこえたからである。で、そのとき、安田は、

「ウエーッ」

と、自分も変な声を発して、絹枝の顔から眼をそらした。

その日から、だいぶたって、絹枝がいろいろ安田に話した言葉で、安田はだいたい次のような絹枝の「苦悶」を推察することができた。

それは、ひと口にいってしまうと、絹枝は夫君にあきがきているのである。絹枝はあきがくると、さっさと自分から別れ言葉を出しそうな、強い性格をもっていたことである。

夫君の製図の仕事は、思うようにいかず、というのは、だいたい夫君はずぼらなほうで、仕事ぎらいなのである。会社や、雑誌社やいろいろの科学方面の需要者から、トレースなども、たくさん注文があるのだけれど、夫君はそれをたいがい断って、毎日、家で絵をかいてあそんでいた。

ある日など、絹枝が勤めから帰ってみると、叔母たちは銭湯へいって留守であったが、夫は机にむかって、いっしんに「春画《しゅんが》」をかいていた。絹枝は、知らないものだから、寄っていくと、「どうだい、俺だってうまいもんだろ、つまらんトレースなどやっているより、こいつを

五枚かけば、一日らくに暮していけるんだ、まじめな仕事で食おうとしたって、世の中はもうとっくにかわっているんだよ。どうだい、俺が、毎日こいつを五、六枚かくから、お前町へ出て売ってみないか……」

顔をあからめ、うしろで眺めいっている絹枝の裾を、夫は手をのばして、さっとまくりあげた。絹枝は一日働いてきて、おなかもすいていたので、夫のふざけかたが癪《しゃく》にさわった。「よしてよッ」と夫の手をはらいのけると、冗談だと思った夫君の顔が、「ま顔」になって、これを売れ、と絹枝に命令するように、睨んだ。

夫君は、その時押入れをあけると、行李《こうり》の蓋をあけて、絹枝の見たこともない、ボール箱をとりだした。蓋をとって、

「これだけたまったんだ。売れば売りようで、一万からの品物だ」

と、まるで舌づつみを打って、お寿司の包み紙でもめくるように、被い紙をめくったのである。見ると百枚ちかいと思われる「和紙」に、絵具で彩色した「春画」が重ねてある。

絹枝はあっけにとられ、毎日仕事をしていると思ったら、こんなものをかいてあそんでいたのかと、言葉もなかった。だまって夫の真剣に「春画」を売れという顔が見られず、畳を見ていたら、泣けてきたというのである……。

こういうありさまで、しかも、夫は叔母や姪が隣りに寝ているというのに、夜中の二時ごろになるときまったように起き上り、電燈をつけて、絹枝に裸になって、モデルになってくれと

たのむのであった。絹枝は、夫が気ちがいにでもなったのでないかと、放っておいて寝ていると、夫は大声でどなりちらした。叔母や年ごろになっている姪の手前もあって、絹枝は大声たてて泣くこともできず、渋々夫のいうままに、部屋の隅に、裸になって寝ころぶしかなかった。

「そんな時のあたしを考えてちょうだいよ。泣けてくるわ」


こういう絹枝の家庭の事情は、そのまま絹枝が安田に喋ったものではないが、だいたい絹枝が要点をかいつまみ、話してくれたことを綴りあわせると、以上のような、夫君の変態的なありさまがうかがわれた。安田は聞いていて、絹枝のいうように、いちがいに、夫君だけが悪いのだとは思えなかった。六畳ひと間に、若夫婦と、絹枝の身内の五十にもまだならぬ叔母と、二十の姪が頭をならべていることを想像すれば、夫君の八当りのような挙動も、同情できないことはないと思えた。安田は、絹枝に、叔母たちがいるために、夫がそんな狂乱をするのではないかといってみたところ、絹枝は、ふふん、といい、

「夫は昔からそうなんですよ」

とこたえたのである。

ところで、安田は、こういう告白を、はなはだしい羞恥も感じないでつづける寺田絹枝に、だんだん興味が増した。絹枝が夫との問題に、一つの解決策も考えないのみか、安田の忠告する、四人同居の問題も、一蹴して、叔母は台所をしてくれるから都合がいい、姪は縫いものを

してくれるからためになるといい、いっこうに別居の方法も考えないようで、むしろ、別居は自分のほうがひとりでしたいのだ、というのであった。とすると安田には、絹枝が夫君にあきがきて、別れ話を、いつ切り出そうかと、そればかし考えているように思われてならなかった。そしてそれをいいだすまでのあいだに、もうすこし、今の生活をたのしんでいたいというようなふうにもうけとれた。絹枝の事情をきいてから、間もない一日であった。安田は机にむかって、雑誌の論評の割付《わりつけ》をしていた。すると、その時、湯沢きみをつれ、しるこ屋へ行ってきたらしく、帰ってきた絹枝が、つかつかと安田の机へよってきた。絹枝は吉本老人や、倉井にわからぬす早さで、

「これなの」と小さくいい、安田の机の引出しをあけ、勝手に何か紙きれのようなものを入れたのである。そして「あとで……」と、眼と口で、わからぬような合図をして外へ出ていった。安田が、いわれたとおり、あとで引出しをあけてみると、例の画が入っていた。それはとても素人のかいたものとも思われない、たくみな彩色でえがかれていた。安田は思わず、筆の巧妙さに感心して、息をのんでいると、いつの間に帰っていたのか、絹枝が横あいから、

「どう、旦那はうまいもんでしょう……」

といい、にっこり笑っていた。

安田はそのとき、絹枝の笑いの、唇のあたりがひきつったような動きであるのに眼をとめた。絹枝の自嘲でもなく、それとも歓笑でもない。べつの妙な笑いであると思い、安田は思わず眼

をそらしたのだった。

吉本老人や、倉井のように、久能甚三の熱海行きを、寺田絹枝と結びつけて、考えたくなかった。けれどもそれは、安田にはどうやら納得できる軌跡でもあった。家庭的な不満から脱却しようとして、もがいていることはわかるけれども、はたして五十ちかい久能と、そういう気持が起るものか、よし久能がそういう気持になったとしても、絹枝は承知するまい、と考える、これは常識であったろう。現代においては、こういう常識は、ややもするとあてがはずれるのである。

吉本や倉井から報告された二人の関係とは別に、ある思い出があった。それは、たしかに、自分の眼でみたところの事実なのだ。

妻の民江が病気で寝込んだのは、つい十日ほど前のことであるから、さして古い話でもない。安田は社を休んで、ユキエを抱いて、神田の省線駅の切符売場を抜けて、焼け跡の闇市の方へ、何か食事のおかずがないものかと、ぶらぶらしていると、偶然絹枝と遭ったのである。人通りの多い、駅前の歩道の上であったから、混雑していた。こちらから声をかけねば、絹枝は知らずに通り過ぎるところだった。

「寺田さん、どこへ行くの」

彼女のくせで、つんとすまし、男のような顔をつくり、混雑をかきわけていく横顔へ、安田

は声をかけた。すると、

「あらッ」と絹枝はおどろいて、小走りに寄ってきた。本郷の方から来たものなれば、須田町の方から歩いてこなければならない道理なのに、絹枝は日本橋の方向からやってきていた。

「かわいい赤ちゃんだこと……」

絹枝は、ユキエの手をふったりして、あやしてから、

「あたし、ちょっと早引けしてきたの、これから家へかえるの、いま切符買おうと思って……」

といい、どこか、今から思うと、そそくさと落ち着かぬあんばいで、安田が何かいおうとすると、絹枝はすぐひきとって、

「奥さんのよくなるまで、ゆっくり休んでらっしゃいよ。社のほうは、あいかわらず、大原印刷から何ともいってこないの、吉本さんも、倉井さんも、仕事がないので、毎日将棋ばかりさしてるわ。あたしは本ばかし読んでいるの、社長さんはミシンの仕事で、そっちのほうがいそがしいし、ここんところ、土曜書店は日曜書店というところよ」

と早口でいい、「じゃ、失礼してよ」といったかと思うと、雑踏の中へ消えてしまった。

それから安田は闇市へまわり、三十分ほど歩いて、買物をして、切符売場の方へ戻ってくると、電車道の向う側にある「交通公社」の押しドアを出て、須田町の方へ歩いていく絹枝らしい後姿を見たのである。人ちがいだろうとその時は思ってみたけれど、自分もその方向なので、

女の後姿を遠眼に見ながら、ぼつぼつ歩いていった。すると、バスの停留所のあたりから、たしかに久能らしい五十男が、手をあげて、絹枝の方へあたふた走ってくるのが見えた。

あれから、二人は熱海へ行ったのか――

風が出て、町の軒にはったびらなどが、バタバタ鳴っていて、風には雪がまじっていた。凍てついた舗道の上は、銀色に光って、歩いている人の足も寒かった。チラチラ降る雪が追分町の方の空を鉛色にしている。

安田はいろいろと考えながら、帝大の構内を歩いてきたのであるが、いつの間にか、農学部前の停留所にちかい舗道についていた。安田は赤羽の大原印刷へ出向く気力はなかったので、そこから市電にのって、神田へ帰ろうと思った。

それで、電車道へ出ると、「交番」のある塀のわきで、寒い風をよけ電車のくるのを待った。安田は所在のないまま、「交番」の中にいる一人の若い、まだ二十二、三の巡査が机にむかってしきりに何かしているのをぼんやり見つめていた。

巡査は、丸顔の小柄で愛嬌のある青年で、制服もまだ新しかった。やがて、部厚い台帳のようなものをとじてしまうと、ひとつ大きなあくびをした。あくびは、「巡査」がいかに退屈であるかを、示しているような「大あくび」に見えた。細長くてせまい「箱」の中は、巡査のしている股《また》火鉢でポカポカ温いとみえ、雪風の外の寒さとは別世界のようであった。巡査はやがて、第一ボタンをはずすと、首すじをとんとんとたたきはじめた。首をたたきおわると、内ポケットから何か取り出して、それを右手に持ちかえた。帽子をぬぎ、頭へあてた。察するところ、櫛であるらしく、こちらからは見えないが、入口の柱に打ちつけた「柱鏡」にむかって頭髪を、撫でているのである。

他人の無心な行動を見ていることはちょっと愉快な気がした。

巡査は顔を右に向けたり、左に向けたりして、しきりに頭髪の格好を眺めた。そして、ながいあいだ、安田の電車がつくまで、櫛をあてていた。安田はいわば、こののどかな「交番」の中が、今まで棒立ちしていた寒い町とかけはなれている上に、ほのぼのとしたものに思え、微笑がわいた。

行列のあとにくっつき、車内に乗り込むと、安田は窓べりによって、ふたたび「交番」の方を眺めた。すると、巡査はまだ鏡にむかって、頭髪を撫でていた。

電車はまもなく走りだした。安田は動揺する車体に、足もとを持ちあげられながら、この時ふと音楽のような車のひびきに声を和してボードレールの「海潮音」のなかの一節を口ずさみだしたのだった。それは、次のようなところなのである。

海こそ人の鏡なれ。水や天《そら》なるゆらゆらは、うつし心の姿にて、底いも知らぬ深海《ふかうみ》の、潮の苦味《にがみ》も世といずれ。さればぞ人は身をうつす……。

……潮騒高く湧《わ》くならん。寄せてはかえす波の音の、物狂《ものくる》おしきなげかいに、海もいましもひとしなみ、不思議をつつむ陰なりや、人よ、いましが心中《しんちゅう》の、深淵探りしものやある。

どういうわけで、こんな一節を思いうかべたのか、自分でもわからなかった。もっとも、安田はこの詩はこれだけしかおぼえていなかったのである。すなわち「海潮音」のさきも、あとも知らなかったわけでこんな歌の思いうかんだことはあとで考えても不思議でならなかった。しいてこじつけに考えてみると、それは「交番」の巡査の無心なありさまが、さような感慨に、安田をひき入れたのかもしれぬ。あるいはまたその日のごたごたした土曜書店の人たちのしていることに、安田はさぐりかねる人の心の深さを見た思いであったかもしれない。いずれにしても、安田はその日は憂鬱でならなかった。

第四章　雲

西側の窓から晴れた朝空が見える。くっきりと、ぬぐわれたような快晴であるが、じっと見ていると、そのガラスの中へ、ふわふわ流れてくる雲のようなものがある。安田は寝起きの眼をしばたたいて、思わず「雲だッ」と声をあげた。よく見つめてみると、それはやはり雲である。せまい三尺ほどの窓なので、うつっている部分が晴れてさえおれば、もうそれで世界は晴れているように思われるのだったが、実はちがっていた。今もそれで、つい快晴であると思ったのだけれど、綿雲のような切れ切れの雲がながれてくるのだった。

少し身体を動かして、ななめにガラス窓をのぞいてみると、やはり町の北空は、どんよりしていて、鼠色の親雲が浮いていた。その親雲から離れて、ひと切れずつ流れてくる雲が、ガラスの中へ入ってくる。安田はじっと寝ころんで、雲を順番にかぞえはじめた。……枕もとの方の、階段の上りはなで、パタパタ七輪をあおぐ音がした。民江が炊事をしていないのであった。何時ごろであろうと、われにかえると、階下の工場で機械の音がしているのに気がついて、九時前だとわかった。安田は寝ころんだまま、床《とこ》の中のぬくもりに足をのばして、しばらくじっと眼をつむった。

民江は背中にユキエをくくりつけて、炊事によねんがない。今朝は何が出来上るのか知らないけれど、代用食はいつものことである。そっと蒲団から眼だけ出して、のぞいてみると、民江はとうもろこしを溶かしているようだった。ボールの中の溶かした粉を、フライパンへたらして、傍らの電気ヒーターにシャリンと音をたて、民江は馴れた手つきでかけている。そして、別の手で、七輪の火をちょっとかきまぜてから、

「ねえ、何とかして、せめて八畳ひと間の間借りでもいいから、ほしいわねえ」

と安田をふりかえった。七輪の上には、配給か何ぞらしい、ほっけの乾物がジリジリ焼けている。天井のない低い部屋は、煙と火気にむされるものだから、民江は額に汗をかいている。その汗が鼻先を落ちてきて、ぷくっとふくらんだ「たぶ」のところで、玉になり、落ちそうになる。それを箸をもった手の甲で、民江は鼻をするのと一緒にシュッとぬぐってって、

「いくら家賃いらずの倉庫番だといったって、これじゃまるで鼠みたいじゃないのさあ」

ため息つくみたいに、天井をあおいだ。煤《すす》けたはりの組みあわさった屋根裏の、三角にせばまっているあたりに煙が舞い、その煙が、釘穴からさしこむ光線に、塵のような粉末をひからせて、透けてみえる。仰向いた民江の咽喉首に、黒い地図のような埃がうき出しているのに眼がゆくと、安田は瞼をとじた。何か、圧されるような瞬間を感じたのである。ドテンと一つ壁の方へ寝がえりをうって、民江の言葉をきかないふりをつくった。すると民江は、

「土曜書店の人たち、どこかいいとこ世話してくださらないかしら……」

ほっけを一枚ずつ裏がえしていった。そりかえったほっけは、また逆に裏へそりかえる。民江はポットリ汗を落した。汗は七輪の輪にとまると、シュンとひとつ音をたてた。安田は何かいわなければならない。

「土曜書店の奴なんか、他人のために、部屋を世話する、そんなキトクな奴はいるものか……」

「だって、あなた、そんなこといったって、たのんだことあるの、いったい……」

「ないさ。たのんでも無駄なんだよ」

「無駄だって、あなたはいつもそうなの、いつも頭からテンで駄目だときめてしまって、何も努力なんかなさらないのよオ」

民江は背中で寝ているユキエを、ぐっと一つゆりあげた。そして、安田をなじる顔付きになって、きたないものでも吐くみたいに、

「無精たれで、からっきし駄目なの。あなたにかかっちゃ、運命なんかひらけっこはないわ……」

毎日、寝てばかりいて、あなたは何ひとつ得をしたことがない。ドジばかりふんでいる上に、月給の貰えない書店などに恩義を感じて、他の仕事をしようともせず、ぶらぶらしている情なさには泣けてくる――といわんばかりの、民江の腹の底がよめた。安田はちょっと顔をゆがめ、

くるりと向きなおった。そして大声で、「馬鹿野郎」といった。

「どうせ、駄目な連中なら、たのんだって無駄なのはきまっているさ。だから、書店の奴らにはたのまないのさ。菊本にも心当りをたのんであるし、八方手をつくすだけはしてあるんだ。お前のようにいったって、ないものはしようがないじゃないか。この東京に、俺たちの安住の家なんかありゃしない……」

チェッとひとつ自棄的な舌打をすると、安田はやにわに蒲団の上へ起きなおった。

腰を折り、そのまま心なし、蒲団のしつけ糸をピンピン引っぱっていると、安田は、本郷へ行かねばならないと思った。民江には、内密にしておいたことであったけれども、実をいうと、土曜書店は解散になることに決定したのである。その「解散通知」のはがきを、安田は腹巻きに入れて七日間寝てくらしたのであった。今日がちょうど、その最後の日で、社長の久能の家で、社員全部が晩飯をともにする由のはがきであった。はがきの全文をうつしてみるとこうだ。

拝啓、取急ぎ一報いたします。

社員の皆様にはたいへん御迷惑をかけ、自由出勤というかたちでしばらく休んでいただき、書店の再建をはかっておりましたところ、小生の融資者の急逝と、それに加える用紙の入手難のため、ひとまず前途のもくろみを捨てることにいたしました。それで、事務整理や、いろいろのこともありますので、来たる十日の日曜日に、皆様に出勤していただき、夕方は皆様と一緒に、貧しい晩餐会でもひらき、日ごろのお力添えに酬いたいと思います。どうぞおいでください。

月　日　　　　　　　　　　久　能　甚　三

土曜書店を休みだしてから、ひと月になっていたのである。はじめの十日ばかりは出勤すると称して、ぽかぽか暖かくなりはじめた銀座や上野をうろついてみたり、三流館の映画をのぞいてみたりして、あそんでいたが、そんなことにもあいてくると、安田はしまいには寝てくらすようになった。寝ているといっても、工場の音のはげしい昼間は、耳に綿をつめて、機械の音をふせぎ、小説や童話を書いていたのである。

小説や童話を書いて、それがすぐ金になるというようなわけにいかなかったけれど、安田は土曜書店の関係から、訪問するようになった大家のK氏に、菊本の推薦で、持ち込んでもらった文芸雑誌Tの三十枚ばかしの短篇を読まれ、予測もしなかった激励をうけていたのである。それ以来、忘れていた創作慾が、自然と頭を擡《もた》げ、毎日机にむかって、原稿紙を一枚でも埋めないと、気がおさまらないのだった。学生時代に同人雑誌をやり、そのころから尊敬していた老大家であったためかこの「激励」は安田を興奮させた。机にむかうと書きたいことはたくさんあった。その中でいいものが出来上ったら、いちど先生に読んでもらおうと、心で思っていた……。

土曜書店のその後は、いってみれば、「無茶苦茶」であった。たのしみにしていた赤羽の大原印刷は、久能甚三の窮余の一策で、彼は社員たちにせめられるため、ありもしない大原印刷との関係を捏造し、菊本や安田への約束をはたす気休めにし、実は何の特別のはからいも講じていなかった。

ちょうど久能が事務員の寺田絹枝と熱海へ泊り、帰ってこなかった日から、少したったころの寒い日、安田は、帰りのおそい社長の不熱心さに、業《ごう》を煮やしたものだから、そのころはまだ一縷《いちる》の望みをつないでいた大原印刷へ、吉本老人と一緒に出かけていった。

大原印刷は赤羽の駅から、北へ一丁ばかり歩いていくと、これも焼け跡にバラックで新築した工場であったが、相当の大きな建物で、職工の数も二百人はいるであろうと推測された。雪の降る風の強い日で、稲付町の方の高台から吹きおろしてくる冷たい雪風に、吉本老人もともに肩を濡らし、ようやく印刷所へ到着して、安田が名刺を通じて、営業課長だという人に面会した。課長は二人を応接間に通すと、二十分ほど待たせたあげく、ようやく入ってくるなり、「何の用でしょうか」とぶっきら棒にいった。安田はすぐさま用意してきた言葉を全部吐きだした。すなわち、社長の話によると、大原印刷は社長と懇親の由であり、原稿もだいぶ前にきているのであるが、いっこうに校正の出る気配もない。まして、用紙持ちでやってくださるからには、こちらも、表紙や石版の都合もあって、段取りがすすまずに困っているので——と、安田は課長の顔色を見ながら、くわしく説明した。すると課長は、持ち前らしい、しわがれ声を出して、

「へえーッ。そんな話はきいておりましたが、あなた、そらあだいぶ前の話で、久能という人は、うちの人事課長の知人に焼けミシンをつかませたお方じゃございませんか……」

といったのである。そして課長は、気の毒そうな顔をして、吉本と安田を交互に見つめながら次のようなことをいった。――何でも人事課長の平山というのが、友人に闇ブローカーをもっていて、その友人が、新品だというふれ込みで、ミシンを十台ばかり買い込んだところ、あとでそれが焼けミシンの改装品であることがわかり、平山の友人は大へんな損をした。その取引きに立合ったのが、土曜書店の社長であるとか、そういう関係で平山は久能の名前を知った。ところが、その久能が少したって平山に刺を通じてきた。いよいよ雑誌を発行することになったから、印刷を引受けてくれぬか、というのである。平山は友人の失敗もあったので、少し警戒し、前金さえもらえばいつでも引受け、何なら紙持ちで印刷する方途を考えてもよい。何にしても前金さえ頂戴できれば、尽力できますと返事したのである。するとその日、久能はいったん帰ったけれど、それから十日ほどして、また平山に刺を通じてき、平山が出てみると、久能は大封筒に入れた原稿をもっていて、この原稿は、現代作家の処女作選集の第一巻だから、売れることはまちがいなく、この原稿を取るのに何万円かの金を積んで、苦労して取ったのだから、何とかこの方を紙持ちでやってくれぬか、というのであった。もちろん平山はその時も、前金さえ頂ければいつでも仕事にかかりましょう。原稿は営業の方へ廻しておきますから、といって、それをあずかることにした。しかし、帰った久能は何ともいってこないのである。平山も忘れてしまった。原稿をあずかった営業の方も、どうしていいかわからず、原稿はとにかく金庫の奥へしまいこんでしまったというのである。

こんなわけで、責任者である営業課長も、安田と吉本が、わざわざ雪の中を歩いてきて、懇願している気持はわからぬことはなかったけれど、仕事がいくらでも殺到している今日においては、前金なしで奉仕するわけにもいかないと、きっぱりことわった。安田は、きいていて顔がほてった。汗が出てきた。かたわらの吉本を見ると、吉本は蒼ざめた顔をけいれんさし、机の上にあげた手をふるわせて、下を向いていた。

「じゃ、かえりましょうか」

安田は吉本にいうと、原稿を取りかえす気力もなく、そのまま、手ぶらで、雪の積った焼け跡へ走って出たのである。

寺田絹枝が、ひょっくり顔を見せたのは、その日から十日ほどしてであった。何でも、久能の家の奥の間では、病気の細君が、急に悪化したとかで、付近の医者がきたり、中学生の長男が、事務室の湯沢きみに手つだってもらって、氷を割ったり、湯をわかしたりしている最中であったので、久能もむろん奥の間に坐りきりで、事務室の方へ出てこなかった。

細君のこういう急変は、べつに珍らしいことでもなかった。ながらく寝ている病気であったために、そうした病態のムラがたえずあった。

吉本や倉井は、またかといわぬげの顔で、将棋をさしていたし、安田は机にむかって、菊本からの手紙を読んでいた。菊本の手紙は、菊本がそのころになって、書店へ顔を見せず、その上、どこかの大きな出版社のやはり嘱託みたいな仕事にありついた話を、以前からきいていたのである。それで安田は土曜書店の窮状を報《し》らせてやるいっぽう、いくらか菊本の現金な態度に反感をもっていたので、手紙を書いたのであったが。その手紙の返事が、ちょうど引出しに入っていた。それを読んでいる最中であった。

「こんにちは」

といって、絹枝が入ってくると、安田は思わず手紙をたたんだ。絹枝はいつもとかわらない調子で、うきうきした顔で、安田を見つめ、

「どう、奥さんの御病気は、その後、だいじにしてあげてる?」

くすんと肩をすぼめ、椅子をひいた。倉井と吉本はちょっと顔をゆがめ、ふふんといった口もとで机の方をむいた。安田はすこし狼狽したのである。というのは、いままで読んでいた菊本の手紙が、絹枝のことにも触れてあったからである。そして、そのほかに、菊本の手紙は、安田を考えさせ、これまでに思ってもみなかった友人の一面を見たようで、安田は落ち着かなかった。

僕はもう久能甚三にはあいそがつきた。君にしてみれば、これは無責任なようにきこえる

かもしれないけれど、僕としては、正直あのようなチャランポランの男と、ともに仕事をする気がしないのだ。経済的にも、僕はもう破綻をきたしている上に、無月給で、しかも文壇関係には恥をかいて廻らねばならない土曜書店には、もう真平御免だ、というそんな気持なんだ。僕は君のように一本の誠実を愛して、妻子を路頭に迷わせるというような、センチメンタルは許せない。君は男の一念、倒れてもやまぬというけれど、それでは細君がかわいそうだと思う。それは僕も、あれだけ文壇の人々にも約束したり、豪語したりした責任は感じているよ。何とか書店のほうの再興をはかって、一冊ずつでもよい、こちこちと約束を果していきたいと思ったのだけれど、逆にそういう僕のネバリが、一般から、書店の利益に希《のぞ》みをかけ、虎視眈々ねらっているというように見られては、何の甲斐もないではないか。それに久能自身が、ある男に話した言葉によると、雑誌を無理に発行して、菊本や安田が、その雑誌を土台にして、文壇的な地位を確保したい野心のためである。つまり資本家はそういう文学青年の野心に食われているという見方なのだ。こいつにはまいったよ。とにかく、考えれば、何のために恥をかいてきたのかわかりゃしない——。

久能が、社の経営に十万円しか出さなかった理由は、ミシンの方の投資に費《つか》った関係もあるけれど、実はそういう僕たちへの猜疑心があるためで、その上に、吉本老人や倉井が、印刷屋や紙屋と結託して、生産費の仲取りをたくらみ、久能にも見えすいているあくどさを発揮しているということもある。久能には、これが何よりも癪であるらしく、といって、二人にそれでは月給をあげてくれとせがまれれば、二の句もないのだが——。

で、どうしても印刷屋や、紙の方のバックをもっている吉本と倉井に頭を下げて進行していくしかしかたがない。赤羽の大原印刷に渡りをつけようとしていた久能は、この打開策を考えたようであるが、それも無にきした。やはり飯田町の印刷屋へ吉本を通じていかねばなるまい。こういう内幕を知っている僕は、社へ顔を出しても、吉本や倉井と世間話をする気もしないし、君も細君の病気だとかで休んでいるようなので、出てもしかたがなかった。それで、久能に対する反感をかみしめながら、今日になったわけだが、もう、先にも書いたごとく、僕は久能に会いたい気持もおこらぬ。土曜選書に関連する文壇関係の責任はみな俺が持ってもいいよ。君にはそんな苦労はさせぬつもりだ。

寺田絹枝の問題は、べつに新しいことでもない。君は知らなかったって。たいそう驚いているもようだけれど、絹枝は昔からああなんだ。絹枝のいうことを本当にしたら駄目だぞ。絹枝も久能にまさる大嘘つき、その上、守銭奴なんだ。家庭の方はくわしく知らないが、久能のミシンを一台ねらっていることはたしかだろう。これは創立当時からの絹枝の願望であったし、熱海へ泊って、絹枝のほうから、くどいたこともうなずけるし、熱海だけにかぎらない。昔、僕らも行ったことのある妙な思い出の鬼怒川へも、二人はいつか行ったもようであるし、あの強慾漢《ごうよくかん》からミシンを一台せしめれば、絹枝のほうがたいしたものだといえよう。絹枝からもらったといって、久能がいつか、僕に「春画」を見せてくれたことがあったが、二人はもう君の危ぶんでいるどころか、とんだ所までいっている。この問題なんかも僕に足を遠のかせる役目をしているわけで、とにかく土曜書店にはもうオサラバを告げたい。狐狸《こり》の巣だよ。君もそうだし、僕もやがては小説を書いて文壇にのり出したい希望をもっている。こんな悪徳出版社に恋々として、致命的なわるい感情をほかからもたれては、おしまいだと思う。どうだ。君ももうよしてはどうか——。

こういう手紙の内容が、安田を落ち着かせなかったわけであるが、絹枝は、安田の椅子へよってくると、

「お茶でものみに行かない」

と誘ったのである。安田は、絹枝と二人で、電車途《みち》へ出ることにした。付近の、絹枝がよく行くしるこ屋へでも行こうと思った。

アスファルトの凹凸《おうとつ》の上には、雪溶けの水たまりが残っている。それをぴょんぴょん飛んで、先へとっとと歩いて行く絹枝の後姿が、その時安田の眼に入った。絹枝のはいたストッキングの縫い目が、ぷっくらとふくれ上っている。均斉のとれたふくらはぎは、すうッと二つに割れたように、スカートに吸われている。どこか拍子をとって歩くような女の姿体が、そのとき安田には妙に快くうつった。何でもない心の雲にさえぎられて、猜疑と汚毒の感情にむしばまれ、いろいろと他人の腹の底まで妄想している、己れが省みられるような瞬間を感じるのだった

――。安田は歩きながら、絹枝にはもう何もいうまいと思った。久能と熱海で泊っただろうというような詮索も菊本の手紙の内容も、つまらない。そんな話はやめにして、絹枝と、何か、映画の話でもしようと思った。

きれいに拭われたガラスの陳列棚に、ズルチン使用のプリンや饅頭などの見える一軒のしるこ屋があった。そこののれんをくぐって先に入ると、絹枝は、

「ここがいいわよ、安田さん」

といい、どこかはしゃぐような声で、隅っこのテーブルへよっていった。そして、

「何にする?」

「そうだな、おしるこでも」

安田が向い合せに坐ると、絹枝はそわそわした眼を、カウンターの方へ投げ、

「ね、ちょいと」

と、少女を呼んで、おしるこ四つ頂戴な、とたのんだ。そして注文したものが運ばれてくるまで、安田の方は見ずに、絹枝はポケットから紙きれをとり出して、何か書いてあるメモみたいなものを読みはじめた。安田はいつもとちがう絹枝の態度なのに、みずから制している感情のやり場にまごついた。何かこちらから話そうと思っても、言葉が見つからないのだった。しかたなく、肘《ひじ》をついて、ぼんやり絹枝のうしろの壁鏡にうつっている絹枝のアップスタイルの襟首を見ていた。やがて少女が朱塗りの椀に入れたおしるこを運んでくると、絹枝は匙《さじ》でかき

まわしながら、安田の方に顔をむけた。

「ねえ、とつぜんだけど、あたしもう辞めようと思うの……」

絹枝はそれをいいだすと、元気が出て、もう、あとをいくらでも喋り出せるといった具合に、

「安田さんや、みんなはどう思っているのか知らないけれど、あたし、ここの勤めにはこりごりしちゃったわよ」

というと、いつもの顔で絹枝は、安田と同じ先ほどからの、もやもやしたものを整理できた安堵のようなため息をもらすのだった。

「やめて、どこかに勤める所でもあるのかい」

安田はそういうと、こちらはなかなか整理のつかない胸のもやもやが、いっそう複雑になってくるのを意識した。

「べつにどこにッてあてもないけど、少しあそびたいの」

「それで、アパートのほうは、うまくいってるの」

「うち、うちはあいかわらずだけどさあ」

と絹枝は斜視のような眼もとで、安田を見つめて、

「あいかわらず、画をかいてるのよ」

といい、ぽつんとだまった。

安田は急に退屈をもよおしてきた。甘くもないおしるこを二杯すすった。ズルチンだとはっ

きりわかる甘味料が、舌の裏に厭なにがいものを残して、気持がわるかった。安田は絹枝を前にしているつらさを意識した。だまったまま、依怙地《いこじ》に絹枝の眼を睨んでいたが、急に立ち上りたくなった。

ふと、菊本の手紙が思いかえされた。――絹枝は大嘘つきなんだよ、それに守銭奴なんだよ。何をいっているか、わかりゃしない、この猿め――。

「出ようか」

と安田が不意に腰をあげると、絹枝はつまらなそうに椅子を立った。そしてこんどは、安田のあとをおそい足で尾《つ》いてきたのである。

――それから、絹枝には会っていない。もちろん菊本にも安田は会っていない。ずうっと社へも出ずに、安田は屋根裏で寝てくらした。

そして今日の「書店解散」の宣告日であった。安田は寝起きのまだ判然としない神経のなかでふと本郷へ出ていかねばならぬと思ったけれど、実のところは、久能の招待する晩餐会に、出席してもいいような、しなくてもいいような、両方の気持をもてあましていた。

窓のガラスを雲がよぎる。お手々つないで雲たちは、順々に消えてゆく。ふと、安田は町へ出たい焦燥を感じた。安田はよろよろと蒲団から立ち上った。

第五章　霧の降る東京の夜は

土曜書店の事務室では、机をならべたテーブルに、付近のおでん屋から運ばれたらしい鉢物がならび、ステンレースの肉鍋に、今しがた寺田絹枝が入れた青葱が、香《かぐ》わしい匂いをたてて煮えていた。室の中は煙草の煙で、もうもうとして、安田が入って行くと、その煙と鍋から上る湯気のために、中の人たちの顔は見えなかった。

「よお、お待ちかねです」

倉井が、わきの方から頓狂な声をあげ、見ると机の上には、見おぼえのあるアイデアルウィスキーが二本ころげていた。

「おそいのでね、おさきに始めてしまいましたよ」

とっつきの正座から、久能社長の声がして、もうだいぶ酔っているようであった。

「ちょっと用足しがあったもんで……」

べつに用があったわけでもなかったが、安田は足のしぶるままに、工場の二階で寝ていたのである。しかし、来ずにはすまされぬと思うものもあったので、しぶしぶ出かけてきたのだ。酒の呑めるという楽しみも、いくらか加勢していた。

ようやく馴れてきた眼で、室内を見まわすと、久能の右横に吉本が坐っており、吉本と倉井のあいだに席が空いていた。たぶんそこが自分の坐る場所なのだろうと、寄っていくと、安田は、向い側に坐って珍らしく和服の袖をたくしあげ、何かとせわしそうに鍋物に箸をいれている寺田絹枝の眼とぶつかった。ちょっと眼で会釈すると、絹枝は眼だけで笑った。

「菊本君がね、七時ごろに来ると、電話をかけてきましたよ。今ちょうど六時半だから、もうすぐ来るでしょう。もっとも、彼氏は呑まないから、われわれで一つやっていましょう。……」

久能はそういうと、あははと大きく笑い、鍋の横にふせてあったウィスキー・コップを安田にさしだして、

「かけつけ三杯ッてことがありますよ、さ、ぐっとほしてください」

安田がうけると、すぐ瓶をもってつぎかけた。

「どうです。こいつは、すこし薄いようですが、量で酔っぱらいましょうよ。そう、固くならないで、とにかく呑みながら話そうじゃありませんか。今日は寺田君がたいへんおめかししてきています。お給仕してくれるそうだから、ひとつ陽気に歌でもうたって、……」

久能はそういうと、絹枝の方をちょっと見て、

「寺田君、君も今日は呑んでくれや」

眼がだいぶすわってきていた。ころげている二本はたしかに空っぽで、新しい三本目を今し

がた、封をきったところであろう。久能は安田につぐと、これもだいぶまわったと見えて、はげた頭までまっ赤に染めている吉本に、

「老人も、まあいっぱい」

とつぎかけた。安田は給仕の湯沢きみが列席していないので、

「湯沢さんは」

とたずねたが、となりの倉井が、

「湯沢さんですか、彼女はもうお嫁にいきましたよ」

と、これはまだ酔いたりぬ顔でこたえた。

「冗談でしょう」

安田がまに受けてみせると、絹枝が、

「嘘おっしゃい、おしっこよ」

といった。そこでみんなはげらげら笑った。湯気が牛肉の匂いをふくんで、室内に充満し、やがて噂の主の湯沢きみが、用をすましてドアをあけて入ってきた。そのうしろからとつぜん、声がして、

「よおーッ」

と菊本が入ってきたのである。

「今日は、久しぶりですな」

菊本は安田へとも、皆へとも両方へとれる挨拶をすると、絹枝の横の椅子が空いているので、荒々しく腰を下ろし、

「やあ、もうだいぶまわってますな」

といい、あはははと笑いだした。その笑いは、思いなしかうつろなひびきをこめていた。室の空気は安田が入ってきてから、妙に板につかない空気でもあった。その空気が、菊本の哄笑《こうしょう》で、なお変な静寂をよんで、吉本も倉井もだまったまま、しきりに鍋のものをつっつきはじめた。

みんな腹の中には、べつべつのことを考えて、べつべつの計算をもっているのだろう。それが、「書店の解散式」という、いってみれば泡のような興奮でささえられて、皆はだまって会同している。安田は思わず、他人に和して、ぬけぬけと笑いころげている己れに軽蔑を感じた。安田は菊本につがれるままにぐっと大きく盃《さかずき》をあおった。

その夜の成り行きは、だいたい以上のような所まで記憶にのこっているのであるが、それからは、さて、安田の記憶は支離滅裂である。しかし、あのような乱闘が演じられたのであるから、それだけは記憶の線にくっきり浮びあがっていた。乱闘はほかでもない。菊本と久能とである。安田が呑みかけて二時間ほどしてからのことであったろう。

はじめに菊本が手出しをしたものか、それとも久能が手出しをしたものかわからなかった。何やら、二人が大声で論争していたと思うと、とつぜん、割れるような音がして、机の上の牛

鍋がひっくりかえった。鍋はたべ終ったあとだったが、まだ熱い汁が残っていたので、それがうつぶしている安田の額にじりじり流れてきて、熱さで安田は泥酔から醒めたのだった。顔をあげると、久能と菊本が、一つになって組みあっていた。瓶がころげる音がした。椅子が倒れた。倉井が仲を割って入ろうとするが、倉井も酔っているので、結局絹枝が二人を割って入った。泣くような大声をはりあげた絹枝が、

「ちょっと、ちょっと、誰か来てエ」

といいながら、菊本の手をひっぱり、勇敢にも、久能の身体を蹴るようにして、ひっぱなすと仲に割りこんで坐ったもようである。そして絹枝は、

「しっかりしてよォ」

とどっちへともつかぬ妙な言葉を吐いて、自分ははあはあはずむ胸もとをかき合せているのだった。

「おどろいたわ、話せばわかることじゃないのさあ」

倉井が久能を奥の間へつれて入った。菊本は何かぶつぶついっていたが、洋服の袖口をなおすと顔を掌《てのひら》で一つぬぐい、そのとき安田の視線とあうと、にたりとうす笑いをうかべた。

「気がすうッとしたよ。安田、俺は帰る」

といい、倒れている椅子を立てなおすと、

「失敬」

といい、乱暴にドアをあけて出ていったのであった。

「しようのない人たちねえ」

絹枝はそういうと、袖をまくり、机の上のこぼれた鍋を片づけはじめたが、そのころになって安田はしだいに正気を取り戻してきた。

机の上をふきながらの絹枝の話をきいてみると、菊本が、日ごろの鬱憤《うっぷん》を久能にぶちまけたのである。二十万円の出資を約しておいて、十万円だけしか出さずに大きなことをいい、そのつもりでわれわれが仕事を運んだのはいいけれど、紙も印刷も全然手がけようとせず、だらしがないじゃないですか、社長はそれでいいだろうが、あとに残ったわれわれは、文壇的にもとんだ詐欺でもしたように見られて、困っているんだ、と菊本がいうと、久能は、モラトリアムがどうだの、赤羽の大原印刷がどうだのと、理由をならべて菊本のいう約束不履行に頭を下げないどころか、当然とするような気色《けしき》に見えたことであった。それで、菊本が「天誅《てんちゅう》を受けろ」と一喝して、久能にとつぜん組みついたものらしかった。

「こわかったわ、あたし」

絹枝はそういうと、内心はこわくも何ともなかった顔で、その時奥の間に久能を寝かしつけて帰ってきた倉井の顔を見ると、

「どう、おとなしく寝たの」

とたずねていた。

吉本老人と湯沢きみはすでに室の中にいなかった。もう帰ったものであろう。安田はふらふらと室を出ると、絹枝と倉井をのこし、そのまま靴を履いて外へ出ていった。

宵《よい》ちかくに、小雨が降ったもようで、道路はぬれていた。電車道へ出るとアスファルトの通りは乳色に煙っている。停留所のほの明るい電燈が、霧につつまれてにごっていた。なま温い風がふいていて、安田ははだけたワイシャツの胸もとに、しめっぽい快感をうけた。電車道のどこを見ても、菊本らしい姿はなかった。

電燈の下で、しばらくたたずんで、安田はポケットへ手を入れてみたが、そのとき、誰が入れたものか、固い封筒が手にふれた。取り出してみると、封筒には「謝礼」と書いてあった。思わず手がふるえたのである。封を切って中をあらためてみると千円入っているのであった。おぼろげながら、呑んでいる最中に、久能が渡してくれたものだということがわかった。これが、退職金なのであろうか。

安田は封筒をポケットにしまうと、のろのろとまた土曜書店の方へもどっていった。そして書店の窓から、にぶい光線が路上に出ている所までやってきた時に、不意に、

「安田さん」

と吉本老人の声をきいた。先ほどは、気づかずに通りすぎた途ばたの、用水桶か何かのあるたたきの上に、老人がでっくりあぐらをかいていたのである。

「へへへヘッ酔いがすっかりさめちゃいましたよ。こんなところに寝てたんですな。あっしは」

そういうと、吉本は起き上り、はずみに、ふらつく腰をしたたか板塀にたたきつけたらしかった。その反動で歩き出したみたいに、安田の方へ飛んできた。酒くさい息がぷーッと顔にかかった。耳もとちかくへ吉本の顔がひっついたと思うと
「ね、行きましょう。いいところへ案内しましょう……。あなた、いくら貰いました、その退職金という奴を……」

吉本は安田の顔をじろりと見て、人の好い細い、うるんだような瞳をあけたり、とじたりして、

「へへッ、あっしは一本貰いました。たったの一本……、行きましょ、安田さん、その割りカンという奴で、今日は呑みましょうよ。土曜書店最後の夜という奴でして……へへへッ」

吉本は片手で安田の手を握り、片手で安田の背中を撫で、うながすようにして、安田の身体をゆさぶるのだった。ふと、酔っていても、道路の光線の中で、吉本が封筒の中をかぞえたらしいありさまが思われると、安田は微笑がわいた。

「行きましょう。いい所へつれていってください」

安田はそういって先に歩きだした。

土曜書店の建物とも、もうこれでお別れだと思うと、安田は市電の停留所の方へ大きく歩いた。背のひくい吉本老人は、とことこ小走りで尾《つ》いてきた。

「へへッ、どうせヤケでさあ、嬶《かかあ》がどういったって知るもんですか、あんた」

吉本はそういってから、喜ばしそうなふふふというふくみ笑いをすると、安田と並行に歩き

出した。

「あっしのよく行くカストリを呑ませるバラックがあるんですよ。三丁目の近くでしてね」

だんだん歩調が早くなり、二人の歩行で深夜の霧が乱れた。どこかで十時を打つ時計の音がきこえた。

二人が電車通りのバラックの中の、屋台の一軒へ入ろうとすると、その時、うしろの方から、

「待ってよオ」

と女の声がした。安田が二、三歩あとへもどって、ふりかえってみると、それは、絹枝であった。絹枝は、安田の出たあと、かんたんにあと片づけをすまして、追いかけてきたものらしかった。

「倉井君は？」

安田がたずねると、絹枝ははあはあ息をはずませて、

「向うへ帰ったわ、どうせ呑むんだろうから失礼するッて、あの人駒込でしょう」

そういうと、絹枝は、

「ねえ、あたしも仲間にいれて」

吉本がもう坐っている屋台の床几《しょうぎ》へ、絹枝は安田を押し込むようにして、自分も腰をかけたのである。

カストリを三杯注文した。

ひと息にぐっと呑むと、先ほどまでの酔いがもどってきて、安田はくらくらと頭が動揺する

ように思われた。

絹枝は、安田のとなりで、たてつづけに二杯呑んだ。

——そこからまた安田の記憶は朦朧《もうろう》としてくる。吉本老人といったいどこで別れたものかも知らない。とにかく安田は、絹枝と二人きりで御茶の水の方へ歩いていた。絹枝は酒くさい息を吐きかけ、安田の肩につかまっていたのである。裾前をはだけて、下駄をひきずるようにして、ふらふら歩いていた。絹枝は全身の重みをかけ、寄りそっているのだった。安田は肩に力を入れて片手で絹枝の腰をささえるようにして歩いているのである。ぷーんと匂う絹枝の襟首の所が、もつれるような足が動くたびに、ぐらぐら眼前でゆれた。なかなか足が進まないようだった。同じ所をぐるぐる廻っているような気もした。安田は絹枝の腰をささえるのに力がいった。

絹枝はさかんに何か喋っているようだったが、安田には記憶はなかった。ただはっきりした記憶は、絹枝がお茶の水の駅前まできた時、急に酔い気がさめたような落ち着きを見せて、明るい電燈の下まで行くと、財布を取り出し、こまかい五十銭札を何枚かかぞえて、切符を買うのを見たことである。

「グッナイ」

と手をあげて、絹枝はにこっと笑うと、しっかりした足取りで階段を下りていった。

安田はそれから聖橋《ひじりばし》へ出た。そして須田町の方へ歩いた。

とにかく二時ごろに、工場の二階へころがりこんで、安田は民江にささえられて、たべてきたものをみんな吐いた。

これが土曜書店の最後の日の安田の行状なのである。久能と乱闘をやった菊本よりも、御茶の水の駅で、切符を買った、寺田絹枝のしっかりした足取りが、妙に頭にのこった。あの女のやっていたことは、いったい何をやっていたのかわからないぞ、と安田は思った。ひょっとすると、菊本の手紙も、吉本や倉井の絹枝に対する疑惑も、そして自分が思っていた絹枝の観察も、どうやらいいかげんであったような気もしたのである。

とにかく、気持のわるいものをみんな吐いてしまって、安田はもう土曜書店とはこれでおしまいになったんだと思った。気がせいせいした。民江に退職金の残額を投げ出して、

「あしたは映画でも見に行こうじゃないか、いくら残っている」

と、酔いがいくらかさめた頭でいうと、

「知らないわッ」

と、民江は安田の吐いたものの始末して、封筒だけ摑み、蒲団の中へつっこんでしまった。安田はぼんやりした頭で、たぶん六百円ぐらいは残っているだろう、と絹枝と呑んだ会計を計算してみて、その四百円の費消が、悔いられるのだった。

やがて蒲団の中で、民江が封筒をあける音がした。

部屋の中がボーウとかすんで見えたのは、安田の眼が酔っているのでなかった。トタン屋根と板壁のあいだから、戸外の霧がしのび込んできたためである。

第六章　赤い風船

梅雨《つゆ》があけて、毎日、暑い日がつづくと、トタン葺きの屋根は、一日じゅう陽に焼けた。窓のあかない屋根裏は、風呂釜の焚き口のようにむされはじめたのである。おまけに階下の機械が猛烈な熱気を発して、熱した空気が、階段口から屋根裏に充満するものだから、暑さは倍加して機械の音だけにさえうんざりするのに、その上の暑さでは、耐えきれぬ苦行であった。

そういう一日、民江は、配給の小麦粉をボールに溶かして、屋根裏のはりの上に置いていたところボールの粉がぷっくらふくれ上り、パンのように焼けていた。つまり太陽の熱が、焼けたトタンを自然のフライパンかあるいは、パン蒸器のような作用を起さしめたものらしかった。パンでさえ焼ける屋根裏は、安田や民江が裸になっていても、身体が焼けるようでならなかった。坐っていると身体が今にもパンになってしまうのではないかと思われた。ユキエはあせもをつくり、鼻も眼も口も全身もろとも、かゆい疱瘡《ほうそう》に見舞われ、毎日ひんひん泣いた。

ある日、夕食に代用食のとうもろこしの蒸パンをたべていると、民江がとつぜんダンサーになるといいだした。

「これじゃ、ほんとに死んでしまうわ、着物だってもう何にもありゃしないじゃないの。あなたは、うちで小説書いて坐っておればいいけれど、あたしそういうわけにはいかないわ。配給だってあるんだし、外へ出なければならないのよ」

民江はそういうと、パンの切れ端をユキエに摑ませて、

「御飯だって、ここんところ、たべたことなんかないのよ。あんたのように清貧に甘んずるとか何とかいったって、それはやせ我慢みたいなもので、野たれ死《じに》を意味するわ。そんなこと」

あせもの出た乳房のあたりを、民江はボリボリかきながら、

「ユキエだって、何にも着るものがないのよ。もうじき神田の復興祭がくるそうだし、せめてワンピースぐらい着せてやらないとねエ……」

たたみかけるようにいいだした。汗の玉が咽喉裏をつたい、胸もとをとおって民江の肩から下っているシミーズにしみた。安田はパンツ一つで、とうもろこしにたべあきたあと、ごろりと横になっていた。安田の研究したところによると、横になっているのがいちばん涼しいのであった。それは焼けたトタン屋根から少しでも遠ざかっている計算だからである……。

安田は足を組んで、民江の顔を見ず、民江の上半身の裸体を見ていた。かわるがわる落ちてくる、民江の汗の玉を見ていた。汗の玉は時々チカッと光った。

「だから、考えた末だけれど、あたしはダンサーに出たいと思うのよ、ねえお願い」

民江は拝むようにペコンとひとつ頭を下げた。それで安田は民江の顔をはじめて見た。

「働いて、働いて、お金を儲けたいの。こんなインフレの社会じゃ、あなた一人にお金の苦労かけるのもどうかと思うの。それは、あなたに、あなたの好きな道で成功してほしいと思うわ。けれど、このごろ、時々考えることがあるのよ、こんなことしていて、あたしたちはこれでいいのかしら。あなたは勉強はできないし、毎日工場の音にブツブツいうし、散歩ばかりしてつかれて帰ると、売れない小説を書いている。見ていて気の毒になってくるわ」

民江はそういうと、寝ついたユキエを畳の上にころがして、食卓をよけて、安田の方へいざり寄った。

「ねえ、どう思う。ダンサーをすれば五千円はとれるッていうじゃないの……」

安田は起き上った。正直のところ、民江の真剣さに驚いたのである。安田は困ったことになったと思った。民江のダンサー希望は、その時の思いつきではなく、日ごろから考えあぐねていた熟慮の末であろうと思われたからだ。すると、だまっているのにたえられなかった。

「ダンサーするんだって」

と、自然と反問する姿勢をとった。

「そう簡単にはいかないさ。だいいち、そんなあせもをつくっているような胸もとで、ドレスなんか着込めたもんじゃないぜ……」

すると民江は、

「あせもなんか、すぐなおるわ。こんな屋根裏にいるもんだから、パンみたいにぶつぶつふくれものができるのよ……」

といくらか意気込んだ口吻《くちぶ》りでいい、胸もとのあせもを、またボリボリ掻きむしった。

「あんたは、そんなのんきなことをいっているから駄目なのよオ。あたしがお金さえ儲けてくれば、よそへ引っ越してゆくことも考えられるじゃないの。だいたい、お金がないから、こんなところで辛抱しなけりゃならないのよ、あんた」

それもそうだと安田は思った。今すぐ貸家が空いているから、権利金を用意しろといわれても工面のしようがないではないかと考えた。この暑い屋根裏に辛抱しているのも、結局、自分の甲斐性がないからである。そのためにも、妻子が泣いているのだ。安田は腹の中で、利己的なこれまでの暮しぶりが反省されるようでもあった。なるほど心機一転をはかって、民江のいうとおり、民江も働き、自分も働き、そこばくの金を用意できさえすれば、周旋屋へでもたのんで、新しい、せめて八畳ひと間でも借りることができるのだと思った。

「それもそうだが、しかし、ユキエがいてはどうもねエ……」

安田は民江のうしろでころげているユキエの、ぴんと大股にひらいた足を見た。

「ユキエのこと、それはあなたがお守りしてくれなくちゃ駄目よ」

「というと、俺はもう就職しなくっていいというわけか……」

「そうでもないけどさ、そりゃ、あなたが就職して、あたしが家にいるに越したことはないけれど、今のところ、あんたの勤め先もないようじゃないの」

「うん」

と安田は口をつむった。ずうっと前からたのんであるのだけれど、二、三の友人からは、まだ何ともいってこない。あやうい就職の問題が思われた。

「だから、勤め先がきまるまで、あたしをダンサーに出してくださいよ。考えてみると、男のあんたが、せいぜい月給貰ってきたって、千円ばかしでしょう。生活に困るのは同じことですよ。だから、ほんとのことというと、あたしが働いて、あなたがユキエをお守りして、家にいるのがいちばん今の場合いいと思われるの。だって、あたし、いくら少なくたって、月に三千円は稼いでこられるわ……」

と民江は自信たっぷりな顔つきで、食卓の上の手巻きの煙草を一本とるとそれに火をつけた。民江は時々、これまでにも、不馴れな手つきで喫煙するのであったけれど、今の場合、それが妙に馴れた喫いかたに見えた。安田は眼をほそめると、民江がダンサーのように見えた。肩紐をずらせたシミーズが、いくらかあばずれて、純白のドレスのように思われた。で、

「なんだ、もうダンサーみたいじゃないか」

というと、それが自然と民江に承諾をあたえた返事になったらしい。

「とにかく、いちど日本橋へ行ってみるわ。あなた、一日、ユキエを見てて頂戴よ」

民江はそういうと、話がきまったような、安堵の顔をつくって、鼻穴から大きく煙を吹きだしたのである。

それから四、五日した天気のいい日に、民江は十時ごろに出ていった。人絹《じんけん》のひらひらしたワンピースを着込んで、日傘もささず出ていく民江と、安田はユキエを抱いて、「一八《いっぱち》通り」まで一緒に歩いた。

「とにかく、行ってみるわ」

そういうと、民江は少し厚化粧と思われる顔をほころばして、半泣きのような渋面をつくって省線の方へとっとと歩いていった。

民江の行ったのは、日本橋のデパートの七階にある「東京ダンスホール」である。はじめ、民江は省線の駅で新聞を買い、そのころ勃興しだしたたくさんのダンスホールが、「新時代の女性を求む」という見出しで、募集している欄を読んだのであるが、銀座方面へ出る途中、日本橋まで歩いて、最初の「東京ダンスホール」を訪れてみた。新聞広告によると「東京ダンスホール」は「ダンサー百名募集、容姿端麗近代女性に限る」としてあるので、百名も募集しているところをみると、よほど欠員を生じているものにちがいないと思われた。そして日本橋は、神田から徒歩で二十分、地下鉄で三分、市電で五分もあれば通勤できる好都合の場所である。かりに採用されたとすれば、毎晩、ラストバンドをすませて帰るのは、たいがい十時を過ぎる時刻であるから、なるべくちかいほうが好ましいと思えた。民江は「東京ダンスホール」へ志望してみようと、四、五枚の履歴書のうちから、いちばん上等なのを選び、デパートの七階へ上っていった。「東京ダンスホール」は、映画劇場のならびに入り口があって、入口にはちょうど「ダンサー志望者はこちらへ」とした矢印の紙がはってあった。民江は矢印の紙の命ずるままに暗い廊下を通っていった。廊下の壁の向うで、タンゴバンドのゆっくりした調べが起った。壁の向うが舞踏場であるらしかった。「詰所」は事務所の一室らしく、十二、三人ばかりの志望者らしい女が椅子にかけたり、立ったりしてかたまっていた。民江はその中へ入った。履歴書を受け付にさし出すと呼び出しの順番を待った。ベニヤのドアをあけて、むかいの部屋から出てくる女たちは、そこがもう銓衡室《せんこうしつ》らしくこちらへお尻をむけて、きまったようにうつむいて帰ってくるのだった。いろいろの表情で、たとえば銓衡の結果が、即答されて、非採用になった者はどこか落ち着かないふうで、出てくるのである。十二、三人の順番を待つまでに、民江のうしろには新しい十人ばかりが到着した。まだ学校を出たての、お下げの娘もおれば、黒っぽい地味な着物をきて、はっきり三十五、六と見うけられる婦人も二、三見受けられた。だいたいは二十一、二の娘が多かった。背の高い体格のいいのや、低いちんちくりんとした少女や、まちまちであった。詰所の中で、それらの女たちは黙ったまま、待ち遠しい銓衡室からの呼び声を気にして、時々、かたわらの女を、自分が銓衡するような眼で、じろじろ見つめあっていた。民江は隅の方で、立って待った。どうやら採用になりそうな気もした。百名も採用というからには、これぽっちの志願者では、とうていぜいたくな選択はできまいと思われた。それに、自分よりは、容貌のわるいと判断できる女が多数いたことである。あとからあとから増えてくる新客に、強敵が現われはしないかと、民江も自《おの》ずから、みなと同じようにじろじろ入口を見つめていたが、さして強敵と思われる新客も来なかった。

やがて、銓衡室へよばれていくと、八畳敷ばかりの広さの洋室に、丸テーブルが置かれ、向う側の肘つき椅子に三人の背広をきた四十前後の男が坐っていた。いずれもダンス教師上りのような、瀟洒《しょうしゃ》な身装《みな》りの男であった。頭のポマードがピカピカ光っているのが、毎日、くしゃくしゃにした安田ばかり見つめているかげんか、民江は気になった。民江が入ると、三人の眼がいっせいに集中したので、民江はあかくなった。まん中の声の細い男が、いろいろ質問するうちに、両方の男が、容貌や、姿体の品定めをする仕組みになっているらしい。俎板《まないた》の上にのった気持で、民江は質問にこたえた。

「二十六ですか」

とはじめに問われた。

「はい」

「二十六というと猿ですか、巳ですか」

「いいえ、犬ですわ」

「結婚なさっているんですね」

「え、しています」

「結婚なさっているというようなことを、公開なさっちゃ、ホールではお客がつきませんよ、履歴書だけは秘密にいたしますけれど。ところで、御主人は、復員をなさらないというような……」

「いいえ、病気で寝ておりますの」

「それはお気の毒ですねエ、お子さんは」

「え、一人おります。二つなんですけれど、べつにもうおっぱいも欲しがりませんの、お守りをしてくれる人もありますので、自由に働くことができますのよ」……と嘘をこたえた。

「時間的にも大丈夫でしょうねエ、つまり、早出《はやで》と遅出《おそで》とありまして、早出は二時に出ていただくことになっていますけれど、大丈夫でしょうか」

「大丈夫でございますわ、ついちかくの神田におりますので、十分前に出ますれば。地下鉄で来られますもの……」

「神田ですか、鍛冶町《かじちょう》三丁目というと、どこらあたりでしょうか」

「省線から須田町の方へ一丁ばかし、寄ったところですの」

「するとお風呂屋がありましたねエ」

「ええ、『三徳湯』というんですけれど、あのならびでございますわ」

ここまでいうと、銓衡員の顔はだんだん緊張からほぐれてきて、民江もすこし返答に馴れた。

「レッスンがありますけれど、相当きびしいですよ。むかし、お踊りになった経験でもおありでしょうか」

「いいえ、ちっとも……」

「そうですか、かえってそのほうがよろしいです。なまじっか下手な踊りを知っておられると教えにくくてねエ……」

と、これは右側の男が左側の男にいったのである。民江は、これでもう採用にちがいないと思った。で、先ほど、安田のことをたずねられて、病気だとこたえたことがちょっと気になるので、まん中の銓衡員へ向って、

「あの、夫は病気と申しましたけれども、足をけがしましただけで、もう医者の手も離れて大丈夫なんでございますの、ダンサーを志望いたしましたのは、その病院代なんかで、お金をつかいましたので、生活費なんかも、当分、夫に休んでいてもらわなければなりませんので……」

「あ、そうですか。旦那さんの御職業は何でございましょうか」

「書きものなどいたしておるんですけれど……」

「といいますと、小説家ですか」

「いいえ、まだ、名もない、童話を作る勉強をしておりますわ」

と民江はいった。

「あ、そうですか」

と男たちはそこでテーブルの上にひろげた、民江の履歴書に顔を寄せ集めた。そしてまん中の男が先ほどから指のあいだに挾んだり、立てたりしていた赤鉛筆を持ちかえると、くるりとその履歴書に○印をつけたのである。そして、

「採用にいたします」といった。

「明日《あした》から出て来てください。明日、くわしくお話ししますよ。ホールにはホールの規則がございまして、特にこのホールは、銀座あたりのホールとちがって、会員制のホールですので、ダンサーの方には相当まじめにやっていただくような仕組みになっているんですよ。そういうこととか、レッスンの用意などについて、明日くわしくお話ししますから、もし御都合がわるいようでしたら、申してください」

「いいえ、都合はよろしゅうございますわ。きっとまいりますわ……」

というわけで民江はその日、三時ごろ帰ってきた。屋根裏へ上ってくるなり、ちょうどユキエを窓ぎわへ寝かしつけて、そのそばで寝ころんでいる安田へ、

「ちょいと、うかったわよッ」

と頓狂な声をあげた。安田が起きあがって、ぼんやりした顔で仰向いていると、民江は、

「ああ、あついったらありゃしない」といい、ワンピースを裾の方からまくりあげ、シミーズ一つのいつもの姿になると、前にかいたようなてんまつを喋ったのである。喋ったあとで、民

江は、

「どう、うまいもんでしょう、あんたが足がわるいなんて嘘をついたところ……」

安田はしばらく返事にまごつく気持だった。だまったまま、煙管を吸っていると、民江は、

「あたしも、少しはきれいだと見えて、合格したわよ。それは、変てこなおカメさんが来ていたわ。容姿端麗近代的女性とはおよそかけ離れた、変な顔の人もいたわ。それでも勇敢に銓衡室へ入っていったわ」

といい、いくらかはしゃいだ声で、民江は「ああお腹がすいちゃった」と、石炭箱にカーテンをたらした茶ダンスの代用品へ手をのばすと、朝方焼いていったグリンピース入りの蒸パンを一つぱくりと頬張った。もぐもぐ嚙みながら、安田の方を向いて坐ったが、ちょっとしんみりした顔つきになって、

「若いおさげを結った女の子も来ていたけれど、なかには三十四、五のお婆あちゃんもいるの。あたしの前に銓衡をうけたひとが、そうだわね、もう四十ちかいような皺の多い顔をしていたわ。そのひとが、あたしが銓衡がすんで出口の方へ帰ってきて、劇場の階段から六階の方へ下りようとすると、たぶん、次の番のあたしの出てくるのを待っていたにちがいないのよ、ちょっと、といってあたしのそばへ寄ってくるの。あの、あなた、銓衡室で何とおっしゃられまして？　ッてきくじゃないの。あたしその時、ついうっかり、採用いたしますッて返事いただきましたわッて答えたの。すると、そうでしたの、変ですわねえ。あたしには、採用通知は二、

三日ちゅうに速達でおしらせするッておっしゃいましたわッて、そのひとがいうの。きいてはッとしたけれど、たぶん非採用なのよ。二、三日ちゅうに履歴書を送り返されるんでしょう。あたし、その時、そのひとの皺のよったお顔をちらと見たの。そしたらね、それほど汚ないッていうんじゃないんだけれど、もう年齢《とし》ね。どこか世帯やつれみたいな感じがして、三本も四本も皺のよったひたいに、厚いまっ白なお化粧してるの……」

民江はそこで、四十ちかくなって、厚化粧するなんて、厭あね。どこか哀れだわ、といい、とうもろこしの蒸パンをまた嚙った。安田はきいていて、あせもの出ている胸もとを出して、咀嚼のたびにみみずのようなすじの張る痩せた咽喉首をたて、有頂天になっている民江が空虚にうつった。

「お前だって、その非採用の口へ片足ぐらい突っ込んでいたんだ」

言葉が咽喉にひっかかった。その拍子に、とつぜん、安田の頭の中に何か赤い大きなものが浮んだ。考えてみると、それは赤いゴム風船であった。風船は一本の糸にくくられてハタハタ風に鳴っていた。真紅の今にも破裂しそうな大きな風船であった。

変なその風船を安田はもてあましはじめた……。

その翌日、民江は「東京ダンスホール」へ歩いていった。やはり前日と同じく三時ごろに帰ってきたが、いろいろとホールの内情や規則を説明して、「明日からレッスンがはじまるので、一時には出なければならないわ」といった。そして、靴やドレスは、ホールの方で借りられて、毎月借料を払えばいいのだけれど、「香水」と「首飾り」がどうしても必要だといった。

「みんな、とってもきれいな飾りをつけてるのよ。あたしはどちらかというと、胸のところがさみしい身体つきなんだから、どうしても『首飾り』がいるわ。それにあたしはとっても汗かきなの、レッスン中は、ステップに真剣なものだから、汗でびちょびちょになるわ。だから、香水をふりかけていなくっちゃ、なんか臭くって先生にもすまないし、……」

と民江は顔をしかめていった。安田は先日、質屋に入っていた袷《あわせ》を二枚出してきて、それを古着屋へ売っていたのである。袷といっても、安田の父親が、若いころ、故郷の村で着古したもので「結城御召《ゆうきおめし》」が一枚まじっていた。それを三千五百円で売り、生活費にあて、机の引出しに入れていた。「首飾り」と「香水」を買おうと思えば、それに手をつけなければなるまいと思った。

「いくらするもんだか知らないが、そんなに必要ならば買わねばならないね」

ごろんと横になって、先ほどから窓の外を一羽の燕がせわしく行き交うのを追っていると、

「さあ、あたしもわかんないけれど、『香水』は五十円も出せばあるでしょう。『首飾り』も、そんなにいいものでなくっていいの。まがいもののガラス玉でいいのだから」

と民江はいった。四時ごろになって、闇市の片側町の陽がかげった。民江はユキエを抱くと、安田は懐中に千円入れ、浴衣《ゆかた》で出かけた。

陽に焼けた車道は撒水車《さんすいしゃ》の流した水を乾かし、むんむんする熱気が顔を撫でた。戸板や瓦礫の上にテントを敷いて、ごたごたと品物をならべている商店街は、ごみっぽい埃にまみれ、菜っ葉服の商人たちは、たえずはたきで品物をたたいていた。

ライター屋、金物屋、玩具屋、古道具屋、洗濯石鹸屋、軽便な折畳式になった張り店をかまえて、わけのわからぬ黒っぽい液体を売っている香具師《やし》も見うけられた。醤油の代用品、カレー粉、ふくらし粉、ドンドン焼器、巴焼器《ともえやきき》、そうした食器の宣伝屋は、街道で七輪をあおいで、うどん粉をこねている。

雑踏をかきわけて、先を歩いていく民江が、化粧品屋を見つけたらしく、立ち止って安田を待っていた。ちかづくと、

「ねえ、案外たかいものね」

安田が見てみると、親指ほどの小瓶に入れた黄色い液体が、百円とか、百五十円の札《ふだ》がつけてあった。しかし、隅っこの方に七十円とした偏平な瓶が目に入った。それがいちばん安いと思われた。

「あれ、どう」

とあごでしゃくると、民江は、

「これ」

といって、手をのばして、

「アレキサンドルなんて、きいたこともないわねえ」

とレッテルを見ながらいった。蓋をとって鼻に押しつけると、

「けれど、いい匂いね。これ貰おうかしら」

店員が何かいうのへ、民江はもうそれにきめたもようで、「お金」と安田にいった。安田は財布をわたすと、次は「首飾り」だと思った。

闇市をぬけて、ガードの方へ戻ってくると、向うから、偶然、土曜書店の久能甚三が鞄をさげ五十過ぎの、これも小肥《こぶと》りの男と歩いてくるのが見えたのである。安田ははげしい雑踏なので、久能が知らずに過ぎれば声をかけないで通り過ぎようと思った。が、三間《さんげん》ほどちかくなると、久能は、安田を見とめたらしかった。

「やあ」

と手を帽子のへりまであげて、ちょこちょこ短かい足を運んでくると、久能は、

「どうしていますかね。いつぞやは大変な夜になってしまって。お気の毒でした」

とじろじろ安田のちびた下駄を見つめた。

「いい時節が来たら、また呼びにきますよ。あなたにはほんとにお世話になっているんだ。へへへへ」

と久能は妙な笑いをして、連れの男をふりかえると、安田がたずねもしないのに、

「ミシンですよ、このごろはそっちの方で、ひと儲けたくらんでおりますよ。お宅はまだ三木

君の工場にいるんでしょう……」

「ええ」

と安田は昔とかわらず、そわそわと落ちつかずに、たえず動いている久能の背の低い肩を見つめていた。白麻の質のよい夏服を着ているが、肩のあたりに黒い埃がついて、何か担いだとみえる跡が歴然としていた。ふと、本郷の家で寝ているはずのカリエスの細君がうかんだので、

「奥さんはどうです。このごろ」

「あいつはあいかわらずで、へへへへへ」

久能はまた笑うと、連れが待っているからと眼でいって、

「では、いずれ、ゆっくり」

と帽子のへりへ手をあげると、ちょこちょこ歩きで日本橋の方へ歩いていった。ふりかえると、白ズボンのお尻が、ハート型の判を押したようによごれている。このごろは、どこにでも坐りこんで、重いミシンの部分品など、担いでいるものと思われた。

民江は須田町の方に、一軒袋物屋があって、そこの店頭に安い「首飾り」や「ブローチ」などが陳列されてあるのを見たことがあるといった。闇市の商店では、変なものを摑まされるおそれがあるから、ちゃんとした店で買いましょうといい、また先を歩いていくのだった。

夕暮れであった。市電通りの商店街でも、アスファルトの上に七輪を持ち出し、鰊《にしん》など焼いている家も見うけられた。ぷーんと匂う煙が町を流れて、幾人も空腹そうな人たちがすれちがっ

た。ボツボツ歩きながら、安田はふと、土曜書店の吉本や倉井はどうしているだろうかと思った。寺田絹枝の顔もうかんだ。ずうっと顔を見せない菊本も、新聞の方でいそがしいのであろうか。このごろになって誰も訪れてくる者もない孤独さがあった。

須田町の袋物屋で、安田は百二十円の「首飾り」を買った。白いガラス玉の、まがい真珠である。民江が店の中へ入っていって、そこの柱鏡に「首飾り」をつけ、ちょっとためしてみているのを鋪道から見ていると、ユキエがその真珠を摑んで、ぺろぺろなめている。

「いやよ、この子、だいじな首飾りよ、お母ちゃんの」

と、民江ははしゃいで店を出てくると、ユキエの手をはなして、

「真珠の首飾り、あなた」

不断着の埃じみたブラウスの襟が、皺くちゃにうしろでまくれている上へ、民江は白い玉の首飾りをつけ、雑踏の中を喜々として歩いていった。

真珠の玉は民江の薄茶色の襟の上で、風にふかれて後髪《おくれがみ》が乱れるたびに、玉虫の羽のように光を放った。

第七章　安田の日記

月　日

今日は朝からむし暑かった。ユキエを抱いて銀座へ出てみた。銀座は、土曜書店に勤めていたころ、知友と呑みあるいたり、作家などと、喫茶店で待ち合せたりしたこともあるので、戦後の繁華ぶりは、わかっているのだが、つい工場の機械の音がうるさいものだから、足がむいたのである。

服部の角で進駐兵にユキエはチョコレートを貰った。交叉点を横ぎって、数寄屋橋《すきやばし》の方へ歩いてゆくと、朝日新聞の田上に偶然出会った。同人雑誌時代の友人であるが、鋭敏な感じは残っていたけれども、その鋭敏さが、話していても、変な神経的な感じがして、彼もかわったと思った。田上の案内で、「オリンピック」でコーヒーを飲む。田上はユキエにプリンはどうかというので、それをたのんだ。スプンはまだ持てないので、ユキエはプリンを手でたべた。ひと口自分もたべてみたら、水くさい寒天のような代物なのである。田上は社会部の記者らしく、いろいろとニュースに明るい。こんな話をした——。

なんでも、社の命令で上野の夜を探索に出かけたのだそうだ。まず御徒町《おかちまち》からリンタクに乗って、リンタクの御者《ぎょしゃ》に、パンパンのいそうな所へ案内してくれ。パンパンでなくても、どこか、そういう女のいる巣窟へ行ってみたいんだ。というとリンタクは心得たもので、広小路《ひろこうじ》へ出ると、公園の方へむかってペダルを踏み、不忍池《しのばずのいけ》のわきへくると車を止めた。旦那、ここらへんがいちばん出そうな所ですぜ。下りてみると、公園の崖の下で、何か、薄暗くてわからぬが、小さい鳥居のようなものがあって、神社があるらしい。崖の上のうす明いガス燈の光りで、常緑樹のこんもりしげった林の中に、白い階段が見えた。石段である。石段にはたくさんの紙屑やボロ切れが落ちていて、石段のわきの樹下には芝生が生えた窪地があるらしかった。そこだけがゆるい傾斜であった。リンタクに百円取られ、そして一人になった。誰も人はいなかった。ここらあたりからなるべく広い途を通らぬように樹の下ばかり歩け、とリンタクが教えたとおりに、田上はとにかく段を上った。おぼろな月が出ていた。道へ上りつめると、まだ九時ごろなので、散策していた夕涼みの人らしいのが見えた。夕涼みのような顔をして、実は自分と同じ魂胆《こんたん》がある連中かもしれぬと思った。途を横ぎると田上は芝生の中へ入った。さくさく静かな草を踏んで、まっすぐ歩いた。誰もいなかった。パンパンなぞ一人もいないのである。社の命令では、パンパンを一人ひっとらえて、いくらぐらいの稼ぎがあるか、客すじにどういう連中が多いかなどということを調べてこいというのだった。社では上野、浅草、新宿などと、盛り場の裏を特輯でもする計画であったらしい。上野には鬘《かつら》をかむった男が出没して、ちゃんと女の役目を果してみせるということである。そんな新商売もさぐってみたかった。ところが十一時ごろまで、公園をほっつき歩いても女に出くわさなかった。ひょっとしたら、警察が、網でもはっている夜なのかもしれないと思った。噂にきく上野はいっこうに何の歓楽の気配もなく、深々《しんしん》とした夜なのであった。しかたがないものだから、博物館の裏の方まで行った足を、また元へもどして、田上は西郷さんの銅像の所まできた。銅像の横の見晴らし台みたいなセメントの垣に肘をついて、田上は煙草をくゆらした。疲れが出ていた。これでは徒労である。何にもなかったと報告するよりしかたがないのである。それで断念して石段の方へ歩いてくると、とつぜんその時、田上は異様なものを見た。それは石段の下り口から、すこし銅像の方へ曲ったセメント垣の根もとで、新聞紙のようなものを敷いて女が寝ているのである。はっとして田上は立ちすくんだ。寄っていくと、女は一人ではなかった。赤ん坊を抱いているのである。すぐ五、六間横のガス燈が、そこまで光線を投げているので、女の風体《ふうてい》がおぼろげながらわかった。茶色っぽい縦縞《たてじま》の単衣《ひとえ》をきて、足もとをこんもりねんねこで包み、露わに出した乳房を吸いつかせた二つぐらいの女の子を、女は眠らせていた。枕もとに立った田上の足音で、ふいに顔をあげたが、さして驚いたふうでもなかった。光線で、三十過ぎの百姓風の顔であることがわかった。地下道に寝ているのがうるさいので、青天井の公園で一夜を明かすらしく思われた。と思ったけれども、考えてみると、その女の着ている衣類も、さして泥だらけというふうでもないし、顔も埃じみて黒いというほどでもないのである。どこか栄養満点といったキンキンふくれた顔をしているのだった。眼がギョロリと光って、ほつれ毛が鼻先へかかるのを、女はうるさそうに、かきあげた。じっと立っている田上に、あきらかな警戒の背をまるめると、女はすくむようにして、赤ん坊を抱きなおした。

「夜露にぬれるじゃないですか」

田上が声をかけると、女は心もち顔をあげ、首をひねるようにして、田上の足もとを見つめたが、だまっていた。

「ここじゃ冷えますよ、あんた」

田上はそういうと、腰を折って、女の方にできるだけ近づいた。

「どうして、こんなところに寝ているんかね」

「………」

「地下道へ行ったほうが夜露にぬれなくていいんじゃないですか……」

「はい」

と女は小さくいった。そして、赤ん坊の方へ顔をおとすと、

「東武電車に乗りおくれたんですよ」

とこたえた。それでは浮浪者ではないのかと思ったが、そういう普通人が、またよくもこんな砂利の上に寝られるものだ、と思ったので、

「東武線はどこまで」

とたずねてみると、

「はい、カスカベですよ。子供がかわいそうですけれどね、地下道で明日の一番まであかそうと思ったんですが、東北線の行列の人に押されて、みんな追いだされてしまったんです……」

浮浪者は時おり、地下道を追っぱらわれるときいたが、それに交って、この女も追われたらしかった。

「宿を探したらどうですか」

「お金がないんです」

女はそういうと、田上をあおいだ。そして、

「もうおそいですよ。どこへ行ったたって泊めてくれる所なんか」

女はそこで妙な笑いを一つしたのである。

――これがパンパンなのである。三十過ぎの赤ん坊を抱いたパンパンを君知っているか。哀れだね。俺は金がなかったので金をやることもできなかったけれど、とにかく、そのまま帰ってきたんだが、社へは何も書かなかった。だって書くことがないじゃないか。書けば別の論文ができそうだよ。つまり、それはこうなんだ。都会の一般人たちは、上野や、新宿の盛り場は、夜になると大した淫蕩《いんとう》の町とでも化すと思ってるんだよ。銀座だってそうなんだが、夜、自分の家で、本など読んで、ボンヤリして退屈になると、今ごろは有楽町あたりは、たいへんなパンパンと酔客の乱舞であろうなどと考えるんさ。馬鹿なそんなことがあるもんか。上野を一晩歩いたって、ああいうさみしいものだった。実に散文的なんだ。若い女などがうろついてなん

かいやしないんだ。一種の現代の妄想なんだぜ、これは。小説だって何だってそうなんだ。現実の有楽町は、十時になればまっ暗だしさ、商店も店をしまい、人の子一人通りゃしない。みんな妄想で変な都会の一偶を空想しているんだよ。君だって、小説書いているんだから、こういうところを衝《つ》くとおもしろいぜ。淫蕩の町をえぐる情痴作家などと、変なレッテルの作家も生れているようだが、みんな妄想だ。君。——そういうと、田上は九州男子特有の、あの胸を張って大笑いする笑いかたをしたのである。

自分は田上の言っていることが、はっきりわからなかったが、あとで、何か理解できたようにも思った。

月　日

一日屋根裏でくらした。午《ひる》すぎに民江がホールへ出たあと、三木の上さんが上ってきて、工場の吉さんが封筒を盗んだのを見なかったかというのである。べつに見た記憶はなかったので、知らぬというと、上さんは不機嫌な顔で帰っていった。階段の下り口で頭だけ出すと、

「いやになりまっさ。ストライキや何のかんのと、女工はんまでがさわぎだして、ほんまに小さな工場やっていても、損ばかりしてますのや……」

といい、下りていった。

階下のストライキは、吉さんの煽動であるらしい。三日ばかり前から休んでいるのである。

何でも吉さんは二十年来の子供の時からの職人であるらしいが、いまだに日給で、しかも五十円だということだ。ひと月まるまる働いたって千五百円である。これでは暮していけまい。女工たちも、みちのにきけば月八百円はむずかしいという。いつか吉さんが二階へ上ってきて、

「組合をつくろうと思うんだが、本がありませんか」

といい、そんな本はないというと、

「安田さんたちは原稿用紙に字を書いておれば、お金になるけれども、あっしたちは、いち日油だらけで、それでも腹ぺこでさあ……」

と下りていったのを思い出す。

こちらだって、書いた原稿が金になるものか。

ストライキをしたいにも相手がない。組合を結成しようにも連れはない。

四時ごろからユキエの寝た間に、「天上に昇った風船の話」という童話を書きかけたが、四枚目で筆がすすまなくなってペンを置いた。すこし、理窟になりすぎているところが気になるので、書きなおすつもりである。

とにかく、ストライキはありがたい。一日じゅう静かである。

月　日

今日も朝から静かだ。十時ごろ、女工さんたちが出てきたもようだったが、何か代表の吉さんと三木との折合いがつかぬらしく、仕事はやめにして三十分ほどして出ていった。一時ごろ、上さんが上ってくる。

封筒は紙の値が上った。十人の職人をきりまわしていくためには闇の資材を使って仕事をしなければ、とても紙工品組合からの配給だけでは食っていけないのである。といって、職人をクビにして事業を縮めるわけにもいかないので、三木は毎日闇紙の入手に走ってばかりいる。とても工場の監督など手がまわらない。それで女の眼で監督しているわけだが、上さんは職人になめられて、職人もいっこうにコワくないようである。何かいうとオヤジを呼んでこいと吉さんはいう。上さんは泣けてくるというのであった。これじゃ、職人たちのために仕事をつづけているようなもので、昔のようにぜいたくできまへんわ。といい二時間ばかし話し込んでいった。帰りしなに、

「三徳湯で山上鉄工所の奥さんにあいましたら、ユキエちゃん大きゅうならはったやろなあ、いうてはりましたでエ」

と上さんは下りていった。ユキエの「貰い乳」をやめてから、もうだいぶたつのである。ユキエはこのごろすっかり一人前になってきた。ただあせもだけがあわれである。口の下にできた「あせもの親」が昨日から赤く化膿しはじめて痛そうだ。

月　日

民江はホールにだいぶ馴れてきた。

早出の時は一時に出て、遅出の時は三時に出る。客商売なので毎日お風呂から帰ると、三十分ばかし化粧に時間をついやし、毎日、結髪のかたちを変えている。アップスタイルは似合わない。アップスタイルは、うしろの生え際《はえぎわ》が、きれいに二本背中へのびている女がするものだというと、民江は、うしろ鏡をしていくども生え際を見ていた。不服そうであった。民江の髪は、少ないほうなのだから、長くうしろへたらしていたほうがよい。無雑作の美という奴を教えてやると民江は、お客さんが、これが似合うと賞めてくれたといいアップスタイルを固持してやまない。

「襟もとが涼しいから、まあいいだろう」

というと、民江はそれには同意した。

民江の収入はふえてきている。昨日は三百円チップを貰って帰った。ホールはテケツのほかに現金を貰うのを禁じているのだが、みんな貰うのだそうな。はなはだしいのは、シミーズの裏にポケットをつくって、貰った分をそこへ入れるという女もある。

「お前はどうしているんだ」

とたずねると、手に握っているのよ、とこたえた。

「手に握って、汗だくのお札がこんなに皺くちゃになるわ」

貰ってきた分を皺をのばして、民江は姫鏡台の引出しにためている。だいぶ前から家計簿をつけて、収入の欄にはいちいちチップまでつけているもようだ。ヘソクリもこしらえているもようだ。

女は化粧をするときれいになると思う。

民江は香水の匂いをぷんぷんさして、顔の艶も出てきた。ふっと娘のようにも見える。妻が若いということは、何にしても幸福なことなのかもしれないと思う。

階下へ炊事に下りている間に、家計簿を盗み見してみると、正直な記録をしていた。五日と二十日がテケツの勘定日なのだけれども、五日には千八百円、二十日に二千円貰ってきている。そのほかにチップがあるので、五千円ぐらいは稼いでいるのだろうか。

四時ごろ、三木へ来た闇屋から闇米を二升買う。一升百六十円也。

ピースを一箇買う。

夕刻、ユキエに三角くじを買ったが、破いてみたらキャラメルがあたった。夜「天上に昇った風船の話」をはじめから書きなおす。なかなかすすまない。六枚でやめる。

月　日

K先生からはがきが来て、この前送っておいた三十枚の短篇を、ある雑誌に推薦したから、いちどおひまのおりに御来駕《ごらいが》ください。という先生特有のていねいな文句である。短篇は「山上学校」というのだが、疎開時代の教員生活からヒントを得たもので、何という雑誌か知らぬが、はじめての正式な発表なので嬉しかった。

先生の宅へユキエを連れて行けまいと思う。一日K先生訪問のために民江に休んでもらおうと思う。民江が帰ってからそれをいったら、日曜日はホールがヒケるからその日にしてくれないか、という。三日待つことにした。

現金なようだが、中央公論のK先生の小説を読まずにいたのを四時ごろから読んだ。

月　日

ユキエの口もとの化膿がひどいので、朝のうちに民江が日大病院へつれていった。帰ってくると腫れがひいていた。医者は切開して、ホルムガーゼをつめたらしい。かゆいらしく、じきユキエは手を傷口へもっていく。泣いてばかりいる。二、三日通わねばならぬということである。

田舎の弟から手紙がくる。近況を知らせと書いてあるが、近況など報《し》らせられるものか。嘘でも書かないことには、老母がとやかくいうにきまっているんだ。

月　日

菊本がめずらしくたずねて来た。ユキエをつれて、付近の大木合名のやっているフルーツパーラへ行く。菊本はポーラの上着なんか着込んで、洒落込んでいた。坐ると、

「ダンサーしてるっていうじゃないか」

といった。誰にきいたのかというと、

「山中さんにきいたよ」

という。山中さんは土曜書店の当時、いろいろ世話になった地味な小説を書く作家だが、ダンス好きの先生のことだから、「東京ダンスホール」へでも現われたのかもしれぬ。それにしても民江の顔をよくおぼえていたものだと思う。いちどは山中さんに、民江を紹介した記憶もあるのである。

「ところで、小説はどうかね」

書けないと自分はこたえた。反対に、君はどうだい、とたずねたら、菊本は、

「小説は放擲《ほうてき》したよ。文学なんかやっちゃおられないんだ」

といいだした。菊本のいうところはこうである。現代ほど誠実をゆがめられる時代はない、金と物の力に、人間はいかに精神の微力なものであるかを痛感しながら、みんな何か売って食っている。坊主は袈裟《けさ》を売ったのは古い話だが、文学青年は魂を売っている。そしてみんな頬かむりして、妙な小説ばかり書いている。いったい、今の文学青年たちは、自己の足もとを見つ

めてなんかいやしない。こういう自覚から、いざ菊本は己れの足もとを見つめてみると、情けなくなったというのである。何の鏡に照らして小説を書いてきたのか、鏡をくもらしたら作家はもうおしまいだろう。それで、いさぎよく俺は生活者になろうと思って、働いてるんだよ。菊本はそういうと、例のくせの、眼をほそめる沈黙のポーズをとった。

自分はだまってきいていた。菊本のいうことはわかったような、わからないような気がした。その鏡という奴は、いったい何なのだ。もう少しききたく思ったけれども、客の立てこんだ喫茶店ではゆっくりすることもできなかった。それにユキエが腕の中で寝てしまったので、早々にそこを出たのである。

菊本は鏡を一種の道徳的な明鏡と考えたのだろうか。人間が生れた時にもっていた、きれいな童心のようなもの、そんなものにたとえたのでもあろうか。はっきりわからなかったが、いささかセンチメンタルなようにも考えられた。土曜書店のことなど、何にも話さずに小走りで神田駅の方へ走っていく菊本のうしろ姿が変に頭にのこってしようがなかった。

酒の配給があった。男子三合、女子三合。

月　日

新進作家の中田さんが昨日やって来た。土曜書店の関係で、これも知り合いになった作家だけれども、中田さんは大男でスポーツマンで大酒呑みである。本郷へ行ったら看板もなく、書店は移転したもようなのでやって来たという。その時、ユキエを守りしている自分が中田さんにはお酒が呑みたいように見えたのかもしれない。

「いっぱい呑みに行きませんか」

と誘われた。自分は辞退したけれど、中田さんは、お金を持ち合せていて、それは是非とも呑んでしまわぬといけないお金なのだといった。新橋へ行きましょう。というので、背中にユキエをくくりつけた。

省線で新橋へ出た。バラックの、中田さんが呑みつけらしいおでん屋へ入った。お酒を注文して、中田さんは、

「小説書かないと駄目じゃないか」

といった。そして酒を持ってきた少女に、中田さんは飴を買って来させ、背中のユキエに摑ませた。中田さんは酔ってばかりいる。酔わないと小説が書けないのだという。伊豆の山奥に、奥さんと子供さん二人置いて、雑誌社へ集金にくる。集金の金が思ったよりたくさんあると、是非とも呑まないといけないことになる。今日は、少し集金がよけいにあったものか。それとも、集金が思うようにできないので、ヤケになって中田さんは呑むのか、わからなかった。

二人で十本呑んでふらふらした。いつのまにかユキエを女の人にあずけていて、自分と中田さんは次の呑み屋を詮索していた。

「もう、ここでお金がしまいになります。どこか借りて呑めるところないかね」

中田さんの童顔がかなしそうに見えたので、自分は神田へ誘った。

「神田なら、少しぐらい呑ませる所があるんですよ」

土曜書店のころ、須田町で呑んだことを思い出したのである。

そこを出ると二人はまた省線に乗った。窓から暮色《ぼしょく》に包まれたお堀が見える。酔い心地にボンヤリ宮城の方を見ていると、

「安さん、シンミリするんじゃねえッ、泣くのは夜泣け、深夜泣けッ」

中田さんはそういうと、背中のユキエを、乱雑な乗客たちからかばってくれた。須田町のおでん屋でまた十本呑んだ。自分はへべれけになり、中田さんも小便にたてなかった。

十一時ごろ、追いだされて、そこを出たが、「千八百円」という勘定は頭に残った。神田駅までふらふら歩いていると、ユキエが泣き出した。どこか板塀みたいなところへ、自分はユキエの頭を打ちつけたらしいのだ。

「安さん、いい女房持ちやがって、小説書けねえぞッ」

とつぜん中田さんはわめくようにいい、先をどんどん歩いた。ユキエは泣く。おぶい紐が肩をひきつる。ふらふら中田さんのあとを歩いてゆくと中田さんは怒ったような歩き方に見えた。

駅で中田さんと別れた。帰ってみると、民江はもどってきていて、

「何さ」

というと、民江は半泣きの顔になって、自分の肩をささえた。それからは何も知らない。そ

ばで民江が泣いていたような気もする。

月　日

「ヴィヨンの妻」を読みかえす。こわい作品なり。いやな作品なり。フランソワ・ヴィヨンについての書物が読みたくなる。小林輝夫訳の本をむかし持っていたのを思い出すけれど売ってしまった。不勉強が恥じられる。ヴィヨンについての断片は知っている。なにしろ、大した悪党であったらしいが。

月　日

頭痛で何もできない。一日じゅう寝てくらす。
ユキエがうるさいほど泣く。

月　日

書くことより読む方がおもしろい。書いていて途中でやめることは苦しいけれど、他人の小説を読んでいても、途中で平気で捨てられる。
井伏鱒二《いぶせますじ》より太宰治が好きになった。二人の初期をくらべると、井伏のほうがぴったりきたが、このごろ、太宰の初期も読みかえしてみたく、読んでみてぴったりきた。

月　日

山雀《やまがら》が飼いたくなった。

湯島の停留所のちかくに禽屋《とりや》があって、一羽いいのがいるのだ。そのことで民江と今朝も衝突した。

月　日

今日もユキエをおぶって、湯島の方へ歩いた。焼野の中に草のしげった窪地があって、陽当りがたいへんよい。ちょうど休憩するのに好都合の場所がある。出ばなしになった水道の蛇口があって、下は市松模様のきれいなタイルばりになっている。いずれは、りっぱな邸宅で、そこが台所か風呂場になっていたものらしく、爆弾の破片でタイルは無惨に割れていた。その割れ目からけしの花が咲いている。

今日は、ユキエは青い便をしなかった。

紙がなかったので、虎杖《いたどり》の葉でお尻をふいてやると、泣いた。

帰りに禽屋をのぞいてみた。陽が照って気持よかった。

何としても山雀を飼いたい。

月　日

先生の推薦してくださった文学日本社へ原稿料をもらいに行ってみようと思ったがやめた。先生に失礼であろうと思う。どうせ掲載と決定しているのだから、送ってくださるのはまちがいあるまい。山雀の代金に早くほしいのである。夜、ユキエを抱いてカストリを呑む。

第八章　子別れ

知らぬまに秋が来ていた。あついひと夏の苦労がすぎると、馴れてきた屋根裏の生活は、民江が稼いでくる資金で、闇米なども買うことができるためか、狭くて暗いなりに、どこか、わが家という感じがしだした。ひややかな秋の気配が、安田の心をさように変えるのかもしれなかった。安田が働いていた去年の秋より、いくらか暮しの方は裕福に思われる。

三尺のガラス窓に、遠い空が見える。

歩くようになったユキエは、ガラス窓の光線をこいしがって、階段口の手擦りから、キャッキャッとさわぎながら部屋を廻る。カタカタは鳩と兎と鶏が、車の廻るたびに米粒を拾うような仕組みにできている。安田は隅の方で、ユキエのあそぶカタカタの押し車を見ているのである。

子供というものは自然に育つものなのだろう。去年の「貰い乳」のころを思うと、たいへんな違いであった。御飯もスプンで掬《すく》ってたべるようになったし、片言もいえるようになった。ウマウマとか、チャンとかチュンとか、そんなことばかりたえずいっている。あたりかまわず手にふれたものを摑み、なめてしまう慾がでた。しかし、困ったことにユキエは、働きに出る民江を追うのである。ひところはそんなに泣かなかったのが、このごろになって民江を離さない。一時になると民江が鏡台の前にたち、化粧をしだすのだが、もう母親の出勤が勘でわかるものとみえ、胸もとにぶら下ってはなれない。飴を買ってやっても、だまされない。民江が出ていってから夕暮どきまであアチャン、あアチャンと泣きつづけることがある。これには安田も困った。

ある日、安田が窓の方にすえた机にむかって、原稿を書いていると、とつぜんユキエの悲鳴がうしろでした。はっとして振りむくと、ころころと階段を転げていく音がして、ユキエの姿は部屋の中になかった。落ちたのにちがいないと思って飛んでいくと、「貼り子部屋」の板の間にあお向けになったユキエが口をあいていた。女工のみちのや他の女たちが、糊のついた手をふきふき走ってきて、「誰か来てエ」と一人が抱きあげていた。安田が下りていくとユキエの口はふさがらず、あいたままみちのの腕の中で眼をむいているのだった。しまったと思って、安田は抱きとりながら、医者へ走ろうと思うと、胸でわッというユキエの泣き声がした。ユキエはつまり、落ちてから二分間ほど、泣く声も出ないほど痛かったのであろう。どこを見ても傷はなかった。打ちつけたのはお尻であったらしく、ただ泣くだけですんだのだけれども、その日は一日安田は背中にくくりつけていねばならなかった。

夜になって、ラストバンドをすませた民江が帰ってきた時、安田は、

「ユキエが二階から落ちたんだよ」

と報告した。民江は寝ているユキエのそばへ走って、ハンドバックを投げるようにして置く

と、「どこにも傷はなかった」

といい、それごらんといった顔をつくって、

「やっぱり、松阪へあずけたほうがいいわよ」

と顔をしかめた。安田はだまってしまった。民江のユキエを松阪へあずけようという計画は、今日にはじまったことではないのである。いつか安田が、中田信光と酒を呑んで、十二時ごろにユキエを背負い、ふらふら酔っぱらって帰ってきた夜から、民江はユキエをあずける腹を決めたものらしかった。

「そうじゃないのさあ」と民江はいった。「あなただってユキエがいなくなれば小説のほうが書けるじゃないの。あたしはそこまで考えてんのよ。だいいち松阪のお母さんは、大連《だいれん》から引き揚げてきてぶらぶらしているのもったいないわ、孫のお守りぐらいできると思うのよ」

安田はまたかといった顔で、寝ころぶしかなかった。正直のところユキエを松阪へあずける気はしなかった。


松阪の家というのは、民江の里である。民江の父母たちは、若いころから松阪の家をたたんで大連に渡っていた。大連で洋服商をひらき、ミシンを四台置いて、職人を四、五人つかっていたというから相当はでな店を持っていたものと思われる。民江は大連で女学校を終えて二十《はたち》の時に東京へ来た。つまり両親から離れているうちに、安田と結婚したわけである。安田は民

江の親たちには遭っていない。ただ民江が、昔から話をするのをきいて想像しているだけである。父親は酒を好むそうである。母親は父親の酒のために、民江の姉二人と弟一人、つまり民江をいれて四人の子を育てるのに、たいへん苦労したという話である。もともと松阪の家をたたんだのは父親がもう四十を越えてからのことで、つまり借財に追われて父親は大連へ逃げたらしい。

あとに残った母親は四人の子をかかえて、父親の逃げたあと始末をしなければならなかった上に父親からの送金がないため、恥ずかしいような仕事をしたといった。いずれも民江が十一、二の時のことで、民江はよく母親の働きにいっている家まで、母親を呼びにいった。恥ずかしい仕事というのはどういう仕事だったのか、安田がたずねても、民江は変な仕事だからいえないわ、といって笑ってしまう。今でもそれは明らかにしないのである。

それから民江が十三の時に母親は子供を四人つれて大連へ渡った。父親がむかえに来たのである。むかえに来たといっても父親は、松阪へは来ずに四日市の旅館から電報を打って母子を呼び寄せた。

大連では、父親は松阪でやっていた洋服の職人をつづけ、内地にいた時と打ってかわった働き者になっていた。海を渡った子供らは、浪華町の大通りに面したアパートの三階で、はじめてとけあう父母を見た。四十七の父と、四十三の母は、まだ子供たちには若く見えたのである。

二年目に父親は店を持ち、満洲人を使って、自分は外交に歩いた。店は信用が増え、繁昌した。民江は思わぬ女学校へ行けたのである。安田と結婚してから、一枚一枚売るようになった着物や洋服は、実はこの時代に民江が気ままに母親にねだったものであった。

両親にだまって結婚したけれども、民江は手紙を大連へ何通も出し、安田がいかに将来性のある男で、ハズバンドにふさわしいかを力説していたので両親からは「ユルス」という電報が来た。電報が来た時には安田と民江は中野に同棲していた。べつに両親たちはうたがわなかった。一人ぐらいは内地に娘を嫁がせてもいいように思ったのだろう。祝いに当時の金で五百円送ってきている。

戦争がきびしくなって、文通がと絶えはじめると、民江のかなしみはふえた。終戦になって、どうしていることかと生命があやぶまれた。民江はよく引揚後援会へも大連のもようをききにいった。おそくなるということだったが、船の関係で今年の五月に戻ってきたのである。もちろん松阪しか両親たちは落ち着く先がなかった。

安田が土曜書店に勤めていた時であったが、民江は二日ばかし松阪へ帰った。父母たちは痩せ、着のみ着のままであった。現金を二千円しか持っていなかった。弟はソビエトへ取られ、大連へ嫁がせた姉二人は、まだ引揚げが延びるだろうというそんな報告である。

むかし、捨てた松阪の町であるだけに、父親も働く気がしないもようで、名古屋へ出ようと考えていた。兄の家の土蔵の離れに家賃いらずの暮しであったけれども、持って帰った封鎖貯金で食っているくらいではやっていけないのだった。五十になって働きつめた汗が、水泡に帰したわけで、思えば大連の十年は水泡である。働く気力が失せたというのは、六十の声をきいた年齢もあったし、さような落胆がひどくきたためとも思われた。結局は松阪にいるのが厭だとしても、すぐ商店のひらける資本もなかったし、手づるもない現状であるから、兄にすがって肩身のせまい思いでいなければならなかった。土蔵の離れといっても、本家の裏口から入る倉の入り口になっていて、流し屋根を葺いた六畳ひと間だった。そこで、兄の家の若嫁のミシンを借り受けて、大連で外交ばかりして忘れていた裁断もしはじめ、よその更生物を引受けているという始末である。

年寄り二人だから、配給の足りぬところは、そんなに多くの闇米も必要としないので、それで何とかやってゆける見透しがついていた。ソビエトから帰ってくる男の子を、そうして待っていなければならなかった。ナホトカの収容所にいるという、弟はなかなか復員して来なかった。そういう両親たちの状態であるから、民江がいくらユキエをあずけようと思っても、安田は気がすすまなかった。一つは安田のみえもあった。一人内地で生きていた民江が、今の場合、両親たちには、心だのみになるというのが当然のことで、こちらが松阪を心だのみにすることは、もってのほかだと考えた。逆である。よし自分の親だとしても安田はそれは厭だと思う。つらい東京の暮しに、いくらあえいでも、泣きごとだけはいいたくなかった。

だが、民江にしてみれば、理窟のとおった言い分がある。というのは、民江は働いて両親へも送金するというのである。親たちもただでは貰いにくいだろうから、ユキエをあずけて、その養育費に送るのだという。現在は五千円ほどの民江の収入だけれども、それはユキエがいるために真剣に働いていているわけにいかないからだった。たとえば、皮肉なことに、このごろになって民江は乳房がはった。客と踊っていても、時間がくると乳房が痛くなり、放っておくと、乳首のところから白いものがにじみ出る。ドレスの布地にそんなものがつこうものなら、客は唖然としてしまうだろう。幸い、ライトの暗い場所で踊っておればよかったものの、バンドがすむと民江ははらはらして、手洗所へ走っていき、ハンケチで湯呑に一杯ほども乳をしぼった。……

こんなことをしていては、本気で働く気がしないのは当然である。だからユキエを離すことが考えられる。みっちり働けば、ナンバーテンまで入ってたくさんお金を儲けてみせる。と、民江は自信があるのであった。

安田の判断では、これは、いくらか民江がダンサー生活に馴れてきて、興味が湧いてきたものにちがいないと思えた。ユキエをあずけることに反対するのは、一つはそういう民江への反撥である。

安田が、民江の言葉に返事もせずにだまって寝ころんでいると、民江は、顔を緊張させて、激しく主張した。

「それは、ユキエがかわいそうだと思うけれどさア、あたしは今の場合離れるほうがユキエの本当の幸福のような気もするのよ。考えてごらんなさいよ。こんな暗い屋根裏の、機械の音のはげしい所に、ユキエはわたしたちがいるからこそいなければならないのよ。何もわたしたちが、いい所へさえ行けば、わたしは何とも不平はないわ。けれど、家はなし。その家がないというままに、発育ざかりの歩き出した子供が何もこんな屋根裏にいる所じゃないわ。ほかの子供とくらべてごらんなさいよ。この子、どこか芯の弱いとこがあるわ」

と民江は、安田が先ほどまでかかってむずかるのを寝かしつけたユキエを、ちらっとかんたんに見て、ハンドバックをひらいて高級の煙草を一本くわえて、マッチをすった。

「俺にも一本くれよ」

安田はやおら起き上ると、民江のよこすハンドバックをひろげた。中をみるとチップらしい百円札が二枚皺くちゃになって入っていた。その札に客からもらったと思われる口紅のついた高級煙草が少しだけ喫ったまま二本はさまれてあった。抜きとりながら、安田は家計を助けられているという理由で、卑屈になっているんではないかと反省がもたげた。けれども喫ってみると、配給の「のぞみ」とちがって、ローマ字の高級煙草はうまかった。ぷーっと一つ天井へふきつけて、安田は煙の行方を追った。すると、狭い屋根裏が、かむさるように視界を圧してきて、発育ざかりのユキエには、空気もわるいし、この部屋は考えものだと思われてきたのである。民江はまたいった。

「ねえ、どう思うのさあ、あたしお金をだいぶためたのよ。そのお金で松阪へ行きましょうよ。そしてお母さんたちに千円ずつお小遣あげて、あたしたち一週間ばかし旅行のつもりで、のんびりしてきましょうよ。ね、ホールのほうは何とでも理由がつくからさあ……」

「………」

「ユキエをあずけてきて、ここ一年ばかしみっちり働いて、お金をためて、一万円ぐらいの権利金を払って、郊外にお部屋を借りましょうよ。ね、ね、この夢なんとか実現しましょうよ。あなた、ね、……」

民江は安田の足をつかむと、ゆさぶりはじめた、

ユキエが腸カタルを起して寝込んだのはそれから十日ほどしてからであった。安田が喫茶店かどこかで小豆《あずき》入りの「みつ豆」をたべさしたのが原因したらしく、最初、小豆がそのまま便の中に見られた。熱が出て八度五分を下らず、民江はホールを休むと、「一八通り」にある医者を呼んできた。医者は工場の二階へ上って来ながら、最初に、

「こりゃ衛生上わるい所ですなあ」

といった。医者は気のおけない快活な性格らしく、診察し終ると、なにたいしたことはない、二、三日すれば熱もひくし、なおりますよといい、民江のさし出す湯ダオルで手を拭きながら、医者はそこいらをじろじろ見廻しはじめた。

「窓はあれきりですか、これじゃ空気の流通も何もあったもんじゃない。病気にかかるのもあたり前ですよ。親たちはいいけれど、お子さんがかわいそうですなあ、これは」

と、安田とも民江にともなくいい、帰りしなには、毎日この前の通りを通っていたけれど、封筒工場にかような二階があることは知らなかったし、まして人間が住んでいようとは思わなかった、と笑いながらいって、階段を下りていった。民江はあとで薬を取りに出ていったが、安田はじいっと坐っていると、ユキエがふびんであった。額へ手をあてて見るとまだ熱はあり、注射のかげんか、寝顔も楽に見えたけれど、無心に病魔とたたかっている赤ん坊が、あわれでならなかった。ふと、その時、安田は松阪の民江の里へあずけたほうがいいのではないかと思ったのである。

あとで、自分の臆病からではないだろうかと、省みるものがあったけれど、子供の寝顔を見ていると、いっときも早く屋根裏から脱出したい気持が湧くのであった。寝ているユキエが、早く松阪へつれていってくれと、安田に哀願しているようにも思われた。

安田が民江とユキエをつれて東京を出発したのは、それからひと月ほどたってからであった。まず名古屋行の「普通」に乗り、名古屋から関西急行に乗り換えて、松阪へつくのはその日の夜十一時ごろの予定であった。朝四時に起きると、民江はねんねこにユキエを包んで、安田はトランクを持ち、十一月の寒い東京の朝を、てくてく東京駅まで歩いていった。省線はなかったので、早く行列に並ばなければ、座席が得られないという。これはせっかちな安田の主張で歩いた。須田町から東京駅まで、二十分かかった。

明け方の空はどんより曇っていた。

松阪ははじめての町であった。

十時半ごろ駅を下りて、民江のあとから夜の町をてくてく歩いた。両親のいる所は西町という、町端れの大川を渡った田圃の中にあった。暗くてはっきりわからなかったが、通り抜ける町の家々は、昔風の造りが目立ち、大きな瓦葺の家が多かった。ユキエは駅を下りると寝てしまって、民江の背中でねんねこの上に黒い頭を半分出していた。安田は御襁褓《おむつ》やユキエの着がえをいれたトランクが二十分も歩くと重くなってきた。長い橋をわたった。だまって先を歩いている民江が、

「もうすぐよ、あなた」

と、時々ふりかえるのだった。

町を出はずれると風がひどかった。二月風のような寒さで、安田はいくどもトランクを持ちかえた。手が凍るのである。

ようやく、田圃にさしかかった。

「あすこよ。黒く見える林があるでしょう」

と民江はいった。二丁ほど先方に、黒く丘のように盛り上った森が見える。今は百姓をしているのだが、昔は造り酒屋であったらしいという。屋敷も広くて、本家も大きいときいていた。

森へ入ると本家らしい建物の塀にそって裏へまわった。裏口に竹の柵みたいな枝折戸《しおりど》があって、民江が先に入った。安田は柵の外で立っていた。

「お母さん、お母さん」

民江は戸をたたいた。黒い土蔵の屋根が、暗い空にかむさるように建っているので、民江がどこに立って戸をたたいているのかわからなかった。内からごとごと音がして、母親らしい声がして、蠟燭《ろうそく》か何かをつけたもようである。うす光りが、戸のすきまから外へ流れた。ガラッと戸があくと、安田の立っている所から、部屋の中が丸見えになった。

「あたし、民江よ」

母親らしい黒い顔は、だまったまましばらくつっ立っていたが、だいぶして、

「おや民ちゃんなの、お父さん、お父さん、東京から民ちゃんがきたよ、起きなさいよ」

と声がした。

安田は立っていて、ふと、自分の故郷を思った。離れていた母と子が対面するということはいいことなのだろう。ぼんやりそんなことを考えていると、

「あなた」

といい、民江が下駄をつっかけてやってきた。もうユキエを母親にあずけたらしく、

「おはいんなさいよ。停電なんですって」

民江は汽車の中での顔つきを、からりとかえているようだった。東京にいた時のはしゃぎが

感じられた。

「せまいところ。何とかうまく挨拶してね」

民江は安田に耳打ちすると、暗がりで安田の手を求めた。


松阪を立ったのはそれから五日目であった。一週間の予定をしてきたのだけれども、持ってきた食糧もきれたし、まず民江が東京へ帰りたがった。ジャズの音がなつかしかったのかもしれない。しかし民江は、どうせユキエと別れるなら、早いほうがよい。このまま二日もユキエを見ていることはたえられない。というのであった。

安田はこういう機会を利用しなければ、松阪の町など見ることはないのだと思って、毎日、「鈴の屋」や「公園」の方をぶらぶらしていた。一つにはせまい六畳の間で、ユキエが馴れぬ老母の腕に抱かれたりしているのを見ることも厭だったからである。

三日目の夜に、安田は老父と酒を呑んでいた。大連へ嫁にやった姉二人の夫たちは、いずれも商人で、あなたのような職業の人は、やはり呑んでいても気持がよいね。景気がわるいのいいのとそんなことばっかし喋って呑むのは、味ないもんです。といい、老父は久しぶりの酒であるらしく、すぐ酔って機嫌がよかった。人の好い赤ら顔の老父であった。頭ははげ、そばかすのような斑点が、いくつも眼尻にくっついていた。笑うとその斑点が、大きく一つに集り、普通の顔になるとまたもとの位置に斑点が散った。

四日目に散歩に出た安田を、民江が追いかけてきて、二人は公園の方へぶらぶら歩いた。浅川の堤にそって、古風な町の屋根がならんでいた。枯れた桜がならんで、あたたかい小春日和の空に、枝の先が針のように消えている。はでな民江の洋装を、時おりふりかえって行く通行人もあった。

高台になった公園へ上って、ベンチに坐っていると、民江は安田にいった。

「まい月、二千円ずつお金を送るといったの、お母さんよろこんでいたわ」

「ふーん、いついったんだ」

「二日目にきり出したの。あなたが留守の間に、お父さんもいいといったし、ユキエはわりにお婆ちゃんになつくじゃないの」

「君に似て、誰にでも抱かれるわけさ……」

「いやあなひと」

民江はそこで娘みたいに手をふると、見晴らしのきく石崖《いしがけ》の上へ走っていった。かるい盗みか何ぞを働いて、女を連れて逃げてきているような寒い気持が、安田の胸を領した。

五日目の朝は安田たちはユキエを見なかった。母親が公園へおんぶして出かけたのである。父親に送られて安田たちは橋を反対の方へ渡った。公園はうしろの方に見えた。ふりむくと高台の上に桜の林が遠くまで消えていた。朝から風が出て少し寒かった。明朝五時過ぎに、東京へ到着する予定であった。荷物のない手ぶらで二人はだまって歩いた。

第九章　脱出

屋根裏はガランとした感じで、ユキエのいないことが一日じゅう安田の頭をはなれない。民江はホールへ出ているものだから、少しは気がまぎれるとみえ、安田よりは、ユキエのことをいわなくなった。

会員制の「東京ダンスホール」は、そのころから一般客をも入場さすようになり、午後一時から四時までの時間が、ランチタイムになっていた。このランチタイムは、入場料も四十円という割引で、芋を洗うような客で、踊っているのか、立っているのかわからぬような繁昌ぶりである。したがって、ダンサーも忙しいわけで、早出の組が受け持つことになっていたが、稼ぎたいものは毎日出てもよかった。テケツ百枚稼げば、夜の部のテケツと同じ歩合に換算される。夜の酔いどれ客の相手よりも、昼の学生相手のほうが踊りよかった。それに混んでいるので、ステップなども踏めないから、ダンサーも楽で、相手につかまって、つっ立っておれば金になった。

民江は毎日、このランチタイムを狙って稼ぎにいった。ユキエがいないものだから、用もないので、機械のやかましい屋根裏にくすぶっているより、はるかに陽気であったからである。

民江の常連には、この時間にも来る人があった。

だが、民江は、ホールのアベック客に対しては不愉快だといった。ランチタイムは料金が安いものだから、同伴客が多く、ダンサーもシケる日が多い。みんな恋人と踊っているのに、寒いドレスで坐っていなければならないことは、屈辱のように民江に思われた。ホールにも、そういうシケる日と景気のよい日とふた通りあって、それはドレスの選択や、踊りの巧劣に関係なく、シケれば、馬鹿みたいに一日じゅうシケた。そういうシケた日に、アベック客の楽しそうな踊りを見せつけられると民江は腹立たしい。

いつか、シケた日の夜なのだろう。民江は早く七時ごろに帰ってきて、机にむかっている安田に、

「ねえ、あんた、これから踊りに行かない」

といった。安田は踊ったことはなく、ステップなども全然知らない。踊りたく思ったこともなかったので、民江が変なことに誘うと思った。

「馬鹿ヤロ、俺が踊れるかい」

そういうと、机に向いきりであった一日じゅうの読書の疲れがかるい頭痛になっておそってきた。

「教えたげるからいらっしゃいよ」

民江はそういうと、八重洲口の「エデン」へ行こうといった。

「よせよ、俺は踊れないんだ。だいいちあの雰囲気がきらいなんだ」

「だって、つまんないんだもの。いちどぐらい、あたしよそのホールへ行って、チークダンスがしてみたいわ」

眼をほそめて、つまらなそうに煙草をくわえている。安田は頭痛がしたので、ホールへ行かなくても、散歩したく思った。民江と一緒に町へ出てもよいと思った。それで、

「ホールへ行かないけれど、散歩には出るよ……」

というと、民江は、

「つまんないなあ」

といった。すぐさまハンドバックを持つと、先に階段を下りかけていた。安田は冬服にしている合服《あいふく》に着かえた。袖口の破れた上着に手を通しながら、こんな風体で、ホールなぞのぞけるもんかと思った。しかし、こんな風体の自分と、踊ってみたい民江がおかしかった。ホールへ乗り込んでみたいような気もふとした。

銀座へ出たのである。地下鉄で尾張町《おわりちょう》へ出ると、新橋の方へ向った。通りは雑踏であった。民江がいうままに、「オリンピック」へ入った。そこで「ぜんざい」をたべた。いつか、ユキエをつれて、ここで朝日新聞の田上とプリンをたべたことを思い出した。

「オリンピック」を出ると、安田は、いくらか退屈してきていた。雑踏の人気《ひとけ》にむされたのかもしれない。頭痛をいやすつもりの散歩が、かえって痛みに拍車をかけていた。電車途を横断

して反対側を歩いた。そちらの方がいくらか人がまばらに見えたからである。歩いていると、ふとホールの看板が眼についた。「オアシス」という名前だけは、安田もきいたことのあるホールであった。進駐軍の専用ホールだときいていたのであるが、いま、看板を見ていると、邦人専用に変ったらしかった。Oasis of Ginzaとした赤いネオンが、明滅している。

前まで来ると民江が、安田の袖をひいた。

「ねえ、入ってみない。おごるわよ」

くすんと笑うと、民江は眼に計画的な感じを露骨にあらわしていた。

「頭が痛いんだよ……」

といったが、ふと入ってみたい気がした。ワルツらしい音楽が、地階の拡声機から吹きあがるように聞こえてくる。出たり入ったりする人々は、その音曲《おんぎょく》に乗っているようにも思われた。ついリズムに誘われて、

「入ってみようか」

と安田はいってしまった。実のところ、ダンスホールへ入ったことはなかったのである。民江の毎日の話で、想像はしていたが、いちど見てみたいという好奇心もあったのだ。

「教えたげるわ」

民江はさっさと階段を下りていくのに、心とは反対にしぶしぶ安田は下りていった。同伴券を買うと、オーバーを民江だけがクロークへあずけた。オーバーもなければ、無帽の安田はこ

ういう場合、わずらわしくなくて助かった。しかし、はでな若者や娘たちの行きかう中で、もじもじするような臆病さを意識していた。物馴れた民江のシャキシャキした足取りに、安田はわずかに救われるような感じで踊り場へ入り込んだ。青い照明の中で、向うの壁がわからないほど幾組もの客が踊っている。ぼんやり入口ちかくに立っていると、

「こちらへいらっしゃいよ」

民江が手を握ってぐいとひっぱっていった。安田は民江に叱られているような気がした。円い柱の蔭になるところで、民江と立っていると、安田はふと眼を見はった。グリンのスカートと純白のブラウスを、腰のところで真紅の紐で結び、大きく結び目を見せながら、こちらへ向け、歩いてくるダンサーを見たのだ。驚いた。寺田絹枝だったからである。

絹枝は安田の方へ歩んでくると、二間ほど前で立ち止り、四十ぐらいの背の低い客につかまって組んでしまった。「夜のタンゴ」であった。くるりと男の廻すオープンリヴァースターンに絹枝もスカートを廻して向うの方へ流れていった。安田は絹枝が自分を見とめて、こちらへやって来たものと思ったのである。しかし、よく考えてみるとちがっていた。客の方へやって来たのに相違なかった。四十男の客は常連なのであろう。眼で追っていって、絹枝のドレスを探すと、バンド近くの明るい所で、絹枝は何か話しながらバックコルテの男に上半身を密着さしている……。

「なに見てるのさあ、知ってる人でも来ているの?」

民江が袖をひいた。

「いや、ちがうんだ」

といって、安田はバンドの方をまた見たが、絹枝はどこにいるのか、わからなかった。

「変なひと、さあ、踊りましょうよ」

「だって、俺はステップ知らないんだ」

「こんなに混んでるんですもの、タンゴのステップなんか踏めないわ、まん中へいきましょ」

民江が手をひくままに踊り場のまん中ほどにある桜の造花か何ぞに、銀色のテープがきれいにまかれている円柱のちかくへ、安田をひっぱっていった。

「変なひと、だまりこんじゃって」

と民江がいうのがはっきりきこえなかった。寺田絹枝をふたたび探したが、見当らなかった。しかたなく民江の手をとると冷たかった。ポーズだけは心得ている型に組んで、安田は寒い気持で足も動かさず、そこにつっ立ったまま、あまり動かなかった。

——その夜は、絹枝と話をせずにホールを出たのであった。よほどこちらから声をかけようかと思ったけれど、安田はやめた。帰ってから、ふと絹枝も自分を見とめていたのかもしれない、と思った。いずれにしても、何もいわずにすれちがってきたのがよかった、と安田は思いなおした。ちらと見ただけではあったけれど、絹枝はいくらか、すれてきているように思われた。あくどい化粧をしていたのも頭に残った。やはり中野のアパートにいるのであろうか。

そんな一日、民江がホールへ出たあとで、安田は所在なく寝ころんでいると、三木の上さんが上ってきたのである。そしてこの二階を越してくれないかといったのである。安田は驚いた。思わず起き上ると、めずらしく夫の洋服の仕立直しにちがいないスーツを着た、上さんの顔が見られなかった。

「そうですか」

といったけれど、落ち着かない。上さんは階段わきへ坐って膝がしらを見せて安田をみている。するともう、決定的のことのように思えて、安田は、意味のない笑いをうかべた。

「ほんまに、気の毒どすのやけど、いますぐ出ていってもらおいうたかて、無理どすさかいなあ、まあ、何とか早いうちに心当りを探してもろて……」

と上さんはいった。階下の工場をちょっと見てから、実はこんなわけですのや、と話しはじめた。安田は民江がホールへ出るようになった、帰りがおそいため、三木が工場の用心を考えて、鍵もかけずに十二時ちかくまで放ってあることが気になった。それで、こんなことをいうのではないかとはじめ思った。ところがそれはちがっていた。

三木の工場がストライキをはじめたのは、この夏のことであった。けれど、いつのまにか折合いがついたものとみえ、ストライキは五日ほど休んだだけで、男工も女工も欠勤者もなしに作業をつづけてきていた。ところが、また問題が起きた。断裁機を受け持っている山下金七の問題である。山下金七は四、五年前からこの工場に働いているのだが、最近、小岩の方の家が隣家の出火で焼けてしまった。山下は妻と子供が七人もいるので、どこへ行こうにも泊る所がない。現在は小岩の焼け跡に、板切れなど拾いあつめた掘立《ほったて》小屋を建て、そこで一家九人が雑魚寝《ざこね》していた。狭い六畳ほどの家なので、秋のはじめごろはなんとかすごせたけれども、寒くなってきたこのごろ、ほんの間に合せの小屋なので越冬することは不可能になった。それで山下金七は考えた末に、付近のやはり製本工場の断裁工であるが、住み込みで倉庫番を兼ねられる口があったので、三木の工場へ退職願を出した。山下はなかなかの働き者で、性行もおとなしく、この前のストライキの時なども、先頭になって仕事を休むようなふるまいはしなかった。断裁は相当の熟練を要する仕事であり、山下に工場を出ていかれては、三木も作業に停頓《ていとん》をきたすようなことになる。で、三木は考えた末、小岩の製本工場は何畳の間だとたずねると、山下は六畳ひと間だとこたえた。それではうちの工場の二階を造作して、窓もあけたてできるようにするから、こちらへ来てくれぬか、そうすれば電車賃もいらずにかえっていいだろう。といったところ、おとなしい山下は、三木のはからいに感激して辞意を撤回したというのである。ところが三木はそれを安田にじかにいうことは厭なので、安田一家といつも親しくしている上さんにゆだねた。上さんは、わるい役目やけど、しかたおまへん。寒うなってきて、山下はんとこの子供さんのこと思うと、早よここへ来てもらいたいし、そやいうたかて、安田はんも今すぐというわけにはゆきまへんやろ、どうかこのわけをのみこんでもろて、ひとつどこかへうつってほしおすのや。といった。

安田はきいていて、山下の顔も知っていたし、上さんのいうとおり、男工の中では、一番愛想もよく、ユキエがいたときなども、山下はユキエを抱いて、昼の休みなど守りしてくれていた。一も二もなくこの屋根裏を山下に譲ることが至当のように思われた。考えてみれば、それほど愛着のもてる部屋でもないではないか。安田は上さんに出ていくことを承知した。

「よろしいです。何とか心当りを探しますよ。ユキエもいないんだし、二人だけですからね、どこか探せばあるだろうと思いますよ。明日から毎日、友人の所など積極的に廻ってみます」

というと、上さんは、

「ええとこがありまっしゃろかなあ」

といい、気の毒そうな顔をつくって「ほんならたのみまっさ」といって立ち上ると、洋服の背すじをちょっと直してから、

「えらい役目が半分すみました」

といい、階段を下りていった。

その夜、民江がラストバンドを終えて帰ってくると、安田は上さんのいったことを、報告した。民江はきいていて、

「それで、あなた、軽く引きうけちゃったの……？」

と不服な顔をつくった。帰ってくると、くせで、ハンドバックから煙草を出して民江は吸うのだ。ぷーと鼻から煙を出して、

「困ったわねえ……」

「困ったも何もないよ、出るだけの話じゃないか」

安田はごろんと横になった。あてのない自棄的な感じである。理由がはっきりしているのである。山下の九人家族のことを思うと、犠牲的な気持も湧いてくるのだった。そして、それがなおさら自分たちをかなしく見せるのである。泣き面に蜂といった気持になった。

「しようがないじゃないか。明日から俺は友達の所を廻ってみる」

「あるかしら、菊本さんだって何ともいってこないじゃない」

「あいつにたのんだって駄目だよ。とにかく明日から歩き廻る」

「あたしも、お友達にあたってみるわ」

二人きりのしめっぽい夜になってしまった。

それから二日目の六時ごろ、上さんが上ってきて、階段をみなまで上らずに、

「どうでした、おましたか」

と頭だけ見せた。

安田はなかったと答えると、上さんは、

「ほんなら、失礼しまっさ」

といって下りていった。

追い出されている感じがしたのである。時間がたってくると宣告を受けた以上、こちらが無理者の立場に変化してきていた。安田は上さんの関西弁のアクセントを非情なひびきにきいた。

民江が妙な「案」をもちだしたのは、それから十日ほどしてからであった。十二月もなかば過ぎていた。

何でも浦和の郊外にある百姓家《や》の土蔵の二階が空いていて、そこは自炊はできないけれども、一人だけなら貸すことができる。外食券の学生か、若い勤め人なら都合がいいという話であった。いろいろあたってみた末が、こういう「口」なのであった。

「ホールのお友達が浦和から通っているの。その人の親戚の知合いになるお百姓さんなのよ」

と民江はいった。

「浦和の駅から遠いのか」

「『わらび』の方へ歩くんですって、田圃の中を二十分も歩くんですって」

「ふーん、えらく遠いね」

「でも、家賃はやすいのよ、五十円なの。それもなぜ安いかというと、その土蔵によく泥棒が入るんですッて、だから、お百姓さんの家じゃ、用心がわるいので、二階の十畳の間を誰かに貸したいの、つまり用心棒ってわけねえ……」

「ふーん」

「ちゃっかりしてるわ」

「だけど、自炊ができなけりゃ駄目じゃないか……」

「それでね、あたし考えたの、あなたにまずそこへ引越していただくの。そして、あたしはホール の女子寮ができたから、そこへ入っているわ……」

「……」

「当分別居して、あなたは浦和近在を探すし、あたしは東京付近を探すわ。そうでもしなければ、三木のお上さんにすまないと思うのよ、三日ほどすると、山下さんのお荷物が届くんですって、荷物が来たらあたしたち、どこでいったい寝るの、あんた」

「それもそうだが……」

と安田はいったけれど、民江の顔が見られなかった。民江は今夜は煙草を吸わずに、神妙な顔で落ち着いていた。

「どう、あなた、辛抱できる……」

「辛抱できるもできないもないよ。日本に一つきりの貸し間なら、そいつを借りなければならないよ。それで、君は寮へ入って、それでうまくやっていけるかい……」

「お友達がたくさんいるのよ。相沢さん、田村さん、テルちゃん、みんな寮に入っているの。いっておくけど、絶対に男子禁制よ。寮母のおばさんがいて、御飯もたいてくれるし、食堂もあるし、喫茶室もあるし、面会所もあるの……」

「ふーん」

「真面目な人ばかりいる所よ。独身者じゃないと駄目なの。だからあなたはあたしに会いたければ面会所で会うわけよ……」

「ふーん」

「ふーんて、賛成しないの」

「………」

「とにかくそうしていて、早急にあたしはお部屋を見つけるわ。ホールのお客さんにたのめばあるんだけど、あなたはそんな手づるじゃ厭でしょ。いざとなれば、お客さんに片っぱしから探してもらうわよ……。男って鼻の下が長いから、すぐ探してくれるわ」

安田は民江の顔をまだ直視することはできなかった。しかしそうでもしなければ、この屋根裏の脱出はできまいとも思えた。ユキエの顔が浮かんでは消え、浮かんでは消えした。安田がだまっていると、

「あなたの生活費の援助に二千円あげるし、松阪へ二千円、あたしの寮は千五百円。そのほかはみんな貯金するつもりだわ」

と民江は眼をすえていった。

それから三日ほどして、安田は浦和へ越していったのである。民江はホールの寮へ入った。

これでユキエは松阪にいたし、安田一家は三人チリヂリに別居することになったわけである。

安田の宿替えの日は雪が降った。

第十章　蔵住まい

窓には金網が張ってあった。ガラスの一間幅の戸であったが、金網の針金が眺望をさえぎった。せっかくの遠い田園の風景も、小刻みに隅取《くまど》られて映った。しいて田園の景色を居ながらにして眺めたいと思えば、その金網に顔を押しつけるしか方法がない。しかし、古い百姓家の土蔵であるから、天井は高かった。子供のひと抱えもありそうな太いはりが、十文字に交わり、屋根裏は煤《すす》けてはいたけれど、高いから圧されるような感じはなかった。手をあげて大きくのびをしても、まだ大人の背丈ほど空間が残った。いずれは階下が米蔵を兼ね、二階は道具、衣類などの物置になっていたらしく、周囲の壁も白壁が塗られて、清潔な感じであった。階段が十畳の間の端にあって、やはり上りはなは板の間になっている。一間ほどの板の間は、六尺屛風で見えぬように囲まれていた。古い屛風であった。屛風には松の梢《こずえ》に夫婦鶴《みおとづる》が止まっている画がかいてある。落款《らっかん》された名を見ると「春仙」と読まれた。いずれは田舎絵師のすさびであろうが、画のわからぬ安田にも素人くさい感じがした。松の木の向うに出ている朝陽が、あくどい色でぬりつぶされているのも国旗をはりつけたような感じがしていやだった。

しかし、安田が借り受けるというので、わざわざこの屛風を貸してくれた百姓さんの律義さは嬉しかった。百姓さんは内山権左衛門というのである。

権左衛門は屋号であろうが、母家《おもや》は五十を過ぎたと思われる上さんが戸主で、五人の子供がいた。一番上は二十九とかで、まだ細君をもらっていない。次が二十二の大学生、あとの三人は娘さんである。父親は四年前に死でいる。安田が最初にここを訪れたとき、上さんは芋床《いもどこ》の梯子から上ってきたところで、百姓らしい健康な顔で、縁側で茶を出してくれ、安田が夫妻別居を決心してこの二階を借りる旨を話すと、上さんは、

「静かなことは静かですから、勉強にはもってこいですよ。けれど、奥さんと別れてなさるとはたいへんですなア」

といった。めいもくは、書きものをしたいために、静かな勉強部屋を探していたということになっていた。民江との別居も、安田の勉強のためだと、世話してくれた浦和のダンサーに話してあったのである。

土蔵は母家から十間ほど離れて畠の中に建っていた。母家とのあいだに梅林があった。土蔵から東の方はこの屋敷の杉垣が迫り、その向うは遠くまで人家はなかった。これでは泥棒に入られても、離れているためにわからなかったのも無理ないと思われた。安田がさし出された茶を呑みながら、泥棒はいつ入ったんですか、とたずねると、

「はい、今年の春でした」

と上さんはこたえた。

「何か盗られたんですか」

といういうと、

「いいえ、ちょっとばかしお米をとられましたよ。それでもう何も置かないことにしましたよ。こんどは泥棒がきましても、泥棒のほうが逃げます」

と上さんはいった。それは安田には、安田が借りることになったためとも、荷物が入れてないためとも、ふたとおりに意味がとれたのである。


民江が来たのは越してきて翌日であった。安田が、付近の林の方へ散歩に行っていると、長女の娘さんが、林まで探しにきてくれて、

「あのう、東京から女のひとが見えました」

といった。安田が入ると、民江は二階の屏風の前にちょんと坐っていた。

「変なところねえ」

と民江はいい、買ってきた『巴焼』の包みを出してひろげた。そして、

「ここ電熱器使えないのかしら」

といった。

「さあ」

と安田は『巴焼』を食っていると、民江は、

「どう、外食券の感じは……」

「感じはよくないよ。二十分も歩いて、駅前まで行かぬと食堂がないんだ」

「へえーッ」

と民江はいったが、だまってしまった。

「早くなんとかしないと、栄養失調になるな。君のほうは寮でいいかもしれぬが、これじゃちょっと島流しみたいな感じだからな」

と安田はいった。

「そうねえ……」

民江は『巴焼』になにかにがい物でも入っていたとみえ、急に口のものを吐き出すとハンケチを取り出し、向うをむいた。安田は横になって先ほどから金網の目に止っている一羽の雀を見ていた。

「まあいいさ、ひとつ頑張って小説を書くよ。このごろ、ぽちぽち書きたくなったんだ。いじめられれば、いじめられるだけ根をはるみたいに、強くならなければ嘘だと思う……」

「………」

民江はだまってハンケチを丸めていた。すると、梅林から叫んでいる権左衛門の娘さんの声がした。

「安田さあーん、お茶がはいりましたよオ」

声はいったん壁につきあたって、金網の目のある南側からきこえてくる。

「はーい」

と安田は大きく返事すると、ひょろひょろ立ち上った。その音で雀がパッと飛びたった。

娘さんからお茶を貰うとき、安田は梅林の中で、電気ヒーターを使ってもいいかと問うと、娘さんは、いいです、というのだった。お母さんにたずねなくてもいいのかと問えば、娘さんはちょっと人見知りする感じの顔のあからめ方をして、お母さんはお茶ぐらいは持ってきてあげてもいいけれど、夜になると勉強の途中で呑みたいだろうから、電熱器でもお使いになればいいがと、このあいだいっていたと、娘さんはいった。訛りのあるハキハキした物言いで、娘さんはまだ馴れない安田の顔を見ないで梅の枝を見ていった。帰ってきて、安田がその旨をいうと、民江は、

「それだったら、あなた、お湯沸しの小さいのを持ってきましょうよ」

道具類は石炭箱に入れて、まだ三木の工場の物置きにあずけてあったのである。安田は蒲団しか運んでいなかったのだ。

「フライパンも一つ持ってくるから、あなたお腹すいたら、パンでも何でもできてよ」

「そうだ、それはいい思いつきだ。フライパンはいい」

安田はそういうと、急にこみあげてくるものをおぼえた。

お茶を呑んでいると、また金網へ雀が止りにきた。鼈甲縞《べっこうじま》になっている針金の穴に、赤い雀

の足の裏が見える。民江は茶椀を両方の手でまわして、

「静かねえ、やっぱり田舎はいいわねえ」

「ああ、田舎はいい」

「こうしていると、昔の、山の上の分教場を思い出すわ、考えてみると、あたしたちも旅人なのね。生れっからの宿なしなのよ、あたしは松阪から大連へわたり、大連から東京へ、そして東京でゆきずりのあなたと結婚してさ、あなたにつれられて、日本海辺の山の上の分教場の奥さんで二年もくらしたじゃないの、そして先生の奥さんから今はダンサーに転落というところね。有為転変《ういてんぺん》世のならいっていうのはこのことかしら。旅の心が身についたのかしら。あたし一昨日《おととい》から、ホールの女子寮で、千代ちゃんと一緒に寝ていたら、ふっとかなしくなったわ。ユキエのことなの、あの子もあたしみたいに旅人になるんじゃないかと思うと、ちょっとさみしくなっちゃったの」

「なんだ、へんにセンチなことをいいだしたじゃないか。そのとおりだよ、みんな旅人さ」

安田はころんと横になった。たべのこりの『巴焼』を頬張った。冷たいさくさくしたうどん粉が、舌にいつまでもまつわりついた。

安田は民江を前にしていても、なぜか退屈でならないのだった。不意に心の中にエヤポケットができる。空洞は大きくなって、耐えきれなくなる。だまって雀を見ている。すると、民江が、

「あなたは、もうお爺さんみたいじゃないの」

と、ポツンといった。

「ああ、お爺さんさ、君とこうして、恋人のように、二人きりで向いあっていてもさ、何とも思わないんだよ。妙なことになったもんだな」

「いやな人……」

民江は急に渋面をつくると、その時、とつぜん、安田の胸の上へ倒れてきた。ダンサーのにおいが、ぷーんと安田の鼻をうった。安田は石のように胸を圧され、心の空洞に耐えていた。

民江は四時ごろになって帰っていったが、帰りしなに、

「この世はお金、働いて、働いて、お金をためて、あたしは借家をかりる、そしてラジオと、ミシンが買いたい。それだけでいいわ。今のところ、お金がカタキなのよお。時間がきたから帰るわ」

といった。安田は梅林まで民江を送った。これから、当分、この別居がつづくのである。

次に、例によって、安田の日記を抄記してみる。浦和の権左衛門の土蔵住まいをはじめてから、安田は「土蔵日記」として記している。その中のほんの一部分である。あいかわらず、暢《のん》気《き》なことばかり書きためている。

月　日

一匹の蛙が樹の上に寝ていた。変な蛙だと思って、自分はちかづいてみると、黒土色のその蛙は白い眼をしてじいっとしていた。自分はまだ、冬の蛙を見たことがなかったので、この蛙には驚いたのである。今日自分は退屈なままに土蔵から出ると、「わらび」の方へ歩いていったのだ。新国道に出る中仙道傍の田圃にしゃがんでいると、かたわらの枯木の樹の肌にぴったりくっついていた。ちょうど夕方の太陽が、六辻の宮の森の向うへ落ちてしまったあとだったので、田圃は薄暗がりになっていた。蛙は日が暮れても、そこにじっとしているらしかった。枯木は柿の木か何かであるらしく、白斑《しろぶち》のこまかい樹肌をしていたが、蛙は黒い点となってそこにくっついていた。まるで化石したように動かないのだった。変な蛙がいるもんだとあきれたが、自分は、どこか、空とぼけた蛙の顔が、すっかり乾燥しきったカサカサの表情をしているのに、ぞおッとする悪感を感じた。静かにそこを立退いてきたが、夜になっても、あの蛙の表情が忘れられない。

月　日

朝から霜が下りた。権左衛門の上さんと顔を洗いながら、浦和の町の雪の話をする。上さんは浦和は雪がすくないという。毎年降っても十日ほどだという。風がひどくて、冬は寒い町だといった。ここは中仙道すじだから、風はとくに強いという話。

霧がはれると、梅林から富士が見える。

月　日

今日も田圃へ蛙を見にいく。

蛙はやはりいた。冬眠を忘れたらしく、蛙は先日と同じ場所にくっついていた。ひょっとすると死んでいるのかもしれない。あの蛙についていろいろの空想をする。仲間がいやになったのかもしれない。蛙の仲間が愚劣にみえて、あの蛙は土を厭《いと》うて、空中で死にたくなったのかもしれない。

冬、蛙が皮膚をさらして地上に棲息することは可能か。自分はそれを知らない。とにかく、あの蛙は、まだ生きていそうな気がする。たのむから生きていてくれ、と思う。

月　日

年の暮れがせまっているのである。民江は今朝早くやってきて、クリスマスの前後は、ホールの稼ぎ時であるから、二十三、四、五日と三日間は、どうしても徹夜で働かねばならないからそのつもりでいてくれという。自分はべつに、民江の気兼ねするように、民江に毎日、この土蔵へ来てほしいとも思わない。稼ぐのならば、当分、浦和のほうは忘れていてもいいというと、民江は、ちょっと変な顔をつくって「あなたも変ったねえ」といった。べつに自分は変ってきたとも思わないが、他人にはそう見えるのかもしれない。民江が腹が空いたというので、外食券食堂まで歩き、二人分の昼食をとった。副食物として鰯《いわし》の煮付けと、大根の煮〆《にしめ》をとる。民江は御馳走ねえ、といい、食券を二枚たべた。こんなものが御馳走なら、寮の方はどんな食事なのかと、たずねると、やはり、主食はグリンピース入りの麦飯。時によるとすいとんだけのこともあるが、副食物はたいへん、わるいといった。あとでよくきいてみると、ホールの女子寮の食堂は、希望によっては寿司でも天丼でも取れる仕組みになっていて、普通の食事をとると、さような粗食となるのであるそうな。すれば、民江の節約心が、まずい食事をとっているのであった。チップでもたくさん入った時には、ぜいたくしろよ、というと、民江は、そんなことできないわ、あなたにこんな御飯をたべさしているんですもの。ユキエだって、松阪で、そんなぜいたくはしていないわ。といい、怒ったような顔をした。

民江の誘うままに、東京へ出て、シネマパレスまで行き、「わが家の楽園」という映画を見る。子供が出てくるので、民江はユキエがかわいそうだ、と耳もとでささやいた。四時に神田で別れ、自分は三木の工場へちょっと寄ってみたが、上さんはいなかった。

帰宅七時。フライパンで小麦粉を焼く。電気ヒーターは便利である。火鉢の代用にもなる。民江の持ってきたハムをはさんでたべたら、食堂の御飯よりはるかにうまかった。自炊禁止の蔵の中で、いわば盗み食いをするために、かようにおいしいのかもしれないと思う。

月　日

小説「質屋亀八と私との関係」というのを書きはじめる。主人公が昔の質屋の「通帳」を恋いしがる話。いまの質屋は「通帳」がなくて、買取証という「紙ぎれ」である。

月　日

中仙道の田圃へ、蛙を見に出た。蛙はまだ同じ場所にくっついている。自分は死んでいるのではないかと思って、今日はじめて、付近に落ちていた藁をひろって、蛙の頭に触れてみた。蛙は生きていた。生きている証拠に、心もち、白眼をくりくりと動かしたのであった。あるいは自分の錯覚かもしれなかったが、死んでいるとは思えなかった。冬の蛙はかなしいものである。土穴へ入り遅れて、彼はもう掘る気力もないので、このまま死のうとしているのかもしれぬと思う。

松阪から手紙がきていた。ユキエは、オシッコもウンコも教えるようになった由。手が霜やけでふくれあがって、風があたると泣く由。隣家の鶏を見て、一日じゅうあきない由。老母の嘘字まじりの変な文章で、そんなことが書かれている。

月　日

正午ごろ、民江が来て「別居というものはたのしいものねえ」という。
自分は、いっこうに楽しくない。民江はジャズに馴れて、娘のような物の判断をするようになったらしく思われる。ユキエのことが気にかかる。ユキエがいちばんかわいそうというべきである。

夜。例の「質屋」を書きつづける。

月　日

今日は二十四日、クリスマス・イブニングである。民江は忙しいことだろうと思う。自分はまた中仙道を散歩して、例の田圃の蛙を見にゆく。蛙はまだ木にしがみついていた。風がひどかったので、田圃はびゅうびゅうと鳴っていた。その風の中で、樹にしがみついている蛙を見ていると、自分はふと、蛙が馬鹿に見えてきた。もうすぐ死ぬにきまっているじゃないか。雪が降ってきたらきっと凍死するにきまっているじゃないか。それを知らない蛙が馬鹿でなくて何であろうと思ったら、急に助けてやりたくなった。

いったん土蔵へ帰って、権左衛門の娘さんに何か小さいボール箱がないかというと、クラブ煉白粉《ねりおしろい》の空箱をくれた。自分はそれを持って、また中仙道へ出ていった。蛙をつまむと、蛙は掌の上で、ヒクヒクと二、三度足をけいれんさしたが、すぐ眼をつむってしまった。はっとして死んだのではないかと思ったが、箱の中へ入れると、コトコトとかすかな音をたてているのがわかった。

持って帰って、机の上に置いた。ふっと、土を掘って埋めてやろうと思ったが、どうも埋葬のような気がしてできないのである。

当分、机の上において眺めてやろうと思う。この分では蛙と一緒に、餅のない越年である。夜になって、ふと食糧のない蛙がふびんになり箱に耳をかたむけたら、中はしんとして音はしなかった。蛙は眠ったのであろうか。自分の耳には、クリスマス・イブの歓楽の音がきこえてきた。

〔初刊：1948（昭和23）年 文潮社『フライパンの歌』
底本：1962（昭和37）年 角川文庫『フライパンの歌』〕

あとがき（文潮社版）

終戦後、發表した「雁の日」「風船」などを中心にして、身邊の夢ごとを書き集めたら、三百枚になり、この國では長篇小説ともいうべき長さになつた。すなはち、大半は書き下ろしである。發表の作品も、相當手を入れたが、校正で讀みかへしてみて、私は後悔した。かやうないいい不出來なものを、一本に上梓するといふ自分が情けなくなつたのである。これはいはば私の出發の踏石ともなるべき性質のもので、かへつて陽の目をみないはうが、いいのではないか、とさえ感じられた。しかし、それもあとのまつりである。インフレ下の米鹽の資に代ふべく餘儀なくされ、文潮社の池澤丈雄氏の御熱意に負けたのである。その上また、宇野浩二の序文までいただいたのである。望外の光榮であつた。この上は、今後の、私の勉强を見て頂くしか方法がないのである。

昭和廿三年六月二十五日

著　者

あとがき（角川文庫版）

「フライパンの歌」は昭和二十三年七月十五日に文潮社から刊行された。私の処女作出版である。この小説は、短編形式で、二、三の雑誌に発表されたものを、出版に当って、書き加えたり、削ったりして、おのずから長編小説の如き体裁をととのえて一冊にまとめられたものである。

それから、十四年経った今日、この本を再刊してはどうかというはなしがあったとき、正直、私は、この本はもう絶版にしておきたい気持ちがつよかった。

じっさい、いい気なものである。自分ひとりがいい子になって、妻や子の貧乏にあえぐ姿をのほほんと傍観しているあたりを読むと、私は背すじに寒いものを感じるほど、この小説の主人公に嫌悪を催《もよお》した。

また、いっぽう、この主人公が生きた昭和二十年から二十三年にかけての混乱時代が、なつかしいようにも思われ、また、のほほんとした主人公にしろ、この小説にはそうした当時の苦しい生活がいくらか出ているような気もした。

「フライパンの歌」に登場する太宰治、田中英光、それに、初版本の序文を書いていただいた宇野浩二の諸先生はすでにこの世にいない。

この本が新版刊行されるについて、作者は再三再四考えたが、熱心な角川書店の山本容朗さんの説得にも負けた理由もあるが、私に愛情をもって下さった諸先輩へのなつかしさも手伝って、ふっと新版刊行に判を捺《お》す結果となった。

果して、この書が、十四年後の今日、複刻するに耐えるものをもっているかどうか。作者は汗顔のいたりである。正風怒濤の様な混乱期に於ける一文学青年の生活報告は、それはそれなりに記録の価値があるのかもしれない。十返肇氏の滋味あふれた解説によって、この新版がさらに箔をつけていただいたことを恐縮する次第である。

著者

風部落

山上學校

二月十六日、東京から疎開して來る滿員列車で、ひと晩ぢゆうデツキに立たされ、寒風にたゝかれたのが原因して、妻の靜江は、村へついたその夜から發熱し、それからずうーつと寢たまゝだつた。その上、豫期に反して、就職のあてを失なつた九野新六は、持ち前の弱氣もさることながら、途方にくれたといつていいほどくさつてしまひ、その弱氣もトコトンまで行きつまると、新らしい樂天氣分がもたげてくるものか、彼はこの頃、どこか、東京で見られなかつた所の、のんびりした顏をし出し、毎日、雀うちにうき身をやつすといふ、はた目にもぶらぶらした勿體ない暮らしぶりをつづけてゐた。その九野新六のいはば不甲斐なさゝに、氣をもむため、妻の靜江は、退いた熱が、また出てくるといふ始末で、もとより、勤務場所の少ないこの村へ、勝手に疎開さへすれば、何とか職があるだらうと、見くびつて來たわけでもあつたのだが、それがいつそう、九野にも靜江にも、共通した疎開の後悔といつたものを抱かせて、肉親の兄が唯一人、散髮屋をしてゐたらこそ助かつたものの、さりとて長らく厄介になるわけにもいかず、內心、九野はついたその日から、もう、せまい散髮屋の奥の間で、用もないのに、行つたり來たりし、つまり就職と住居と、靜江の看病との三艱に、攻めさいなまれてゐたわけだつた。兄はしがない散髪屋ながら、客の待合の見える奥の間で、九野のをらぬ日は手拭を絞りかへ、何、心配するな、と靜江にいひ、いまになほるさ、元氣だして職探せ、わしはかまへんさかい、何日でもをつてや、といふけれども、心のなかは臨月の迫つた女房を里へかへし、子供ら三人に手を燒いてゐて、その嫂《あによめ》が戻つてくると、ひと悶着おきるのは必定で、面倒な家族をせおひこんだと、今からいはぬばかりの顔に見えた。で、弱氣の九野は、これまた、内心氣が氣でならず、つい、うつかりと、誠にそれは、奇妙な因縁から、住宅付きの代用教員を志すに到つたのである。

さて、その奇妙な因縁といふのは、靜江が寢ついて、七日目、七日目に町からやつて來る若い醫者は、もうよいといふのをついでだとばかりに、靜江の青い腕に注射を打ち、その注射も、强引に斷はりきれないこちらの性格もだが、だんだんつみ重なるに及んで、醫者は九野をも村人と見なしてか、注射二本に米一升請求したので、九野は十五日目に一回づつ、四十圓の米一升買はねばならず、日に日に貯金の拂ひ出しがふえていつて、この分では、三月もたつと、やめて來た新聞社の退職金がすつからかんになりさうだつた。このまゝではいかぬ、いつそのこと、炭燒人夫にでもと思ひたちもしたのだが、遠い山での力仕事は柄でもなく、さりとて四時おきの軍需工場へ汽車通ひする元氣もないので、毎日、九野は、兄の空氣銃をぶら下げて、注射よりもきき目があらうと思はれる、雀のスープを思ひたつと、それを、長らく捨てゝゐた故鄉の山野を、うろつき廻るよい口實にし、しかしまた、氣のくさくさしたこの日頃に、むつくりと冬毛にふくれて、電線に止まつてゐる小雀を射止め、その雀が、プスッと音を立て、血をふき上げ、落下してくる、あの、ちよつと陰慘ではあるが快味が、どこか心境にぴつたりするやうな興味にそゝられもして、それからは、毎日、「スープの雀射ち」と稱して家を出、日暮れに歸つて來、それでも十羽づつは射止めてくると、自分で毛をむしり、料理をし、それを妻に煮つめて飲ましてゐた。さういふある日、九野が三四匹の雀をぶら下げ、店にもどつてくると、頭を刈りに來てゐた、九野も見覺えのある村の校長が、鏡に寫《うつ》つた九野を睨めつけ、學校出て毎日鐵砲持つてあそんどる、けしからんぢやないか、いつたい徴用が來たらどないするつもりぢや。大學出て勿體ないも程があるぜ。どうぢや、一つ先生してみたら、え、先生せい、先生せいッと、それは全く、頭から獨りぎめといつた按配のいひ方で、九野をこれまた、强引な手合ひもあるもんだと驚かせたが、校長は、先生ほど樂な商賣はあらせんぞ、何、ええ加減にしとればつとまる仕事ぢや、忠勤に入つて忠勤の弊を知るとは、二宮翁もいうてござるが、入つて見なけりやわからんが、何でもはたから見ると、ずゐぶんといかめしいやうだが、あれでなかなかルーズで通るもんぢやて、いかめしいのはポーズといふもので、それは、はたの目がいかめしいとするだけで、いつかう左樣な、詰襟着たやうな窮屈なものではござらん。散髪が終ると校長は、兄の出す煙管を借りて、勝手知つた奥の間へ入ると、靜江の蒲團に突きあたつて、すこし驚ろいた風だつたが、すぐ顔色をもどすと、來い來いと、店に立つてゐる九野を呼んで、そして靜江の枕元へすわりこむと、實はな、と小さい聲になつて首をおとした。

先々月の十日に、姫谷村の分教場の若い教師が召集になり、空席のまゝ放つてあるのだが、なにぶん邊鄙《へんぴ》な山猿の出る山上部落なので、女訓導を一人住はせるといふわけにもいかず、さりとて男訓導をからうとすれば、増産々々で手の足りぬ本校は若手を出したがらず、誰か新任のいい人がいないものかと頼まれてゐたんです。どうです行つて見ませんか。四疊に六疊の住宅がついて、教室は一つだが、複々式で十七人、たぶん二年生は一人も居らぬとか聞いたが、何、複々式だなんて、むつかしいやうだが、やつて見るとこんな樂なもんはない。一級五十人を引受けるより、何しろ全部で十七人だから、上手にあそばせる才能さへあれば立派な先生ぢやて。考へて見れば、あんたたちは持つて來いといふべきで、まるで天國です。何、奥さんも其處へさえ行けば、苦勞はなし、空氣はよし、すぐ樂になりますがなあ。

校長は九野の方へ座をすゝめ、煙管の雁首で、こーつとと、それから疊の上に地圖を書いた。そして海岸から入り込んで姫谷半島の、私鐵にそつた谷あたりから、くはしい説明をしはじめ、歩いて三里だと訂正した。聞いてゐるうちに、ふと九野は、務めはとに角初經驗で、しかも、難儀であるとするにしても、ふた間つゞきの住宅が待つてゐるとあつては、これにはさすが食指が動き、手拭の下の妻の顏を、覗き見、覗き見、で、どうだい、とばかり、暗默裡に、しかしお前の勝手だ、わしは知らん、といはぬげの相談の眼を、校長にかくれ發してゐたのだが、どちらかといふと、九野はまた、かういふ大切な考へのいる咄差には、精神がきまつたやうに沈潜して、どつちともつかぬボンヤリとするくせなのを、そこはチヤンとわきまへてゐる靜江であつたから、彼女は、ペシとその九野の顏色をはね返すみたいな眼た、きをなし、あらいいぢやないの、と九野へとも校長へともつかぬ大聲をあげたのである。そして靜江は、理想の生活が來たぢやないの、その生活たのしさうだわ、枕から首をずらして、校長の方を見つめなほすと、先生、ぜひたのみます、私たちほんとに疎開してきたものの、こまつてゐるんです。宅もどちらかといふと、東京の仕事が仕事だもんで、代用教員あたりが似合つてますの。先生、たのみますわ、ぜひ。と靜江はさういひ、九野がたゞ先程から、むッと口つむつてゐるのに、ねえ、あんた、山の上の分教場なんて素敵ぢやありませんか。あたし嬉しい。子供が大好きですし、全くこれはあたし達の新生だわ、十日以來のあの熱が、それで全く退散したやうな、珍らしや、靜江はそこへ起きなほらんばかりの元氣さで、それを見ると、九野は、靜江はやはり、寢ついた原因は、汽車の災禍とばかりいへず、失職中の陰鬱に、氣をくさらしての、つまりフテ寢と受け取つたが、とに角、この元氣さを見てゐては、女の現金さを見た思ひより、その少し浮つ調子と思はれるのに、チト顏をしかめ、馬鹿いへと大きく制した。が、しかし、稍《やや》あつてから九野は、先生といへば責任の重い仕事で、この俺にそんな大仕事がつとまるかなあ、と首をかしげ、考へる風をしたのが、運のつきであつた。實をいふと、うかつなことに、長い雀うちにも飽いてゐたのだ。心は半分以上も、いや八分どほりも、既に校長のすすめに許諾を與へ、よろしく賴みますとはいはなかつたものの、それは乘り氣を示した考慮に取られた。で、校長は正直にそれを受取り、癖らしい蓄膿型の高鼻をくんくん鳴らしてゐたが、奇妙な因緣ぢやが、ひとつやつて下さるか、（奇妙な因縁とは校長がいつた言葉なのである）と、また校長はくんと鼻を鳴らし、姫谷の分教場を受け持つ青里の校長は、わしと師範が同期で、話しがしやすいから、さつそく聯絡とつて、二三日中にでも發令の形式を取るで、といふが早いか下駄を突つかけ、明日は免状をやる日で、ちよつといそがしい故、今晩でも來て下されと出ていつた。

いはれて見ると、九野は、嗚呼、もう卒業式が近づいてゐるのだ、と氣がついた。さうするとどうやら、疎開してから今日で五十日目の勘定である。だいぶ俺もあそんだもんだと驚ろき、且、俺はひよつとすると、いまの會談では、いやもうそれは確定的なことになつてしまつたやうだが、間近かに迫つた四月の新學期から、その何とかいふ分教場の先生になるんぢやないかと、ふと、まだ半分だけそれを信じ、つい先程の雀うちと、打つて變つた時間の惡戯であるのに、ほうと感心した風に顏を仰向けてゐた。そしてまだ見ぬ姫谷とやらのその山村を九野は勝手に、他人事の如く思ひうかべ、先程から、あら嬉しや、四疊と六疊の二間つゞきなんて、そんな立派な住宅、東京だつてなかつたはずだわ。就職と住宅がいつしよに天から降つて來た、この嬉しさに、とび上らないでをられよか、あたし嬉しい、ねえ、あんた、三顆が吹つ飛んだわよ、はしやいでゐる靜江を見ると、九野はますます顏を仰向け、何故かにわかに不氣嫌になり、だまつて寢ろ、だまつて寢ろと叱りとばした。

しかし、それから三日程して、九野は校長から、ちよつと來てくれ、と家に呼ばれ、またそれから三日程して、青里村青里國民學校長から、さつそく來校せよとの呼び出しを受けると、それではいつて見ようかといふ、決心がついたのである。

晴れの赴任校へ顏見世する朝は、旅でくたぶれた洋服に、靜江が無理をして、コテを掛け、靴下は兄の軍足を借り、九野は珍らしく六時起きし、村驛まで一里と、かなりある途のりを、おくれてはならぬと早や目に出掛けたが、その時。店の間でバリカンをといでゐた兄が、九野を呼んで、あんぢよやつて來んとあかんぞい、鬼の首とつて來て嬉しませてや、靜江さんは引き受けたで、と、その前の晩、里で生れた四番目が、はじめての男なのに嬉しかつたものか、その嬉しさも手つだつてか、兄はいつにない大聲でわめいた。それがちよつと九野の肝にさわつたのである。

ふふんと九野は立ち止ると、別段何の忘れ物もしたわけでなかつたのに、なに思つたか引き返してくると、店を横切り、兄を見ずつかつかと奥へはいつた。そして、靜江の枕元へしやがみ込むと、靜江の耳に口をおつつけ、行つてくるけど安心は早いぞ、氣のむかない學校なら、今日一日で袂別や、石川啄木は卒業したから、何もここまで來て、身を賣る氣持がせんからな、と、ひくかつたがひと息いれた意氣ごみ方で、九野は顏を上げ、ずしんとシコを踏むやうな恰好をした。これには、靜江は眼をつむり、また虫が出たかと氣をくばつた模樣で、何いつてるの、時がちがふ、兎に角、いまは辛棒して、あたしのために就職して……代用教員はやせても公吏、召集が來れば月給も下りるでしよ、ねえ。召集が來たらどうするつもり？　どうかあたしをたすけると思ふて、安心させて頂戴。おがみます。靜江はさういふと眞實おがむ風に掌をあはせ、すぐ九野の手をまさぐると、指先きをキユツといち度握りしめたが、すぐまたそれを離すと、蒲團を引きかむつた。店で聞いてる兄を氣にした、これが靜江の忍び泣きで、燃えてるやうなその抗議が、もちろん九野にはわかりはするのであるけれども、その時、九野はおほんと一つ咳をして、まだシコをくずさなかつた。

なる程、村の校長に教はつた通り、汽車はトンネルを三つ拔け、拔けると兩側は山となり、途はしだいに勾配になつた。つい四つ目の驛だとばかり、それを計算して、九野はのんびり、早や起きの寢不足をおぎなはんものと、うとうとしながら海を見てゐたのが、急に汽車は溪谷に入り、黑々した山肌が見えると、車内はにわかに暗くなつて、もうついたのかと驚ろくと、汽車は停まつてゐた。新らしく建つたといふ靑里驛は、驛自體が、山の中腹をえぐりとつた、段の上に、チヨコンと二つ煙突をならべ、七分咲きの櫻のむかふに小さく見えた。下りたのはだいぶ後部と見え、九野は二三の百姓風と改札まで步いて出たが、その一人に途をたづねると、はあ靑里の本校でござりまするかい。この竹藪をトンと、拔けまするると、ちか途でありまするけれど、わかりにくうござるから、縣道をとつてあの關屋の橋を渡りなされ、すぐ見えますすぢや。と敎へられた。べつにこの時、途をきかなくてもわかつてゐたのを、ここでわざわざ村人を足止めさして、聞いて見た魂膽《こんたん》は、ちよつぴり村の人情を嗅いでみたいやうな、そんな心算であつたのかとわれながら驚ろいた。そして、とにかく、ありがたうと頭を下げ、何故かよしよしと口の中で獨言すると、滿足めいた表情をつくり、九野は息をひとつ大きく吸ふと、胸を張り、ひらけた眼前の風光が、をのづと微笑に溶けこんでくるやうな、妙な喜悅を感じたのは、半身はもう、この村の先生ぢやといふ、氣がしてゐたのかも知れなかつたのである。

さて、關屋の橋を渡り、おとずれるべき本校はと見ると、右手の山裾に、これまた、山肌をえぐりとつたあんばいの高臺に、コの字に建つた建物で、左樣、それは想像したやうな代物ではなかつた。むしろ遠眼には威觀と眺められ、いつてみると、東海道の車窓から、湘南あたりの學校をみた、あの眺めとかはつてゐまい、しかしながら、周圍の風光、これはまたべつで、部落の屋根といひ、細い流れといひ、それは九野の村の眺めとも、またちがつた畫《え》に見えた。ところが九野の奉職すべき場所はこゝではなく、この本校から三里の途を山へ上つた奥村だというふのである――。

本校の玄關で時計を見ると、もう十時過ぎで、學期休みで生徒のゐない雨天體操場兼講堂は、森として美しかつた。正面に決戰教育常在戰場とした肉太の字の竹旗が立ち、生竹の青々した葉がゆれてゐた。その中央の白木の棚には皇太神宮とした神符のあるところを見ると、ここは伊勢の分神をまつり、神殿としてもうけてあるものと思はれたが、九野はしばらくそこにただずみ、兩側の壁面に貼られたいくつもの紙切れを眺めることにした。まづ兒童の習字や圖畫《ずが》の貼られた成績板、左上りの三年男組が「興亞の光」とあり、畫は沈沒するアメリカ軍艦の斷末魔をえがいたツラギ沖戰況の想像畫である。更にまた、その上部に、づらづらと長く書かれた白紙に墨書の「神州正氣の歌」は、これはまた書道に自信のある先生の筆かと思はれたが、更に眼を後方へうつすと、そこにはまた、今時大戰の戰果がひと眼で判然する太平洋地圖が、一つはマッカーサー攻勢、一つはアイゼンハウア攻勢、一つはニミッツ攻勢と朱書されて、そのほかに、蜘蛛の巣のやうに本土にむかつて、進められた色とりどりの矢印、その矢印には爆撃と玉碎の日附を現はす數字が同じく朱書されてゐて、これはいはばひと目で判然する敗戰圖であつた。日に日にアメリカの挑力が擴大されて來るその地圖に、教師はいつたい何として説明をつけ、玉碎の日の丸を立てていつたものか、九野にはわからぬけれども、疊二枚もあらうかと思はれるその大地圖が、講堂の後壁の大半を占めて、更にまた、その地圖の左横には、白木の額にをさまつた十指にあまる寫眞があり、その寫眞に、それぞれ白布の幕と白位牌が一つ一つ置かれて、いはく陸軍何々上等兵、本村出身の英靈とあるところを見ると、これまた、その戰果（?）の蔭に失なはれた英靈であるのか。

まづ、それに九野ははつとして、戰爭は敗けてゐるのだ、といふ實感を、この周圍の壁に知らされた思ひで、みごとな隅々までのこの壁面利用が、九野には氣づかなかつた決戰教育といふ、つい先程の正面の竹旗の意味を、そこにありありともたらしてゐるのに、思はずふうーんとうなづいた。そして、かういふ壁面利用も利用によつては、輕蔑出來ない成果であるなと感心した。これでは若し校外で、戰爭を忘れあそび呆けてゐる子供があつたとしても、いつたん、ここへはひつてさえくれば、その子供も、「勝つため」とわが心に精勵を誓はしめらるるに相違あるまい……。

さて、ひと通り、左様な感概を催しつゝ、眺めわたすと、次にたづねるべき職員室はと、キヨロキヨロあたりを見まわしたが、都合よくそこへ、小使らしい老婆が手盆をもつて現はれて、別段、九野に氣を止めずに、通り過ぎようとするのを、あの若し、校長先生をられます？ 九野新六が來たと告げてください。つんのめるやうに九野は追ひかけてゐた。小使はその時、訛りのきつい、うんとか何とか、九野にはわからぬ返事をすると、常在戰場とした例の竹旗をくゞり、その突きあたりをガラッとあけた。と驚くなかれ、その皇太神宮の裏全體が、それがもう職員室であると見え、机と本箱のならんだ一室が、ぎつしり眼前に現はれてゐた。九野は思はず、洋服のボタンにさわつてみて、いよいよ、校長と面會だなと體をかためたが、そのとき、むかふの方で、急にざわざわと、男女の聲のするのに、さては休日でも先生たちは御出勤なのかと、やがて同僚となるべき彼等にも、何とか挨拶せねばなるまいがと思ひ、それが用意して來なかつた言葉であるのに、九野は不思議とどぎまぎし、これではいかぬと、心の中で、べつのシコを踏んでゐたのである。

憲法發布の際に、天皇が中央にお坐りになり、各大臣が二列にならんでゐるあの圖。ちようど左様に、いま職員室は、美しい二列の机が並び、中央はもちろん校長であつた、はいるまぎはにちよつといち蔑を呉れて、九野はいつたい何人の先生がゐるものかと默算したら、片側に机が六つ、片側には七つあつて、今日は出勤職員は六人で、他は机上にインキ瓶と書類の出てをらない所を見ると、それは缺席《けつせき》してゐるものと受け取れた。中央の校長が、小使から何やらいはれ、さあどうぞ、と椅子をすゝめるまで九野は入り口で、まだボタンにさわり、直立不動で立つてゐたが、校長がこちらへとまねくので、その方へ歩んでいつた。僕、九野新六です。どうぞよろしく願ひます。そして椅子にすわつてから、このたびはどうも色々、九野はそれだけいふと、あとはだまつて、なるべくしやべらぬやう、無口が肝要だと、何のためかそんな言葉を腹の中でいひ、ふと敵地へ乗りこんだ特攻隊のやうな氣持ちで、妙に神妙であるのにわれながら驚ろいたのである。

校長は四十幾つとかで、九野の村の校長とは同期であると。それだけ聞いてゐた。どういふ性格の人であるのか、もちろんわかる筈もなかつたが、初對面では、その蒼白い小男で、しかも細い身軀つきなのが、どこか腎臓でもわるいのかと思はれるふしのある病人相に見えた。聲もかすれて低かつた。それだけに、九野が坐ると、ニコリともせず、校長は、九野の洋服を見たりし、なかなか言葉を吐かず、やうやうのことで、本郷の校長さんから聞きましたがと（本郷は九野の村の名である）それだけいつた所をみると、九野には、左様、どこか、この校長の、それは鼻下に貯へたチヨボ髭の薄さも不潔な感じで、けん介に見え、村の校長の方が大らかであると思へた。

そんなこととは知らず、校長は、ときどき、訓導たちの仕事ぶりを眺め、机の上のゴミを神經質につまんでみたり、そのゴミを指の腹で撫でて見たり、とぢるものもないのに、机の横に打ちつけた封筒から、紙コヨリを取り出し、それをまたひねり直してみたり、しながら——ところで、この時、他の訓導たちはといふと、九野には見えないうしろの二列の机にしがみつき、何かいそがしい書類つくりに懸命で、九野がはひつてくると、この男が姫谷の分教場へ來る男だぐらゐは、もう感づいてゐさうな面持ちで、みんな、その證據《しようこ》に、時々書類をめくつたり、ペンを置いたりする瞬間には、九野の方を必らず、盗見することをわすれなかつたが——校長は、さういふ訓導たちを眺めわたしながら、どこかせかせかとしたいら立ちをおぼえる、それでゐて妙にゆつくりした物いひで、九野にはなしかけて來た。

姫谷の分教場はここから一里半、あなたがいま來た縣道を上りつめ、それから一里半ほど山へ上つた、そこにあるのですが、なにぶん邊鄙な所でありまして、お氣の毒ですが、つとめていただきたい。分教場は知つての通り、名の示すとほり分教場で、そこには御眞影の奉安もなければ、學籍簿の保管權もないのです。つまり、いつさいは本校がその責任を持ちます。つまり、出張所といつたやうなあんばいで、御面倒でも、本校の指示を受けていただいて、週に一回は土曜會といひ、職員反省會を兼ねた事務聯絡がありますから、その日はなるべく出席していただきたい。學籍簿の本簿はこちらで保管しますから、補助簿だけむかふで作製してくだされば、それで結構なのです。とかういへば七面度くさいことだと思はれるでせうが、何、することさへして貰へれば、低學年のこと故、まい日午前中にすみますし、あとはあなたの時間、何でも御研究が出來ますよ。それにまた、分教場の氣樂な點はかぞえやうがありませぬが、だいいち、いつて悪いが、あれがありませんで樂ですよ。――あれとその時校長が、顎でしやくつたその方角を見ると、たしかにそこは奉安殿らしく、運動場の左隅に、神殿造りのそれが、まこと厄介ものらしく、マツチ箱のやうに見えるのへ、九野も思はず、はあ、あれですか、と自分も顎をしやくつた。すると校長は、ちよつと顔色をかへ、あなたまでがといつたあんばいの、辛い顔をつくつてみせたが、しかし、すぐ、それをほころばせると、さうです、あれです、とまた顎をしやくつた――あれがあると、この頃のやうに、やれ空襲だ、どうだと警報ばかりぢや、學校を留守にするわけにもいかず、御覧なさい、みんなかくの通りゲートル巻きで、三人ひと組の宿直なので、疲れきつてゐるんです。校長はその時、訓導たちの机の下から飛び出てゐる足をさしたので、六人はいつせいに先程から、この話を聞いてゐたものと見え、ちよんと足を引つ込ませたが、校長はまだそれをみて、見ぬふりといふ、わざと顔をつくつて、まあ分教場は何ですねえ、本校とくらべれば、着流しで授業をしてゐるやうなもんです。といつて着流しで授業をされちや困りますがね、うふふふふ、と校長は妙な笑ひ方をした。そして、そこで話を打ち切ると、とにかく、くわしい話は昨日まで詰めてゐた三木君に訊いていただくとして、さう、これを受け取つて下さい。と机の曳き出しから紙切れを取出して、それを九野にむけ、辭令です、といつたのである。地方事務所へいつたついでに、昨日もらつて來ましたので、あなたはもう視學《しがく》にあふ必要はありません。いづれ視學とは、折のあつたとき挨拶するとして、兎に角、これを受け取つて下さい。九野はそれを受け取ると、自然とそのいかめしい、福井縣とした辭令用紙の、墨太の辭令文が默護されたが、この時、九野は思はずアッと聲をたてかけ、からうじてその聲を咽喉もとで封じ得た。因みにその文面をそのま、寫してみると、次の如き文面となるのであるが、九野の驚ろき且、聲をあげかけた所以は、何をこ、でかくされようぞ、月俸の少ない額面であつたのである。驚ろくなかれ、その額面は、九野にいはせれば、あの町の若い醫者に支拂ふべく、注射二本の代價として、買つた所の米一升にまで十圓足りぬ給料で、この時はまだ九野は、政府が代用教員に米一升で、しかもそれで一ケ月を送れと、嚴命してゐるやうな、そんな强迫めいた威嚇を感じはしなかつたけれども、兎に角、九野は九野で靜江の醫者代と換算して驚ろいたわけである。

辭　令

九　野　新　六

右之者、福井縣大飯都青里村青里國民學校助敎ヲ命ズ、但シ姫谷分敎場勤務

月俸三十圓ヲ給ス

昭和二十年三月三十一日

福　井　縣

左樣、正直のところ、くらくらと眼のくらむやうなそれは打擊である。不快な感情といふよりは、激しい憎惡の念がむらむらと、九野の全身を席捲した。——といつても、この形容は誇

張ではない。辭令を持つた手を、九野は、思はず引つ込め、制しても、制してもふるへる手もとの置き場所にこまつたのである。張《みなぎ》つてゐた先程からの、校長との對談中の、わが心の張りはどこへか消え、とつてかはつたべつの緊張が、九野の身軀をじわじわとしめつけた。けれどこの時、九野はいつたい、これまた何としたことか、——胸の隅のどこかに、とつぜん、妻の靜江の顔を、くつきりと浮べてゐたのだ——はあ、ありがとうございます。とあらぬ言葉を吐いてしまひ、その憎悪すべき紙切れを、押しいただく風に心持ち、持ちあげて、目前の校長と、そしてまた、この紙切れとに、尊嚴の面持ちを表現せずに居られないとする、緊張の顔色をなし、そして、少しうつむくと、その瞬間彼は、何故かニタリと自虐的な笑ひをもらしはしたが——校長はその九野の有様に眼はくれず、ではみんなの先生に御紹介いたします、となに氣なくいひ、僕はちよいと、役場にある防空要員會に出席なので、と立上つてゐた。そして、これは訓導たちにむかつて、先生方、こん度、姫谷の分教場へ來て下すつた九野先生です。と一同を渡してゐたのである。

六人の先生方はその聲で、いつせいに立ち上り、右から順番に校長のいふ名指しにあはして、いちいち九野に頭を下げた。九野もいちいち頭を下げたが、各々の自己紹介によると、一番は教頭の山中杉三といふ先生で、次は六年擔任《だんにん》の鎌田金吉といふ先生、次は三年擔任の森川イシ先生、次は一年生擔任の木部キン先生。それで右側がすんで、左側は瀨川谷平先生、次が昨日まで分教場の空席を受け持つてゐられた三木德藏先生であつた。いち度ではおぼえられないその名前も、今の場合は、最後の三木徳藏先生だけが、頭にのこり、この先生が、これから、姫谷の分教場を案內し、說明して下さる先生だからと、九野はさう思ふと、もういち度三木に頭を下げ、よろしくとひとことといつた。すると校長は、まだこのほかに五人ゐますが、ほかはみんな女の先生で、今日は部落巡視と、防空被ひの洗濯とで、西林寺の池へいつてをります故、それはまた明日にでも御紹介するとして、今日はひとつ三木君から姫谷の話を聞いて下さい。と言ひのこし、机の上の辨當《べんとう》らしき包みを取るとその結び目を輪にして手首を通し、山中君、自轉車の空氣はどうでした、とたづねてゐた。それによると、學校には、職員用の自轉車が一臺あるものと思はれたが、山中ははいツといかめしい返事をすると、たぶん固くもなし、ペシヤンコでもないでせう、とあの目分量するシナを作つて、その時校長を細眼で見送つた格好は、これまた細面の蒼い顏で敎頭らしい威嚴を、無理につくらはふとした、鼻髭の持ち主で、背中のまるい小男であつた。

校長が出ていくと、しばらくは、靜かであつた室の空氣が、自然誰からともなく、ざわつき出し、先程までをとなしく並べてゐたゲートルの足をも、鎌田がまづニヨキツと机の下から、前へ組んで横側の上へ、無恰好に突き出してくると、そのとき彼はあーつと一つあくびをし、そのあくびが傳染して、山中も一つあくびをした。その二人のあくびで、他の先生たちも、やんをらペンを置くやら、書類を机の右隅へ重ねるやらし、申しあはせた如くに椅子にもたれて、背中を無理にそらせた恰好となつたが、どうです、東京はひどいでありませうな、食糧事情は如何でありました。瀬川がまづ九野にたづねて來た。するとみなはあけすけと、九野を注目しだし、めいめいのポーズをそのまゝで、先生は新聞社にをられたさうですが、どんなもんでござりましたらう。まず、戰局の見とほしを承はりたい。どうもこのぶんでは敗けさうにも思はれもし、本校にも、非常に悲觀說をとなへられる先生もおられますし、如何でせうねえそのすぢの方ではだいたい何と見ておられませうな、やはり日本は勝つでありませうな、いや、本土まで寄せつけて置いて、それで一擧《いつきよ》にデングリ返す、軍部でもその段取りしてをられるやうでありまするが、果して、それが出來得るものや否や、先生はどうお考へでござりますか、それにまた、やはり先生は、さういふ最前線の新聞社をお捨てになつてまで、疎開なさつた模様でありまするが、それをいいとされて御歸省なされたのでありまするか、なにぶんとも私どもは、十年前に東京へ講習に參りましたきり、その後いち度も行つておりませぬ故、ひとつ色々と、東京のニユースをうけたまはりたいと思ふが如何でござりませう――。鎌田がさういふ所を見ると、既に九野の前身は、村の校長との會談によつて、もうくわしく知れ、先生方は見聞濟と思はれたが、しかしいま、東京からの新聞社を捨てゝ疎開したことが、左程によいと信じて來られたのか、と何か意味ありげなそれは鎌田の質問のやうでもあるのに、九野ははツと向きなほる思ひがした。が、それはこちらの受けとり方にあるのかも知れぬと、後で思ひなほした。だが、しかしこの場合、一般の疎開者としてもちろん九野は取あつかはれ、かりにもそれは月俸三十圓であつたにしろ、教員といふいはば聖職に――さういふ聖職などといふ言葉さへ、いま腹の中で九野は憎悪をもよほしたが——つながり得た今日にをいては、も早やそれは腰掛的な氣持で赴任して來た輕はづみさを、いま暗になじられても致し方あるまいと思ふと、九野ははツとしたひけ目を感じたのである。で、さうですなといつただけで、九野は戰爭の見とほしも判然しないながら、次の句が見つからなかつた。だといつて、しかしここで、レイレイしく、九野は、如何に教育に興味を持ち、それはいはば敗け戰況の塗りかえに、狂奔してばかりゐた新聞記者の生活より、どれだけ代用教員の方が誠實であると思へるか知れないと、思ふいつぽう、今回の就任は、腰掛的とは更々考へず、この就職の本日をば、事のほかの光榮と存じてゐる……と、ならべたてて見るそんな言葉は、何んでもないと思ひもしたのであるけれども、ふと止めたのだ。さういふ會話よりも、先程、校長から渡された辭令以來、腹の中で煮えてるものが、まだ止まず、反對に、誰が月俸三十圓のこの職場に、わざわざ東京から憧れて來ようぞやと、ふとまたいま頃は、散髮屋の奥の間で、どうして寢てゐるであらう、靜江の顏がぽんやり浮ぶと、それは注射二本に米一升買へば、それでもう月給はおろか、まだ月に十圓の足し前を必要とする計算となり、これでは、飛んだ計算ちがひであつたわいと、新しい憤怒にみたされたのである。瀨川のたづねる東京事情を話してやりたいこちらの心は、山々であつたけれども、それより、何をおいても、月俸三十圓の明日からの生活が思ひやられて、思はず、馬鹿な靜江よ、お前はよくも理想の生活がおとづれたといつたけれども、それはみんな夢であつたぞ。歸つてくはしくしらせてやるから待つてゐろ、驚ろくな、とばかり、九野はしきりと妻に對してあくついてゐる自分に氣づくと、ますます持ち前の自己嫌厭の度が、音をたてゝ深さを増してくるやうで、白らけた氣持で對してゐるしかなかつたのである、
さて、三木德藏先生は、四十前後の、これまた丈高な威丈夫で、五尺九寸もあらうかと思はれる大男で、銀ぶちの細い眼鏡をかけ、廣い面積の顏に、それをかけたといふよりは、まさに引つかけたといつた感じがふかく、あぐらをかいた佛鼻、厚ぼつたいイチヂクのやうな唇をし、笑ふごとに露出する齒なみは煙草のヤニで黑染まり、顏全體のどこかむくんだやうな皮膚には、白い斑點のあるところをみると、九野には、これはたぶん、生徒のゼニガサでも傳染して、膏藥でも使用したものかと思はれたが、まことにそれは醜い相貌といへた。その三木がやがて九野に、それでは說明しますからちよつとこちらへと、自分の机ちかくへ椅子を寄せ、何やら後方の本箱から取り出したのはと見ると、「學級經營諸事項書類綴」と上書きした、厚ぼつたい綴り書で、三木はそれをいつぺん、如何なる意味か、ちよつと押しいただく風に上へあげ、バタンと机上におくとやんをら表紙をめくつたのである。九野はそこで、さあ、いよいよ第一課がはじまつたと、思はず緊張し、驚くほどす早い手つきで、その時、內衣からノートを取り出し、鉛筆をひと舐めして、かまえた恰好は、自分ながらふと、つい五十日も前の東京での、新聞生活がまた來たやうな錯覺をおぼえたのであるけれど、さてここで三木德藏が、彼一流のこまかい形容を使用して、三時間にわたり、くどくどと、九野に話した山上分敎場のあらましを、そのまゝこゝに引きつゞき述べても、それは至當《しとう》であると思はれるけれども、都合あつて、今

しばらく、九野の心境につき記録してのちに、それは次回にゆづりたいと思ふが如何であらう。

腹の中で、もやもやと、つまりまだ月俸三十圓といふ宣告に、九野はまだ不快なものがとけやらず、長い三木徳藏の饒舌に、正直のところ、しびれをきらし、濟むのを鶴首した、といつた方が適切かも知れぬ。左様、九野はまだ月俸三十圓による給料により、家計をたて得た經驗はなく、これを靜江に何となつとくせしめるか、靜江がまた、なつとくするとしても、およそ今晩は、その靜江との協議をかさね、明日からの生計を如何に打開していくかを、考へつくさねばならぬと思ふと、心はまだまだ三木の説明について、山上に飛ぶことを許さなかつた。いつてみれば三木の三時間にわたる説明は馬の耳として聞き入れただけで、つまり、三木が姫谷分教場の如何に不便であり、邊鄙であるかを「醫者の藥禮と姫谷の牡丹取りにいかれず先次第」などといふ里歌をもつて説明した。その歌がなるほど殘つてゐるくらゐのものであつて、九野は三木の話がすむと、もう何時でせうかと時間をたづね、實はちよつと用足しがあるので、次の汽車で失禮いたしたい。といつた。そして眞實しびれが切れてゐたかげんか、少しく足がふるへてゐた。すると三木は、上衣のポケツトから、太鼓饅頭大の古型時計を取り出し、左様、三時かつきりの汽車がありますで、それで歸られたらよいでせう。私もいつしよに歸りますから、いまちようど二時半であります。といふのへ、えツ先生もいつしよに、それでは先生は汽車通でありますか。すると三木は、さうです、高濱です、と答へ、分教場にゐた時はよかつたですが、これからは汽車通でありますと、かへつて不便でありますと、聲のない笑ひをもらした。やがて九野は三木と共に下校したが、驛にむかふ途中で、ふと三木とざつくばらんに、給料のことなど打ちあけて、それで例の山上生活がなりたつものかとたづねてみたい、そんな衝動にかられて來、あの……と既に出かけた口をば、やはり、こんなことをいま此所で馴れ馴れしくきくことは、何かはしたないぢやないか、と思ひなほすものもあつて、す早く口つむつたが、そのあとで、やはり、それと關聯《かんれん》した、いや實をいふと、その結論を先にきくといつたあんばいの、妙な質問をわれ知らず試みたのである。すなはち、この三木との同道のチヤンスをば、逃してなるものかとする己が持ち前の巧利性を、九野はここでサラケ出す勇氣が出たのである。

先生、なかなか物が高くなりまして、田舍もやすいと思つて來ましたけれど、これでは全く似たもので驚ろきましたなあ、何しろ米が東京と五圓しかちがひませんからねえ。とつい世間話のそのつもりで、九野は三木の高い顏を見たのだ。すると三木は、ほんとであります。學校も給料が少なうて考へものでありますが、あなたはお若いのに、よく御決心なさいました。とそれは單刀直入に九野を賞めてきた。いや、決心なんて僕なんか、そんな考へもなく、つい、と九野はただへいへいといはんばかりに、何故かこの時は、それは次の句が何と出るか聞きたいあせりでもあつたのだらうが、むやみと九野はへり下つて、その己れの卑屈であるのに氣がつかず、夢中で、三木の高い肩を仰いでゐた。すると三木は、ちよつとだまつてゐたが、稍あつてから、何、心配はいらんです。姫谷にさへいらつしやるなら、住宅はありますし、燃料は村が持つてくれますし、またその上、何なり可なりの貰ひ物といふ奴がありまして。三木はそこでまた聲もなくちよつと笑ひ、何、月給はそのまゝ殘つていきますよ、とまた笑つた。その笑ひは、九野のやがて、左様な生活にはいることを、いや嘗て三木自身がつゞけてきた所のその生活にはいることを、輕蔑するといふが如き、そんな笑ひとも受け取れなかつたが、何故か三木はしばらく聲もなく笑ひつゞけて、あとで天國です。まつたく天國です。といひ、戰爭もこの世の苦勞も何もかも忘れられますわい。とにかく、上つてごらんなさいませ、下界へ下りてくるのがいやになりますよ。と今度は九野を見て大きく笑つたのである。九野はその時、三木のその笑ひにつられて、自分もうふふふふと粗忽な笑ひをもらしたが、實は、なるほど、貰ひ物がある上に、住宅賃もいらず、燃料も村持ちとあれば、三人ぐらゐの暮しなら安く上るだらうと、三十圓以内の生活にやや安堵をいだいた加減か、何故か、今までとちがつた、肩巾に廣さが加はつたやうな歩き方で、しかし、それでもせかせかした小股にはちがひなかつたが、九野は三木のいちばい早い大股に引つつく程に尾いていつた。

が、しかし、ふと、この瞬間に、九野はもう一つの心の動きに驚ろいてゐたのである。といふのは、今までのその簡單な判斷を、くつがへす風に擡頭してくる、それはいつぽう九野のつまり誠實家面といふ奴らしかつた。すなはち、村の貰ひ物を當然とする卑屈性に、が、ま、ん、のならないそれは憤りであつたのである。何とまたそれはあさましい教員生活であるのか、若し萬一、他人が物をくれなければ、それでは三十圓でやつていけないぢやないか。これではまつたく先生といふより、乞食とまだしも名のつて、村々を歩いた方が、どれだけ誠實であるか知れやしないぢやないか。さういつた反撥がむらむらと九野の腹に充滿してきたのだ。すると九野はやがて、先程から卑屈きはまりなき三木との會話を思ひ、もうその會話自體が不潔となり、三木の高い顏と、その大股の歩きぶりさへも、いまは醜怪な人間としてうつつてくる程で、ゼニガサ顏の三木の顏が先程から少し仰向いて見えるのさへ、それがたまらなく嫌惡を催し、九野はそこへペッと唾を吐いた。がしかし、九野はすぐまた三木にむかふと、ところで、その貰ひ物といふ奴には限度もあるだらうし、またその貰ひ物を貰ふといふことはあまりいいこつちやありませんね。と穩便に出てゐたのである。すると三木は、別段顏色を變へたわけでもなく、つい先程の例の聲のない笑ひをまたもらして、なに、兒童の親たちにして見れば別段、家の子をどうしてほしい、重んじてほしいといふやうな、つまりあの袖の下といふ奴で持つてくるやうな、そんな氣持の人はゐませんよ。中には左樣な不心得な親達もそれはなきにしも非ずですが、とにかく、私はみんな頂戴することにして居りますよ。本校でも、先生によりましては、みなの手前もあり、それを斷然とつきかへしてゐる先生もありますけれども、あれはどうも咽喉もとまで手が出てゐる癖に、あまり感心しませんね、私はとにかくくれるものは昔から頂戴する主義でありまして、そのつもりでをります。心から感謝していただく。文部大臣が安い月給の私たちに無理、矢理の乞食生活を押しつけてゐるといふこと、それにはもちろん反感はいだきますけれども、村の人たちも、それをちやんと知つてゐて、御苦勞さんです、と持つて來てくれるのですから、感謝していただいてやらねば、むかうもつまらないことでもありませうし、とにかくそれはまた經濟的にも、目に見えて、こちらはトクをするのでありますからねえ。といふと三木はちよつと聲をおとして、これはないしよですがといひ、私でさえ、あなたたつた六十圓でありますからねえ、もうこれで十五年になりますが、たつた六十圓の月給でありますす。今どき六十圓といへば職工さんの殘業手當でありますからねえ。三木はさういふと、ちよつとなげき悲しんだ面持ちで、心持ち顋《あご》を仰向けた恰好で、九野にはその顔を見せなかつた。九野は聞いてゐて、何故かはツとし、たつた六十圓ですか、と、それは背のびしたやうな風に見えたが、三木の肩をのぞきたい一心に飛び上り、三木はそのうそぶいた顔を下げなかつた。

さて、そのまゝ二人は汽車に乗り、その汽車が一つ目の驛で三木を下ろしたが、三木はわかれしなに、どうしますか、いつ姫谷へいかれますかとたづね、九野がさうですね、といつただけで返事にこまつてゐると、四月三日から授業がはじまり、決戰増産週間でもありますので、休みは短縮されてゐる上に、蕨《わらび》取りをせねばなりませぬ故、分教場も三日から、割り當ての貫メは出さねばなりませぬ。赴任の節には、たぶん、私の時のやうに、生徒がリヤカーで荷を運んでくれますから、荷物はみんなそのついでに客車便で送られた方がよろしからう。また、あとから、山上まで持つてあがることは大變ですし、何なら奥さんもその時いつしよにおいでになつたらいかがですか、その方が便利と思ひますが、村への挨拶やら、何やらかやらいたしてゐますと、あと三日の日數も手一杯といふところですよ。と三木はいひ殘し、暗にもう、明日赴任される段取りが、いちばんよろしからうといはぬばかりの後姿で下りていつたのであるが、いはれてみると、九野は、遂に來る所まで來てしまつたといふそれは今日一日が流されるみたいな、本意ない行動のうちにすゝめられた結果であることに、氣がついた加減もあつてか、ちよつと感慨めいた溜息をもらすと、何げなく今までそこにあつた三木のゼニガサ顏の消えてゐる窓へ眼がいき、するとその窓ガラスがなく、遠い姫谷の山容が、まこと、富士の姿で既に暮色につつまれてゐるのが見えた。すると嗚乎、明日からはあの山の上だ。ひとしほふかい感慨をもよほして、ふと九野は、今日の三木の職員室での説明の中に「醫者の藥禮と姫谷の牡丹取りにいかれず先次第」とあつたのを思ひ出し、それ程邊鄙な山の上ならば、――、と今の自分の心とおなじく、いつて見なけりやわからないぢやないかといふ、ふとまたさういふべつの期待が、ずうーつと最初から、あるにはあつたのだと、ふと氣づき、若し靜江が熱があるとすれは、靜江だけあとに殘すとして、自分は兎に角、明日ぢゆうに荷物をつみ、兒童たちといつしよに、山へ上らうと心を決めた。

さて、その夜、店へついたのは八時過ぎで、ちようど兄は嫂の里の方へ子を見にいき、靜江が一人で留守居であつた。九野がはひつていくと、靜江はあなたどうでしたのと、寢てゐるつもりのが飛んで出て來、いつの間に床をたたんだものか珍らしく服を着て、薄化粧をなし、熱はないのかといへば、そんなものとうにないとすましていひ、出產祝ひのお返しよ、と膳の上の新聞紙をめくると、それは嫂の里で炊いたものらしい赤飯が丼鉢に山盛りしてあつた。あたし達の新生に、まるでお祝ひをしてくれたみたい。あの子とつてもまん圓い顏してゐて、お母ちやん似の赤ちやんでしたわ、靜江はさういひ、既にそれでは、一つ谷へだてた嫂の里へ、今日は見舞ひにいつて來たものと受け取れたが、泣いて寢てゐた朝にくらべて、その現金な變りやうに、九野はまづあきれ果て、むつと默つて服をぬいだ。すると靜江はどうでしたのよ、としつこく聞きたがり、九野はまた腹もすいてゐたが、何故か靜江の浮はついたものについていけず、軍足を投げるとあゝ疲れた水をくれとそこへのびながら、兎に角うまくいつたよ、安心せい、明日はさつそく出發だが、お前もいくかとたづねた。すると靜江はもちろんよ、とすましていひ、あらコボレるわよ、と手に持つた、コップの水を九野の口へもつて來て、ぷーんと寢てゐる九野の鼻へ白粉くさい顏を近づけて來た所をみると、あながちそれはカラ元氣ではなく、眞實全快したやうに頰の色が紅いのに、こいつ奴、頰紅をたんまり塗つて――鷄飼ひのコムミニユスト、あの作家の小説の主人公が、病氣をかくすために頰紅をつける、ひと場面が思はれ、九野は貴樣ツ俺をだます氣か、とそこまで出た口を押さえ、若しさうであるとすれば、怒るよりも、左樣な妻の不手際さが哀れでならなく、もう水はいらないとばかりそのまゝ、頭を二三度疊につけると、しばらくぢつと天井を見つめた。

食事のあとで、九野はやがて、靜江の問ひに答へては、今日の成り行きを説明したが、だいたい三木から聞いた山の話をそのまゝ靜江にきかせ、靜江は月俸三十圓といふ所へ九野が思はず口を入れると、あらほんと、たつたの、と瞬間、それは九野には泣き顏としか思はれないくもり顔をしたが、靜江はしかしすぐもとへもどし、だつて本俸は三十圓でも物價手當だつて、家族手當だつてあるんだし、八十圓ぐらゐにはなりますよ。といひ、それだけあればあたし何とかいけると思ふの、とさすがは女らしく九野の考へもしなかつた推斷を下して、住宅賃のいらぬこともちろん計算に入れてゐた。その妻の計算に、九野はガバとはね起きた。左様、九野はまだ月俸三十圓といへば、三十圓だけだと思つてゐたのだ。すると三木は六十圓であるとすれば、百四五十圓にはなるであらう。九野はまたあの三木のゼニガサ顔を思ひ出し、なるほど、それでは貰ひ物が途ぎれてもやつていける筈だとがつてんがいつた。しかし、あとでまた九野は、それは正確なことではない。若し第一その手當とやらがなかつたらどうであらうと、靜江にいつたが、靜江は馬鹿ねえ、あなた、あなたは何でも被害忘想なのよ、と相手にせず、九野のポケットから出て來た辭令を見ると、小さい聲で、オメデタウといひ、そして、その文面を讀んでいき、「月俸三十圓を給す　福井縣」としたそこの所だけ靜江は二度讀むと、あとでバンザイだわといひ、ポットリ縣の字へ涙をおとしたのである。

さて、そのあくる朝は、靜江の方がやはり早く起きた。荷物はさひはひ、疎開のまゝの梱包で放つてあつたので、蒲團袋と身のまわり必要の品だけをまとめあげると、それでももう九時にちかゝつた。兄は嫂の里からリヤカーを借りて來て、俺も送るといふのを、ちようど朝早やい應召者が二名散髪に來てゐたので、九野と靜江はそれだけ儲けが減るとことわり、兄はしかたなく斷念し、店の前でわかれること、したが、これ持つてけ、と兄はその時、九野に空氣銃を渡しながら、山へいつても雀射つてスープにせいや、といふのであつた。

九野はそこで、空氣銃を背におひ、妙な恰好でリヤカーを押すこと、なつたが、思つたより荷が輕いので靜江を上に乘せることにした。すると靜江は、いやよあたし、田圃の人が見てるから。なかなか車に乘らず、見るとなるほどもう春蒔きのそれは何であるのか、堆肥でもやつてゐるのであるのか、見わたす限り末廣にひらけた谷田の上を、百姓たちがあちこちするのが見られたが、いいぢやないか、乘れといつたら乘れ、九野はしつこく靜江を乘せようとし、もう山の上へついたならば、醫者も來ないのだと神妙に云ひふくめると、靜江はふつと内心に、昨夜からの無理がピンと來たものか、今度はだまつて車に乘り、蒲團袋に腰をかけた。そして靜江はねえ、あたし、これまではきらひだつた歌なのだけど、その歌、たいへん、今の自分にぴつたりくるの、うたつていい？　と首を曲げたのであるが、九野はしかたなく、どんな歌だときゝかへすと、靜江は、ほらカールブツセの歌なのよ、といひ、ちよつと眼を細めた。そして山の彼方の空遠く、幸ひ住むと人のいふ、われ人ととめゆきて、涙さしぐみ歸り來ぬ。それがねと靜江はいひ、ぴつたりくるの、涙さしぐみ歸り來るなんて、不吉だけど、山の彼方に幸福が待つてるやうな、そんな氣がして、あたし仕様がないの。九野はふーんといひ瞬間靜江の即興にちよつと驚ろいたが、なに思つたか馬鹿野郎といふと、幸福なんて待つてるもんか、とそこへ唾を吐き、いつだつてお前の夢ははづれるんだ。いいかげんにしろ、と呶鳴つた。が、しかし九野はそのあとで、ぢや、俺もうたふかなといつたのである。なあにあなたのはどんな歌。よしうたふから聞け。そして九野の口から出た歌は、「醫者の藥禮と姫谷の牡丹取りに行かれず先次第、お先まつ暗先次第」と、それは度々逸のやうな節に聞える卽興で、九野はうたひ終ると、リヤカーの把手を力いつぱい握りしめ、前方へなかばのめりさうな姿となり、あぶないわ、ねえ、どうすんのよ、あぶないつたら、靜江がわめき出すのへ、なにかまふもんか、えツさえツさ、お先まつ暗先次第。眼をつむつてガラガラといちもくさんに村を出はづれていつたのである。

もぐら

萬吉の家へ疎開してきた啓太は、三年生だといふのに、まだ平假名をおぼへてなかつた。入學してからいちども「よみかた」を讀んだことがない。いつかの日、小野先生は「光は空から」を讀んでごらん、と啓太に名ざしをしたが、啓太は、はいと答へただけで讀まなかつた。田舍の學校へきたはにかみなのだらう。得てしてありがちな、都會の子のそれに馴れてゐるものだから、小野先生はにつこり笑つて、

「またこんど讀んでもらひませう」

そして坐りなさいといつた。啓太はしばらくもぢもぢしてゐたが、突然机の上へ泣き伏した。すると、啓太の隣にゐた久助の松吉が、

「先生、啓太君は字が讀めんのや、水車のとこであそんでたとき「ら」を「ち」と讀んだあワな」

といつた。

松吉のその聲で、教室の中はわあーつとざわめきたち、小野先生は制するのに困つた。しばらく困惑した顏で眺めてゐたが、

「靜かに、靜かに」

と兩方の手をあげて、黒板をたゝいた。

こんなわけで、啓太の平假名を知らないのが、みんなに知れたわけである。

啓太の平假名を知らないことは、やがて村人にもきこえた。それは當然、萬吉へもきこえた。

啓太は萬吉の家でもすつかりしよげてしまつた。

「啓太、われや、何したボケ尻ぢや、東京からきてはづかしいでや、そんなことでや」

と啓太は萬吉にいはれた。

萬吉よりも誰よりも、困つたのは小野先生だらう。

そのあくる日だつた。四時間目がすんで、みんな當番をすましたとき、

「啓太君ちよつと」

啓太は事務室へよばれていつた。

「啓太君は、先生のいふことに、ちやんと答へますね」

小野先生はやさしく、啓太にも椅子をあたへた。啓太は椅子へ坐らずにぢいーつと先生を見あげてゐたが、

「はい」

と素直にこたへた。

「それではたづねますよ、啓太君は東京で何先生にこれまでならつてゐましたか」

「はい」

啓太はちよつと考へたが、なかなか東京の先生の顔が思ひ出せない。だんだん顔色が赫くなり、困つた表情になつていつた。やうやう啓太は思ひついたやうに口をあけると、

「先生、東京の先生は大勢かはつたので、ならつた順番にいへません」

「ふーん」

小野先生はちよつとおどろいたやうであつた。

「ならつた先生は、ちやうど三年生だから三人でないか、啓太君はそれとも東京で轉校したの」

「いいえ、一年生からをなじ學校なんです。僕は大勢の先生にならひました。ええと一年のとき、一年のときは、サケヤマセンセエと平田センセエ、二年のときは梅田センセエとヨシモトセンセエとそれから津山センセエ、三年のときは一學期のときはキタジマセンセエです。さうしていちばんしまひは竹田センセエです」

啓太はこれだけいふのにだいぶ時間がかゝつた。首をかしげたり、耳の上へ手をあげたり、第二ボタンをつまんでみたり、いろいろな啓太のくせをしてみせたわけだ。

「ほほうよく思ひ出せました」

小野先生はにつこり笑つて、さういつたが、少し顔色をかへてゐた。

「七人もの先生に、啓太君はおならひしたのですねえ」

ひとりごとのやうに、そしてまたおどろいたふうで、先生はつぶやいてゐたが、ちよつと考へたやうだつた。

小野先生はかう思ふ。

七人もの先生にならつたといふことは、小さい子供の記憶力にしてみれば、名前をおぼえるのもたいへんだらう。啓太の頭は、入れかはり立ちかはり挨拶していつた先生のたくさんの顔が映像されるものだから、どれが何先生だか區別がつかない。よくその顔をおぼえてゐて、順番に見分けが出來たと感心させられる。

また小野先生は次のやうなことも思ふ。

東京は一年に一學級を三人もの先生が入れかはつて受持つてゐる。それが本當だとすれば、これで、いつたい兒童の性格が呑みこめたり、學級經營が出來るものだと、これも感心させられる。空襲必至の東京では、こんなことは當り前なのかも知れぬが、先生たちは、兒童のことよりも、自分のことでいつぱいなのだらう。啓太が平假名を讀めないといふ事實は、ひよつとすると、そこからくるかも知れないのである。先天的な劣等兒はいざ知らず、三年生になつてゐるのに平假名もよめぬ道理はない。教員生活では交代、交代で受持たされる學級は、得てしてよく出來る子供は目をつけこそすれ、出來ない子は受けついだとはいへ、おろそかになり勝ちだつた。特に目をつけねばならないのは、出來のわるい子なのだが、それが逆になつてゐた。うはべの成績だけで事務的にすまさうと思へば、自然とそれに落ちこんでゐた。小野先生も經驗からそれはよくわかつてゐるのである。

啓太はつまり、東京のどさくさまぎれに、下等の方へ入れられて放つたらかしを喰つた仲間なのだらう。

入つてきた時からの返事振りなど、活潑なもので、朝會の姿勢なども眞面目であつた。容貌もくりりとしまつたかんじで、村の子のやうに鼻水もたらしてゐない。この啓太が字をよめないのは、教へなかつた東京の先生の罪だと小野先生はさう考へた。

すると、小野先生は、いま、自分の前で、氣を付けをしてゐる啓太が、たまらなく可哀さうになつて、

「よろしい、歸つてよろしい」

小野先生はさういつたが、兒童昇降口のところまで啓太を追つてくると、

「啓太君は勉強すればよく出來るんだから、あすから他の子どもたちが何といつたて泣かないね、先生といつしよにきばつて勉強してみんなを見返すやうになりませうね、字をすつかり覺えませうね」

と、啓太の肩の上に手をおいた。

啓太は、梅の木の方をみて泣いてゐた。

綠色の稻たんぼの畔途《あぜみち》をとほつて、啓太は歸つていつた。分教場の建物が見えなくなると、啓太はいつもの如く足がおそくなる。轉校してきた當時の二三日は草のしげつた畔途が不思議でならなかつた。しかしこのごろになつたら不思議でなくなつた。通ひ馴れた下校の途は、啓

太は何故か一人の方がよくて、いろいろの空想をした。

空想でもあり、それはまた啓太には追想でもある。また啓太らしい現實批判の時間でもあつた。

何といふおもしろい學校なのだらう。はじめて田舍の分教場へやつてきたが、俺はたいへん小さい學校なので驚ろいちやつた。教室が一つあるだけで、一年生から四年生まで合せて二十五人、二年生がひとりときてゐる、先生は小野先生が一人で時間中は黒板の前をいつたりきたりしてゐる。小野先生はたいへんやさしい先生のやうだ。俺をたいへん可愛がつて下さる。先生は東京から來たと仰言つたが、東京で昔も先生をしておられたのだらうか、先生も僕とおなじやうに疎開してこられたのだらうか。

啓太はそんなことを思つた。下を向いて歩いてゐるものだから夏草の表情が、啓太にはいろいろ映つた。少しきたとき、畔の横に穴があいてゐた。草がしげつてゐるので、ちよつと見ではわからなかつたが、下を向いて歩いてゐるものだから、啓太の目に止つた。啓太は立止つた瞬間に思考を破られた。

「はて、これは何の穴だらう」

啓太はうつ伏して畔の穴をのぞいてみた。穴は奥へいくほど、廣くなり、啓太の足が入りさうだつた。ぢいつと見てゐると、これは何か動物の巣だといふことがわかつた。黒い泥土のしめつた匂ひが啓太の鼻を打つた。

しばらくすると、啓太は妙な恐怖に襲はれた。いつか東京で、お母さんに買つて貰つた童話の本にあつた。おとぎの國から悪魔の國へ落ち込む穴はちようどこんな穴だつた。油斷をした三ちやんが、うつかり足を入れたのが、もう拔けなくなつて、ずるずると落ち込んでいつたのである。あの穴だと思ふと、

「いけねッ」

啓太は、立つてゐる地面がぐらぐら動くやうな氣がした。氣がついてみると、一目散に走つてゐる——。

「おーい啓太君」

とよぶ聲がした。それは音吉だとすぐわかつた。音吉は同じ三年生で、啓太より背が高く、いちばん後方にならんでゐた。音吉はもう先に歸つたのであつた。晝御飯《ひる》をたべたものか、鼻の横に飯つぶがついてゐた。

「おーい」

啓太は音吉の方へ走つていつた。

「先生に、お前怒られてたらう」

知つてゐるぞといふ顔付きで音吉は啓太に寄つてきた。

「字のことでよばれてたんだらう」

「うん」

啓太は小さい聲で返事した。

「先生は何ていつた、あの先生けうといだろ、東京の先生とどつちがええ」

音吉はぢろりと啓太をみた。

「うん」

啓太はどつちとも返事をしなかつた。しばらくしてから、

「まだわからないやあ」

と返事した。


分教場の教室は事務室とつづいてゐて、その事務室から反對側の戸をあけると、先生の住宅になつてゐた。小野先生は事務室のガラス越しに、啓太が稲田圃を歸つていくのを眺めてゐたが、啓太の後姿が見えなくなると机の上を片づけた。そしてそれが終ると、あーつとひとつ大きなあくびをした。先生はやがて窓のカーテンを引いて、住宅の方へ入つていつた。

小野先生の奥さんは四疊半で裁縫をしてゐた。小野先生の奥さんはお腹《なか》が大きくて、もうぢき赤ちゃんが生まれるのだつた。

小野先生は奥さんの前を默つて通り抜けると、書齋と寝間兼用になつてゐる六疊の方へ入つたがまもなくして、

「面白い子供が東京からきたよ」

と襖ごしにいつた。

「萬吉へきた子供でせう」

と奥さんは針から眼をはなさずにいつた。

「啓太といふ子なんだが、いい名前だらう」

「萬吉もたいへんですねえ」

奥さんは針を置いた。

萬吉へは既に親戚にあたる大阪の者たちが、三人も燒けだされてきてゐたし、その上萬吉には四人もの子供がある。祖父と祖母を合せて何人家內になるだらう。そんなところへポックリ東京から一人だけ入り込んできた子供を思ふと、奥さんは別のことを考へさせられた。それは萬吉のお臺所《だいどころ》のことである。そして奥さんは、これまでに疎開兒童の折合ひのつかない悲喜劇をいくたびも知つてゐたから、啓太の場合も案じられるのである。

「お父うさんはおありなのでせう」

「お父うさんは出征、お母さんは大森で、赤ん坊があつて、それからまだ三人ゐるといふことだ、兄さんは福島へいつてゐるといふたが、これも五年生だから疎開してゐるんだらう」

「たいへんね、萬吉さんとはどんな關係、叔母姪になるんだつてきいたけど、また二郎やタミ子のやうに、すぐもどつていくのぢやないかしら」

「今度は大丈夫だろ、啓太は一人だから、しかしお父うさんが甥で義理の姪の子だからなあ」

「かしこい子?」

「それがねえ賢いのか、どうなのか、まだわからない」

小野先生はここで、今日のことを奥さんに話さうかと思つたが止めてしまつた。それをいふことが何故か、今しがた歸つていつた啓太にすまないやうに思へたからである。


太陽が弱い光線をなげてゐた。あたりは橙々色《だいだい》にみえた。分教場の狹い運動場は、パンパンに乾いて、眼下に見おろせた。山途は朽葉が匂ひ、歩いてゐると、空腹をかんじた。

「おーい、みんなこーい」

音吉の聲がきこえてきた。

「東京のボンもこーい」

これは佐助の聲だといつぺんでわかつた。教室では元氣のない佐助も、日曜日には大將なのだらう。

「おーい、啓太クンこーい」

山の上である。盆栗《ぼんぐり》の落ちる頃だつた。子供とは反對の山途を小野先生は歩いてゐる。小野先生は、子供らの聲がすると、そちらへいきたくなつたが、ふと足を止めた。遠くで啓太の聲がしたからだ。

「いやだあ、僕はみんなとあそばないや」

啓太はどこから叫んでゐるのだらう。小野先生は聲のする村の方をみた。遠い萬吉の屋根の上にまたがつた炭切れのやうな啓太がみえた。

「さうか、田舎もんとあそぶんが厭かあ」

山の方から音吉が叫んでゐた。啓太はだまつた。

「おーい、東京もんのお粥腹あ」

佐助の聲だつた。小野先生はくすんと笑つた。しかしすぐ先生はとげとげしい顔をつくつた。

佐助はまだ村の屋根へ叫んでゐた。

「東京もんのお粥腹あ、盆栗でもひらうて飯がはりに喰へやあい」

「ぶうぶうはツはツはツ」

「ぶうぶううはツはははは」

つれのものも大勢ゐるとみえて、音吉がわらふとみんな眞似て笑つてゐた。

啓太はだまつて屋根から下りていつた。小野先生は待つてゐたが、啓太はふたゝび屋根へ上らなかつた。

小野先生はいそいで分教場へかへると、山登りの支度をしはじめた。

また、ある日、分教場の丘から欅の林がつゞいてゐる。そこを抜けた甚兵衛池の水際だつた。

「音吉い、おめえあそこまで泳げるかい」

佐助がブルツブルツと顔をあげていつてゐた。

「岩かあ」

「岩だあ」

「泳げるよ、あれぐらゐ、みんなついて來い」

「よおし」

松吉と孝平と、それに安雄がついていつた。溜り水の池のことだから、子供らが足で掻くと底の泥が浮き上つてくる、汚ないそんな土色の水を切つて、子供らは、

「よおーいとこーりや」

「よおーいとこーりや」

ならんで泳いでいつた。

海のない山の上では、潮風が村の上を通りはしたが、泳ぐのは甚兵衞池にかぎられた。海へ下りると一日かゝるのである。歸りの山途はたもの木で日が暮れた、だから、海へはいかない。だいいち小野先生がそれを許さなかつた。

「いち番だ」

佐助がはじめに岩へ上つた。佐助のチンボは泥がついてゐた。

「二番だ」

孝平があがつた。

「三番だ」

つゞいて音吉、松吉、ふたりともお尻に泥がくつついてゐた。いちばんしまひの安雄がブルツブルツと顔をあげたときだつた。

「おい、見ろよ」

と目を丸くした。

着物のぬいである岸の上に、いつの間にきたのか啓太が立つてゐる。

「あいつツ」

岩の上の裸ん坊は目を丸くした。背の高い佐助が、最初にペツとつばを吐いて
「何しにきたあ、お粥腹あ」

啓太はそこにあつた石をポンと蹴つた。

どうして村の子らは俺にお粥腹といふのだらう。俺だつて東京にはたくさんの友達があらあ、なんだこんな汚ない池でどろまみれになつて泳いでゐる。ねづみみたいだ。俺なんかお母さんと、鎌倉の海で泳いだことがあるから、こんな汚ない池は眞平だ、泳いだとしても小さいから何回でも廻つてやらあ。

そのとき、欅の林から赤ん坊を抱いた佐助のお母さんが走つてきた。

「佐助ツ、佐助ツ、わりやまた泳いどるな」

お母さんの聲がすると
「あツ、いけねツ」

佐助はどぶんともぐり込んでしまつた。

「我鬼ツ、赤を放つといて、くそたれめ、小野先生さいふたる」

佐助のお母さんは水際へきて、岩の上を見たが、佐助がゐないものだから、拍子の抜けた顔で、

「おんや、東京の坊つちや、佐助知らんかあ」

といつた。

そんなとき、水中で息の切れた佐助が、によつきり顔を出した。

「我鬼や早よ、おんぶしろ」

佐助のお母さんは岩の上へ吐鳴つた。

「おーいや」

佐助は大げさに返事して、大人つぽく
「よーいとこーりや」

とこちらへ泳いできた。

啓太は水際で足をしめらしてゐた。

今頃は、東京で太あ坊はどうしてゐるだらうと思つた。自分も背中に太あ坊をくゝりつけ、京濱電車の柵の横を、毎日歩いた日がよみがへつたのである。

佐助のお母さんは赤を佐助のぬいだ着物の上へ坐らして、啓太の方へむけ、

「さ、東京の坊つちやんあそんでやつてくだい」

といつた。ふり向いた啓太の鼻へ、乳くさい母の匂ひがした。

欅の林とは反對の雜木林に、途がついてゐた。赤土の露出したその途へ出ると、啓太は一目散に走つていつた。啓太はそこでまた、小野先生に出合つたのである。


ひと丶き、かるさん、筒袖の山の子らには都會の匂ひのする洋服はあこがれだつた。盆や正月に都會の子がやつてくると、村の子らは辻で取り卷いて
「あれさ人絹だな」

などといつて笑つてゐた。が、誰一人として電車や自動車のとほる街を知らないものだから、面白い話がきけさうでもあるし、だといつてこつちから話かける手がゝりがない。困つたやうな顔をして、ぢろぢろ取りまいて、肩で話しあつてばかりゐた。そんな風景はいまはなかつた。

町人がぞくぞく入り込んできた。

鍋や釜や下駄箱などまで背に負ひ、疎開者は歸つてきた。なかには着のみ着のまゝで歸つてくるものもあつた。

村の子供らは、家にもこんな親戚があつたのかと驚いてゐた。町の子をみても、もう取りまかなかつた。

いまでは親たちの苦情をきいて知つてゐるために、都會憧憬の子供心は無慘にもなくなつた。

「東京は芋ばかりでみんな死にかけてゐるとよ」

「一日にはあ、めしが茶碗に半杯もねえとよ」

山村にうまれた幸福を思へと、いひきかされる親たちの言葉が、子供らには逆に作用した。

「東京もんのお粥腹あ」

啓太に向つて投げる佐助の悪口はあながち佐助だけの頭から出たものといへなかつたであらう。

海抜八〇〇尺の山上部落である。

村は黒々とした青葉の峯の中腹を縫ひ、だらだら下りの谷川にそつて點在してゐた。わずか四十戸の村である。高地のために水利がきかないから、水田はほんの少しで陸稲が多かつた。だといつて畠物の產收はといへば、野兎や猿に襲はれる。遠い谷までは手が廻らない。ほんの部落のある谷間だけが耕作されてゐた。欅、椎、樫、そんな蔭樹が谷一面を圍んでゐた。

村の家々は、どの家も同じ格好に見えた。石垣が多くて、積み上げたその上に地が均され、深い藁葺きの屋根がかむさつてゐた。間口の取り具合から牛小屋の配置までみんな似通つてゐた。

里ふりて柿の木もたぬ家はなし
思想的にも封建色の濃い、芭蕉のその句のあてはまるやうな部落であつた。

啓太が村の子供となじまないことは、小野先生には頭痛の種になつた。小野先生は村の子らによく注意した。啓太にも勿論いひきかせた。

小野先生はある日、シンデレラ姫の話をした。

お母さんとお父うさんに死に別れたシンデレラが片田舎の叔母の家で、鼻の高い従姉妹にしひたげられ、色々と苦勞をする。お風呂わかしや洗濯はいつもシンデレラが受持たされる。小さいシンデレラは村の子供と遊ばうとしても、友達になつてくれるものはなかつた。森の中へいつて一人で泣いてばかりゐた。ところがある日、シンデレラは森の中で、美しい女神に出會つた。女神はシンデレラが、美しい心を捨てずに毎日叔母の家で働らいてゐるのを賞めた。女神は、魔法使のお爺さんの所へシンデレラをつれていくのである。シンデレラは、魔法使ひのお爺さんのお蔭で、おしまひにその國の王子樣のお后樣になるといふ話。

そんな寓話を小野先生はみんなにしてみせた。

佐助も音吉も話がすきだつた。佐助はシンデレラが可哀相だといつて、話の最中に眼をうるませてゐた。

小野先生は話がすんでから

「そら見ろ、佐助だつて、音吉だつて泣いてゐる。チヱ子だつて、トラだつて泣いてるぢやないか。みんなはまだ美しい心をもつてゐる證據です」

そんな風に小野先生は說いていつた。

(だから疎開してきた子供とは仲良くあそばねばならない)

子供らは思ひ思ひに日頃のそれを後悔したらしかつた。効果はてきめんであつた。

それからはあまり啓太の惡口をいはなくなつた。

啓太も佐助らのヤキドフへ入つたりしてあそびだした。

けれども、學校でなじんだとしても、村へ歸ると、まだ、子供らは啓太と馬があはないらしかつた。

萬吉の子供たちは啓太とは年もちがひ、分教場を下りて山麓の本校へ通つてゐたから、勤勞作業で日沒にしか歸らない。それで、自然と啓太は萬吉の家でも獨りぼつちで、無聊の時間を持てあましてゐるらしかつた。

小野先生はそんな啓太を何とかしてやらうと考へた末に、住宅へあそびに來させた。

「啓太君、啓太君によみかたを教へたげるから、先生のお家へおいで」

「わあーい」

「わあーい、先生の子どもだあ」

みんなひやかしたが、啓太はキヨトンと小野先生を見上げ、

「はい」

と飛んで歸つた。

そして間もなく啓太は、

「先生、來ました」

といつて縁から上つてきた。

小野先生の奥さんは、フカシパンを作つて四疊半からもつてきた。

「啓太さん、おあがりなさい」

啓太は小野先生の前で、片假名の文章を平假名になほす宿題をしはじめたが、

「はい」

といつただけで、喰べなかつた。

「遠慮せずに、おあがりよ」

小野先生がつまんでやると、

「先生ありがたう」

啓太は喰べはじめた。甘味のない小麥粉だけのそのパンを啓太は美味しさうに嚙みしめ嚙みしめして、喰べてゐた。そんな啓太へ奧さんは裁縫をしながら聲かけた。

「啓太さんは、大森にゐたのですつてねえ」

「はい」

啓太は答へた。

「大森はどこらあたりにゐたの」

「はい、省線がちかくです」

「省線のちかくだと、工場があつて爆擊されるでせうに、危險ね」

「お母さんはお父うさんがゐなくなつてから、馬込の方へ移つたんです」

「馬込のお家から啓太さんは來たの」

「いいえ、ボクはまだ馬込の家は知りません」

「お母さんもこちらへ疎開なさるといいにねえ」

啓太はちよつと奥さんをみて、

「はい、お母さんはしないんです」

とにつこりした。

小野先生の奥さんは東京に生れてゐた。だから東京の話をするのがたのしいのである。奥さんには、村の子のやうに、人見知りをせず、たづねれば、何でも答へてくれる身近かさが、啓太にはあるので嬉しかつた。奥さんはにつこりしながら針へ糸をとほして、ぴんとよりもどしをしながら、

「あたしも東京よ、中野なのよ、啓太さんは、知つてるかしら」

と、いつた。啓太は、

「はあ」

といつた。啓太はそのとき小野先生たちが東京でやはり先生をしてゐられたのか、たづねたくなつたが、それをいふ元氣がなかつた。啓太は口をつぐんで宿題にかゝつた。

「啓太さんは、村の子供とよく喧嘩するのねえ、佐助や音吉がぢき悪口いふんでせう。このあひだも、甚兵衛池で泣いてましたねえ」

奥さんはさういつて啓太を見た、そして、

「これからは、ここへあそびにいらつしやいね、あたしがあそんであげます」

といつて笑つた。

啓太は困つたやうな顔をして奥さんをみた。いつか音吉と水車の横で喧嘩をし、欅林の方へ泣きに走つた。そのとき、奥さんが薪を負つて來られるのに出遇つたのだつた、啓太はそのとき、泣いてゐるのを見られないやうに努力したが、かくし切れずばつのわるい思ひをした。それがいま思ひ起されたので、啓太ははづかしかつたのである。

小野先生は、そんなかたはらで、赤い表紙の本を讀んでゐた。啓太と奥さんの話を聞いてゐるやうで、聞いてゐないやうな顔で、それでゐて啓太が一枚一枚復文を了えていくと、どれどれといつて手にとつてみた。

啓太はその日、はじめて小野先生の家で一日をすごした。何故か啓太はその日から平假名を勉強することが大變好きになつた。そしてまた啓太は、平假名を早く覺えてしまふことが何か悲しいやうな氣もした。早くおぼえてしまへば、もう先生の家で勉強できないだらう。そんな氣がしたからである。


「啓太君こーい」

萬吉の牛小屋の前まで走つてきた安雄は、息せき切つて止ると、啓太をよんでゐた。

「なあに」

屋根の上にゐた啓太は返事した。

「何だ、また屋根の上か、下りてこいよ」

啓太は寫生してゐた。先生の家へいかない日は、學校がひけると啓太はいつも屋根へのぼる。萬吉のひくい穫入小屋のその屋根は、ちやうど柿の木の蔭になつてゐて涼しかつた。瓦も焼けてゐない。眞裸で馬乘りにのつてゐると、風が吹いてきて心地よかつた。

屋根からはみどり色の段々田圃が見え、遠くに日本海の水平線がみえた。海上にはいつも二三の舟影が現はれてそれは長いあひだ同じ場所を去らなかつた。何をする舟なのだらう。漁師舟だらうか。眺めてゐると、いろいろの空想が出來て、啓太は途端に寫生がしたくなつた。だから、眞劍にそれを畫いてゐたものだから、安雄にいはれても下りるのがいやだつた。

「寫生してんだよ。海の上にたくさん舟がゐるよ」

するど安雄は、

「みんな呼んでるよ。甚兵衞池で、佐助君やら音吉君が待つてるでや」

このごろになつて、佐助と音吉はあまり啓太の悪口をいはなくなつてゐた。啓太はふたりが待つてゐると思ふと、何かいかないことがわるいやうな氣がしてくる。

「うん」

「早く下りてこい、佐助んちのブドウを獲りいく計畫でや、みんな待つとるさかいにな」

安雄は少しどもるので早口だつた。

啓太は寫生を途中で止すことにした。

「いくよ、待つてて呉れ」

屋根から巧妙に柿の木の枝へうつると、啓太はするすると牛小屋の前へ下り立つた。寫生道具を家へしまふと、啓太は安雄とつれだち甚兵衛池の方へ上つていつた。

暑い陽盛りの途に青大將が晝寢してゐたが、ふたりの足音で逃げていつた。

啓太は先に歩いた。

うしろから安雄が、どもりどもり啓太にいつた。

「あ、あのな、おめえ知つてるだらう、音吉が先生に怒られたんを」

啓太は知らなかつた。今日は當番でもなく、四時間でひけてもどつてきたのである。別に學校で音吉が事務室へ呼ばれて小野先生に怒られてゐるのを目にしなかつたのである。また、音吉がどうして小野先生に怒られたかもわからない。今はじめてきくのだから。

「知らないよ」

「知らない？」

安雄は不思議さうな口ぶりで、

「知つてるだろ、音吉が三左エ門の胡瓜ぼつたことな」

「俺、知らないよ、そんなこと」

妙に安雄が疑ひぶかげなので、啓太はいやな氣持がした。

ふたりは甚兵衞池へきた。池の岸に佐助と音吉がゐた。孝平もゐた。二年生の伍市も珍らしく仲間だつた。久助の松吉もゐた。六七人が、池の水面を見て何か話しあつてゐたが、啓太と安雄が欅のはづれへ出てくると、みんなはいひあはせたやうに默つてしまつた。

「來たよ」

といふ孝平の眼が佐助の顏にからんだ。

「よし」

佐助が小さくいふとみんなはさつと立ち上つた。

「啓太」

はじめに佐助が走つてきた。佐助につれてみんなも走つてきた。啓太のところへくると、みんなは瞬間にぐるりツと啓太を取り巻いた。安雄はうしろへ下つて身構えてゐる。

それは全く唐突なことだつた。啓太は思はず身をひいた。啓太は口をひきしめた。

「おまい、音吉が泥棒したこと、小野先生にしやべつたろ」

佐助はぐいと肩をはつて寄つてきた。

啓太は眼をパチクリさした。突然のことなので、何が何だかわからない、あそばうと思つてやつてきたのに、みんなの顏色が緊張してゐて、何かたゞごとではなささうだ。さてははかられたと感じたときは、既に啓太は佐助に胸ぐらをつかまれてゐたのである。

「いへツ、貴樣、生意氣だぞ」

佐助は力を入れた。

「ぶうー」

啓太は何かいはうとしたが、つばだけが出て、聲は出なかつた。

「東京から來たと思ふて、先生の家へ入りこみやがつて、おまい何をしやべつたかちやんと知つとるぞ、生意氣だぞ、白狀せい、音吉のこと喋つたやろ」

佐助はぐいッと胸ぐらを押してきた。

「いつも喋つてるにちがいない、だいいちこいつ先生の家へ縁から入りやがつて」

「俺、俺は知らないよ」

啓太はみんなの思ひちがいであることをいはふとしたが、佐助の力いつぱい握つたこぶしが、あごを痛く突きつけてゐるので聲が出ない。佐助の顏は青ざめて、硬直してゐた。眼が光つて啓太をひたと睨めつけてゐる。啓太はその眼をみるとぞおッとした。

「知らないよ、音吉のことはいまはじめてきいたんだよ」

元氣をだしてそれだけやうやくいつた。

「こけツ、そんなことあるけいツ、おいみんなセイサイだ」

「よおし」

佐助がさういふと、いままで手出しをしなかつた取巻き連中が、

「お粥腹あ」

「先生の御氣嫌とり」

そんな罵言が、かたまつて啓太の耳を打つた。音吉と孝平と松吉の手がいつしよになつて啓

太の頰へ走つてきた。二年生の伍市がキユツと啓太の鼻をつねつた。誰かがガンと脊中をたゝ

いた。啓太は眼先が眞暗になつたやうな氣がした。佐助がぐんと押してきたので、啓太は踏み

はづしてあふ向けにそこへ倒れた。倒れた瞬間にグアンと何かで頭をたゝきつけられた。鼻す

ぢに冷い水氣をかんじると、啓太はわあツと泣きだしてゐた。

泣けるだけ泣いた頰のあたりは涙が渇いてそれはちようど封筒の糊がついたやうにひきつつ

てゐた。啓太はぢいーつと青い空を見てゐた。永い靜寂がそこにあつた。啓太は少しばかり痛

みの殘つてゐる頭をもたげると、ちよつと横をみた。あたりはたゝんぽうの白いふさふさした花

粉が舞つてゐる。それが、太陽の光線で小糠雨のやうに光つては落ちるのだつた。池の上で時々

ポスツといふ音がした。鯉が口をもたげてゐるのだらう。啓太はしばらく倒れたまゝの姿勢で

眼をつむつてゐた。

すると啓太の頭には、ここ二三日小野先生の住宅でいつしんに平假名をおぼえた日が、強い

後悔となつて浮んできたのである。

啓太は思ふ。

子供のぶんざいで、先生のお家へあがるなんていけないことだ。まして俺は村の子供とちが

つて東京からついこのあひだやつてきた新參者ではないか。佐助や音吉に比べても、いちばん小野先生と關係がうすいのである。音吉や佐助たちでさへ、あまりいかない先生の住宅へ、俺はどうして上つていつたのだらう。みんなはそれを生意氣だといつたが、たしかに俺は生意氣だつた。勉强をならふにしても、ならふのなら教室でならへばよかつたのだ。あの日から俺は小野先生や小野先生の奥さんを、お父さんやお母さんのやうに思つてきたが、それはまちがひだつた。けふみんなにやられたのは、その罰が當つたのだ。俺には大森のお母さんと、フイリツピンのお父さんがゐる。俺がわるかつた。俺さへ先生のところへいかなければ、みんなは音吉のことも、俺がしやべつたと思ひはしなかつたらうに。

啓太はふと立ちあがつた。そして欅の林の方をみたが、それと反對に赤土の途の方へいきたくなつた。誰ともあひたくなかつた。一人で今日は夕暮れまであそんでゐよう。赤土の途は一方は茶畠になつてゐた。蕗やおばこのある岸がつゞいてゐる。

何げなく啓太は立止つた。啓太はまたここで面白い動物の穴を見たのである。それはいつか小野先生の事務室へよばれた日の下校の途中、泥土の匂ひのする稻田圃の畦道でみたものと同じ穴だつた。だがこんどの方は穴の直徑が大きかつた。啓太は穴をのぞいてみた。ずうーつとつゞいてゐる穴の奥は先へいく程無氣味に廣がつてゐた。ところがよくみると先の方に一點白いものがみえた。

「はて何だらう」

啓太はしばらく考へてゐたが、それは向ふに突き貫けた、入口があるのだとわかつた。すると啓太は向ふの穴の口をみたくなつた。たぶんそれは茶畠の畔の方に突きあたるにちがひない。不思議なことに啓太は、この場合、何らの恐怖心にもおそはれてなかつた。いつかのやうに、悪魔の國へ落ちる穴だとも思はなかつた。

啓太は茶畠の畔へ上ると驚ろいた。畔の途中でその動物の穴は途切れてゐて、地上に出てゐるのだつた。そしてまた次の畔から穴がはじまつてゐるのだつた。穴は地上にこんもりと竹でも割つて伏せたやうにもりあがり、もくもくと向ふへつゞいてゐた。

啓太は妙に好奇心が湧いてきた。その穴を亂暴にも踏んでみたくなり、走つていくと啓太は力いつぱいもり上つた土を踏んだ。すると、ガサツと小氣味よい音をたてて土は陷沒した。素足の裏にそれは妙な感觸で訴へてきた。面白い氣がした。啓太は口の中でかぞへながら、その穴をふんでいつた。

「一ツ、二ツ、三ツ」

不思議な勇氣がそこにあつた。啓太は自分がそんな勇氣にいま滿ちてゐることは勿論氣付いてゐなかつた。

動物の穴は茶畠をとほると、次のそば畠へ出てゐた。そこでもまた竹を伏せたやうな土の起伏があつた。どこまで續くのであらう。啓太はどんどんそれを踏んでいつた。

「二十、二十一、二十二、二十三」

聲を出してかぞへていく。すると、遠くから誰か啓太をよんでゐるやうな聲がする。それはたぶん女の聲の様な氣がした。

「啓太さーん」

女の聲にはまちがひはない。女だとすると、それは小野先生の奥さんにちがいないわけだが、啓太はそれを聞くか聞かないやうな、無意識の中で、動物の穴を追つてゐた。だんだん聲はちかづいてくるらしかつた。

「啓太さーん」

「啓太さーん」

啓太は、そば畠を抜けて、雑木のしげつた狩地の中へ逃げるやうにして見えなくなつた。

ひこばえ

左足が少し短かかつた。

後姿は別にかなしい程もびつこでなかつたが、右だけ減る下駄の加減もあつて、どこか變手《へんて》古《こ》な歩き方に見えた。

ミイは、三つのときに、圍爐裡《いろり》の中へ落された。つまり、それからびつこになつたわけだが、落した父親を憎《にく》む心は毛頭なかつた。幼な心で、寧ろ、憎かつたのは姉のツルの方であつたらう。ミイを産むと、産褥熱で死んだといふ母親は、やがてミイがそんな片輪者にならうとは夢おもひはしなかつたらうし、また姉妹がそれ程喧嘩ばかりしようとも思はなかつたらう。

五つ六つから寄ると喧嘩であつた。

恐ろしい姉もあるもので、足のわるい妹を逆樣に、柿の木へつるして面白がつてゐた。そんな話は村でも評判になつてゐた。小學校一年生のときのことで、隣家の兵藏が助けなかつたら、そのとき、ミイはとつくに死んでゐたわけである。

どちらかといふと、妹の方は考へがおしやまで姉に負けない。三つちがひの姉は負けてなるものかと腕力でねぢ倒した。片輪者の妹が、小才をきかすのが憎かつたのだらう。姉は幼ない頃から、びつこを身内にもつた身の退け目を露骨に感じてゐたのだつた。不具の妹をいたはるといふ様な心掛けはなくて、小さい頃から觸れればよろめくミイの身體が玩具の人形よりも面白かつた。ミイは己れより弱いもの、己れに征服されるものと、思ひ込んだ習性が、年頃になつてさうはいかなくなると、むくむくと擡頭してきたものにちがひなかつた。いたはる様な心は湧いても、心と反對にそれは逆の行動で現はれた。毛をひきむしり打たゝく。そしていくら打つても泣きもせず、キユツと喰ひしばつてゐるミイの顔が、強情張つた虫に見えてツルは新しい憤怒がわいたのである。

生理的とでもいひたい程の、それは根強い仲の悪さがあつたやうだ。

とにかく、潮くさい濱邊《はまべ》の軒下で、左官に出た父親の留守を、ふたりは喧嘩ばかりして過してきたわけだつた。

父親は、間もなく後妻を貰つたが、その女は十日もたゝぬうちに歸つてしまつた。理由はいろいろ風聞されたけれど、子供らの始末に往生したといふのが當つてゐたらう。

幼ないミイの思ひ出に、ふつと白い洋傘をさした女の浮ぶのは、縁のなかつたこの第二の母親の姿であつた。

うつろ憶えではあるが、濱の干網場の杭のところまで、走つていつて見送つた。

「おばちやーん」

と呼んだのを憶えてゐる。

洋傘がくるりと振りむいて、白い顔と、風を受けた女の髪が鮮かだつた。

後年になつて、ミイはこの回想をいちばんなつかしく思つた。ミイの念頭を去らない第二の母だつたとすれば、この母はわづかの日ではあつたが、びつこのミイを親しく見て呉れたものと思はれる。

「姉さん、知つとるか、あの女のひと」

ミイは成人になつていちど姉にたづねたことがあつたが、ツルは
「うちかあ、うちはおぼえとらん」

といつた。そんな女は知らないといふのであつた。

姉の知らぬことが、自分だけの記憶に生きてゐる女のことが、なぜかミイには嬉しく仕様がなかつた。

姉にかくれて秘密を持つてゐるといふ快感がつよかつた。

姉のツルは、小學校を出ないうちから、母がはりの家仕事であつた。父親の洗濯物から自分たちの縫ひ物は勿論のこと、氣が強くて大柄で、力持ちであるだけに、きりきり立ち働くツルの姿は、さすが母親のない年上らしく、三つ下のミイに比べると介性の點は段差があつた。

姉は働き者だと村人から賞められた。

年頃になつて、小さい折のやうに摑み合ひの喧嘩こそしなかつたが、性格のちがひは恐ろしいもので、姉の振舞ひが、きびきびするに反して、ミイは默りこくり、内氣で、人の顔もよく

見ないほどであつた。延びるほど頭をちゞめる陽かげの花のやうな暗い影がそこに見られた。だから、大きな聲をたてなくても、きやうだい仲ははた目にも巧くいかなく見え、それがまた姉への同情にもなつたりして、

「何とまあ、よく働く姉しやんだ」

といつた裏には、困つたミイさんを持つて姉しやんも一苦勞だべとかくされてゐる。

律義者の多い村が賞めるとほり、なるほど姉は男に交つて網曳きにも傭はれていつたし、他所の小作もやつた。巖丈な姉の、鱗まみれの二の腕はクリクリと鐵色にかゞやいて、ミイの青白い縫ひ物をする腕と比べものにならなかつた。始末屋の姉の下で、姉の腰巻を洗つたり、ミイは刺糸を習つたりして暮してきたわけである。

ミイは十六になつてゐた。

やはり、毎日左官で忙しい父親が隣部落へ仕事に出て、その日も歸りがおそかつた。むし暑い土用に入つたばかりの頃で、縁側の床穴に蚊取線香をくすべ、ツルは風呂場から裸體のまゝで上つたなり、團扇《うちわ》をつかひながら腰かけた。ツルは下巻きもまとつてゐなかつた。ミイはワンピースを着て家内からの薄明りで講談雜誌を讀んでゐた。ふたりはしばらく默つて各々のしぐさを續けてゐたが、姉の方が突然に、團扇を置いてミイにいつた。

「なあミイや、おめえが先に嫁にえぐかや、それともわしが婿もらふかや」

ミイは突然、姉が妙なことをいひだしたので驚ろいた。突差に返事が出なかつたので、姉の

裸體をあきれた顔で見守りながら
「さうだな」

といつて、ちよつと考へる風をした。別に考へても返事はない筈だつた。ながいこと、姉さま委せで切り廻され、またそれに馴らされてきた習慣では、そんなこと言ひ張る意見も持ち合せてゐなかつたし、また希望といつた用意もない。まだ結婚といふ考へなど氣づきもしなかつた十六のミイなので……

ツルは、默つてゐるミイの肩先を、團扇の骨でちよんとこついて、

「かくしたかてあかんぞ、あめえ照さんが好きだろな」

といつた。

姉の眼が見えるやうで、ミイは顔をうつむけ、このまゝ默つてゐたら、次に何をいひだされるかそれが恐ろしかつた。

「うんにや、うちはきらひや」

雜誌を持つが早いかぷいと立ちあがつた。

姉の底意地わるい、腹の中が見えるやうで、忘れてゐた小學一年生のときの、柿の木に吊された思ひ出が、この時ほどむつと思ひ返された時はない。それほどミイはむらむらと胸が焼けた。

「ミイ、どこえぐだ」

姉が呼んだ。

ミイは縁先きの草履を摑むと眼をつむつて濱へ走つて出た。

どこか舟小屋の蔭あたりから、ひよつこり照さんが出て來はしないかと、氣になりながら。

しかし照さんは出て來なかつた。

かういふ妙ないさかひのあつたのは、土用に入つたばかりの夜であつた、その少し前の盆の夜のこと。

盆踊りが磯の廣場で開かれてゐた。

波打際で白足袋を濡らして、踊り手は幾重にも輪をつくり、踊り興じてゐた。

ぷーんと潮風の匂ふ、月の夜の、村人たちの亂舞する有樣は、南國島の異民族をしのばせるやうな半裸の集りに見えた。

若い娘たちの頰被りした眼もとはギラギラ光り輝いて、キヤツキヤツ笑ひ合ふ叫聲は、海面の波の皺を走つていつて、きらめくばかりのそれは一年のまつりであつた。

そんな夜、ミイは踊り場を離れた破れ舟の蔭で照さんにこんなことをさゝやかれた。

「町さいつて映畫見てきたら、利根の川霧ちう映畫でその場面にはなあ、ミイちやんおめえの姿とちつとも變りねえ娘が出るだ。片岡千惠藏がはあ、その女に惚れるだが、惚れた一心におめえ、娘の足をなほして見せるちうてセイヤクするだぜ」

「おら、ミイちやん、おめえもそんなに遠慮なんかすることねえ思ふだが、ミイちやは顏は美しいんだし、足がわるいつたつて、立源の金さんみたいにわりいことないもんな」

ミイは浴衣の袖口を丸めたり、ほどいたりして聞いてゐたが、成程自分は、立源の金さんに比べれば、びつこも非度《ひど》くないと思つてゐた。何か浮き浮きするやうな心持ちもかくせなかつた。

「千恵藏は、それからどうするだ」

餘程、男に次を訊ねてみようと思ふが、恥かしくてそこまで出た言葉が出ない。ミイはぢーつとうつむいて袖を結び合し、やがてそつと細めた瞳で男を仰いだ。すると男は
「ミイちや、その映畫は、さうだ大倉千代子ちう役者が娘するだ、けどおら見てゐるうちに大倉千代子がミイちやに見えて仕方なかつたでや、ほんまに」

といふ。ミイは頰かむりの手拭をくはえはじめた。

「大倉千代子はミイちやそつくりだでや、まんまるこい顔でや」

男はそこへ坐りこんで、そして下からミイの結んだ袖をきゆつとひつぱり
「おめえも坐れよ、映畫の話やもつとあるで」

とミイの手に觸つた。

ミイは坐つた。

その坐る拍子に、男の肩が單衣のミイの腰とすれたのでミイはいつさう赫くなつた。

男はミイが坐ると、映畫の話はせずに、

「な、どうしておめえ踊らないで見てゐたや」

かなしいやうな顔をしてのぞき込んだのである。月明りで男の高い鼻すぢがきらり輝いて、

ミイのうなじに近づくのが見えた。

ミイは頰かむりを取つて、

「………」

ぢいーつと男の息をかぞえてゐるしかなかつた。

その夜がはじめての經驗であつた。

その夜のことを姉のツルはどこで見てゐたものか、いふのであつた。ミイはちがつた潮風を吸つて胸がほてつた。

今から思ふと阿呆らしいやうなはなしだが、濱へ出て、心のどこかに照さんを待つてゐたその時のミイの胸の中は、姉への憤りをやはらげてくれるべき、照さんの囁きを想像して波打つてゐたのだが、照さんは來なかつた。

旅の恥は搔き捨てで、工事のすんだ、山からはハッパの音はせず逃げた照さんのどこかで笑つてゐる顔が見えたのである。

裏切られたくやしさが、益々姉への、理由のない反抗になつていつた。

高い足場から落下した傷がもとで、急に死んだ父親の葬式の日について思ひ出して見ても、ツルの性格が飲み込めよう。ミイにいはせれば、姉は父親の死ぬのを待つてゐたやうな顔であつたといふ。

隣家の平藏や親戚の二三が教へるまでもなく、いつの間にそんなことをおぼえてゐたものか、役場の死亡届から戸主の名義代え、菩提寺の蘇塔婆の代金まで知つてゐるツルだつた。手際のよい葬式の始末ぶりが村人を驚ろかした。

葬式の日はミイは、常とはかはりなく少し臺所で立働いたくらゐで、姉は何もかもやつてのけたのである。

泣かない姉が、かなしかつたといふよりも、ミイはむらむらと憤りを覺えた。

初七日の來ぬうちに、早速ツルは網曳きの聲がかゝつて傭はれていつた。

「今日は初七日だで坊さんが來るだでや」

あくる日の朝、さういつて濱へ出る姉へ、ミイは表から泣きたいやうな聲で

「坊さんが來たらどうするだでやあ」

とやめいた。

磯のところまで出てゐたツルは振り向いて、

「阿呆たれ」

と呶鳴りつけた。そして

「線香たてるだ、火つけるだ、坊さんにはあ、お茶だして、ちいと話でもするだでやあ」

あとは笑ひになつてゐた。

「阿呆よ、この子はあ」

ゲラゲラと笑ひころげると、ツルは朝靄の中へ見えなくなつた。

いちにち海の騷ぐ日でミイは仕方なく縫物をひろげて坐つてゐた。

夕方、ツルは口をひらいた大鯖を一匹ぶら下げ、鱗でまみれた裸體で歸つてきたがいつものとほりドサツとその足洗ひを投げ出し

「坊さん來たか、鹽《しお》ふつとくだミイ」

とやめくのだつた。そしてツルは風呂の置き水へどぶんと首までつかつて埃を落してゐた。

さういふ頃からしらじらとした姉への不信の心が、ミイの腹の奥に、小さなしこりを造りはじめたのだ。それが日を經るごとに大きな反抗になつた。

日本海邊の岬の突端に、置き忘れられた村である。春から夏にかけ、夏は殊更、夕涼みや盆踊りにかこつけて、娘たちが磯の干網場や舟小屋の蔭などへ集つてきて、村の若者たちと甘い繪を繰りひろげる。樂しみの少ない海邊部落のそれは、昔からの傳統のやうなもので、若い者同志の結婚ばなし、またそれと反對に、家出した娘の行方不明騷ぎ、みなこの磯邊の語らひが原因になつた。親たちも、自分の踏んできた途なものだから、見ぬ振りをしてゆるしてゐる。親にしてみれば、間違ひのない相手さへ撰んで呉れれば、反つて手がかゝらぬといふものである。まあ、そんなあんばいの部落であつた。

ミイは十九。既に彼女の同級であつたサキや秀子などと、もういつしかさういふ年齢がめぐり合して來てゐた。

はじめに、友だちがミイを誘ひに來たといふのでもなかつたけれど、ミイも自然と自分から

彼女らの仲間入りがしたくなつたのである。

「ザキちやんは誰それがゐるし、秀ちやんはあの人が決つてゐるのさ」

といつた具合に娘たちは妙な報告をミイにも聞かせに來た。

ミイは聞いてゐて、自分にもそんな相手が決らないものかと淋しかつた。自分には青春がないのか知らとそんな氣もしたが、いつか十六の夏、照さんが、破れ舟の蔭へ自分をよんで、

「お前は足がわりいといつても立源の金さんみたいなわりいことはない、大倉千代子の顏に似てゐるもんな」

といつた言葉が思ひ返され、ミイはそつと襟をかせ合せてみたのである。

たつた一つきりのそれは思ひ出であつた。

ミイの家は、村からはなれた磯近くにあつたものだから、その上兩親のないといふ氣易さから、若い娘たちのたまりになつて來た。

夜になると口笛が取り廻くのである。

砂を投げたり、石を投げたりふざけかゝる男たちが杉垣の合間から頬かむりを眼元だけ明けてのぞいてゐる。それは誰だといつぺんで判るのだが、判りきつたそれを判別し合つたりして娘たちはキヤツキヤツはしやぎ廻つた。

そんな中にあつて姉のツルは一向に相手にならなかつた。

ある日、ミイはちよつと悪戯心も手傳つて、

「姉え、姉えはなぜ濱へ出んぞい」

　すると姉は、

「こけッそんなもんしてたら家さつぶれるだで」

　とこわい顏をつくつた。ツルは働きいつてんばりで、暇があればぐつすり眠る方がよかつたのであつた。あそびにくる娘たちはミイと語るのが主で、姉は仲間へ入らず、父親の位牌の前でいびきをかいて寢てゐるのであつた。姉は青春を捨ててゐた。一家の責任がツルの顏を男のやうに光らし、何もかも勞働がそれをさいなんで、最早やそこには娘らしい片鱗だに見えなかつた。貧しい家であるからせめてもの幾ばくかの蓄積がなければ婿に來る男もなからうと、それが頭にこびりついたツルであつた。知らずに已れの大切なものを削り落してゐるそれには氣がつかないツルであつた。その姉をミイは氣の毒に思つたが、しかし、同情する氣にはなれなかつた。可哀想だと腹の中で、ミイはにつこりしてゐたのである。

　鏡に向へばわかることだが、姉と比べて自分の顏が、何と美しく肌の色も白いことかと思ふ。それは姉への勝利にはちがひない。

　ミイはクリームや白粉を町へいく舟にたのんだ。

　ミイはツルに秘密で夜の濱へ出るやうになつた。姉が寢てからそつと大戸を明けるのである。はじめに男と話をするといふのでもなく、たゞサキや秀子のあそぶ匂ひが嗅ぎたかつた。

「あら、珍らしい、ミイちやもお出でだぞ」

男たちは最初の夜、ミイをひやかしたが、ミイも仲間に入れて映畫の話やみだらな話を露骨にしたりした。

ミイはそんなとき左の足を心持ち引き上げ、すんなりと立つてゐた。それはかなりの苦しい疲勞と忍耐を要することであつたが、さういふ仕草にミイはやがて馴れていつた。

抑へられてゐたものがぐうーつと擡頭してくる。そんな變化であつた。

いつてみれば、監視された囚人が、獄卒の眼を盜んで自瀆をあぢはふやうなさういふはけ口を求めるかなしさに似てゐた。ミイのそれは先天的な宿命でもあつたのか……。

自分は片輪者といふ諦らめが、どこぞにそれを忘れ得るやうな樂しみがないものかと、強烈に探し求めあがいてゐたものであらうか。十六の夏の夜、何げなく照さんに囁かれたまへに、それは全く何のこだはりも感じられなかつた、はじめての夜からであつたのだが。——

さういふ場合にだけミイは不幸を忘れ得たのである。

そしてミイは相手の男に身體を投げてゐると、胸の中は快よい姉への復讐が意識されて、ぢいーんと眼があつくなるやうな幸福を味はつてゐた。

ところが、姉の婿貰ひの話が決まつたときには、さすがにミイは驚ろいてしまつたのである。驚ろいたといふよりは、信じ難かつた。つまり姉の結婚はそれ程唐突であつたのである。ミイはその話を當人の姉から聞かなかつた。それだけに姉から痛酷な仕打を喰つたやうで、ミイは口惜しい思ひがしたのである。

相手は隣村の彌助である。死んだ父について廻つてゐた左官であつた。中に立つて話を取りもつたのは隣家の兵藏であつた。はじめに兵藏からミイは話を聞かされた。

「姉ちやもいつまでも一人でや、恰好がつかんでなあ」

お前も喜んで吳れといはれてみると、ミイは兵藏の前で收拾のつかない狼狽ぶりをかくせなかつた。ふたり切りの暮しなのであつた。さういふ最初の相談はぢかにツルから聞きたかつたと、ミイは姉との永い距離を意識してはじめて淋しかつた。

その夜ミイは、姉が濱からもどると表口へ走つていつて

「姉ちや」

と呼んだ。

「おめえ婿貰ふてほんまかあ」

姉の顏をミイがぢいつと見守つた。不思議なそのときの姉の變化であつたと思ふ。昔のやうな男勝りのさういふ激しさは消え、姉はぽーつと上氣した眼元でそこに佇立してゐるのだつた。

「ほんまかあ」

「おいな」

ツルはくるりと向ふをむくと、濱へ小走りに足を洗ひに出ていつた。

その後姿は姉の羞恥の肩だとミイに思へた。

姉はまだ處女であつた。露骨に婿を貰ふのかとたづねたミイの方が大人であつたのだつた。ちがつた氣持でミイは顏を赫らめ、そゝくさと家へ入り込んだのであつたが、ミイは裏切られた怒りといふよりその夜はじめてツルへの激しい嫉妬を意識した。

婿入りの式は奥の座敷で行はれた。話がきまれば早い方がよいと兵藏が云ひ張り、あつたものの間に合せで、村の親戚と二三の顏役が交り、簡單に儀禮だけで濟ませたのである。ミイは自分でした刺糸の帶をしめ給仕に疲れたが、夜が更けてさて今夜はどこで自分が寢ればいいものかと物置きの納戶をのぞいてみるとそこにはちやんとミイのだけ蒲團が敷いてあつた。姉のツルが朝のうちにそこへ持つてきて敷いて置いたものであつた。

女波やさしき小磯の濱へじれてぶつかる仇男波。
源治見たさに朝水汲めば姿かくしの霧が降る。

酒がまはると兵藏も村の顏役も醉ひしどけて歌ひながら十二時頃にミイの家を出ていつた。ミイは客たりの去つた跡を片づけたが、ふつと家にゐるのが馬鹿々々しくて、自分も夜おそい濱へ出ていくしかなかつた。

ひと夏をすぎた砂濱は秋の足の早さがわかるやうでならなかつた。紙屑や板切れや塵埃で充されてゐた磯づたいはいつのまにか波で綺麗に洗はれてゐた。海は既に海月と青藻のたゞよふ大きなうねりに變つてゐたのである。

風は冷めたかつた。

小姑の居憎さを味はないまでに、ミイは早く村を出ねばならぬとそんなことを思ひしめながら砂の上を歩いてゐた。ミイの歩いていく跡の右足だけ深くつく足跡が、月光で一直線に美しかつた。

鶏

たきは雪隠にいつたついでに鶏小屋をのぞいてみた。鶏は五羽ともとやにすくんでゐて、たきの咳ばらひで眼をくるくるさせたが、すぐまた眼をつむつた。つまり鶏はたきを黙殺したわけである。

金網に手をかけて、これは毎日のことだが、たきは爪先き立つてのぞいてみても、いつもの場所に卵はなかつた。こゝ週日來、鶏は雪づりの音におびえてとやにすくんでいる。ぢめぢめした土の上へ下りたくないものか、一段高くしつらへた箱の止り木に、五羽とも首をならべて動かないのだつた。日に二つはうんだ卵も、ずうーつとうまなかつた。たきの頭には、また一日十圓の損がすぐ來たのである。町から一つ五圓で買いにくる男があるのだが、それも週日前にことわつて以來顔を見せない。たきは畜性までが己れを馬鹿にしてゐるとこのとき、とぼけたふうな鶏の顔が癪にさはつた。

「くそたれめ、いつまで寒休みをすつちや、隠居のとりは一日に十も產むだで」

ぶつぶついひながら、たきが土間から上り口へ上つてくると、末つ子の太吉が

「なあ、おつ母あ」

とまた先程のはなしを持ち出してきた。先程の話といふのは、郵便局を辭める話である。

「おらあ、もう郵便局なんか止めて町へいつてつとめるでエ……」

たきはだまつて、太吉の反對側のき尻へ坐ると、そゝくさと薪をくべた。まだ乾燥しきつていない松の根は、朝からくすぶつて、天井で渦をまいた。眼をこすりながら、たきは朝から持ちきりのこのはなしをいつたいどういう風にけりをつけようかと思いまどつた。おのれのおもわく通りに持つてゆきたいものだと考えあぐねるのである。

「阿呆よ、何いふても、わしはわからんがなア、だいいち、町に出來たキヤバレーだとか何とかいふそらいつたい何するとこぞい、太あ」

眼をこすつて、むかえの煙の中でうつむいている太吉の顏をのぞきながら、

「ほんまに、戰爭に負けて、そんなボロい商賣があるなんて考えられないでなあ。うら」

とたきはいつた。太吉はシユツとひとつ鼻をすすつたが、聞いてゐない風だつた。

――太吉は四人目の男の子だが、一里下の村の郵便局え少年配達夫としてつとめている。この春學校を出るとすぐ務めたのである。はじめに二里上の石灰小屋からトロツコ押しの口がかかつたのだが、それは危險なので、それにまた遠い山仕事でもあるので、たきは、待遇から休日からはなしをきかないままに斷つた。そして、もつとよい務め先がありそうなものだと待つてゐたところ、町の自轉車屋から話がきた。

「うちで飯くうてもろうて、その上技術を教へてあげるさかいに、ほんまに樂な氣持で店に坐

つてゐて貰へばよろしいので……」

町は二つ向ふの驛なので、上の兄たちのやうに、京や大阪や東京などと遠くないので、それだけ氣苦勞も助かるとも思ひ、よほど氣がのつた。だが、そのはなしも、隣りの萬吉がいふことに、自轉車の部分品などはもちろん配給だし、それにまだまだ日本は自轉車の製造などといふ所までいつていない。したがつて、そんな商賣は向ふが見えない。だいいち一軒獨立して店を開くにしてもあれ程資本のかかるものはないし、それに町の自轉車は配給では食へないので、太吉を世話することによつて闇米を手に入れる百姓家に、口をかける算段だからお前もウカウカそれにだまされないやうにせいや。どだい町の奴らは狸か狐みたいな奴ばかりぢやと、いつぺんで、たきの鼻先きを折つてしまふのだつた。で、たきはそれもなるほどと思つたので斷ることにしたのである。萬吉は村でも物識りなのである。

それからまた十日程して、家の前にめづらしく赤自轉車が止まつたので、てつきりこれは三人の子供らのどちらかから、めづらしく書留速達でも來たにちがいないと、たきはほくほくして出むかへた所、作造といふその配達夫は、

「なんで、今日はお婆にお願いがあつてのう」

と、丸い針金をはめたやうな帽子をとつた。帽子をとると作造は横はげの頭が丸見えになつていた。作造は局長から頼まれたことでもあるし、と前置きして太吉を局へ呉れぬかとそのはげを掻きながらいひ出した。あとから思へば、作造は同僚が一人辭めたままなので、二人分の

配達をしてゐたので、太吉が來てくれることが何よりの助けとなるために、局長からの依頼とはいへ、自分の依頼のやうに頭が低かつたのだつた。

「洋服はこのとほりの立派なものを遞信省《ていしんしょう》から支給されますし、それに皮靴はもちろんのこと、冬になりますと、スキーも下さることになつとるで、いやもう、二三日、馴れてみますると、まことにこの商賣は樂でなあ……」

作造はゲートルを卷いた足をひよいと赤自轉者のペタルにくつつけて

「この自轉車だつてまあ、自分の持ちものみたいで……」

といひ、くるくると後車を空廻りさしてみせた。油のきいた車はシヤリーンと音をたててホークがわからぬほどよく廻つた。そして、田圃の人たちが汁田へ足をつつ込んで、田の草とりをしている六月さ中でも、鼻歌うたひながら、土堤をこの自轉車にのつて飛ばしている氣持は、全くいい氣だね、と作造はポンとサドルのあたりをたたいてみせたのである。たきは聞いてゐて、作造さんはなかなか話上手だと思つたが、わるい氣持がしなかつたのである。たきは自分が田圃から土堤の赤自轉車に乘つてゐる太吉に手を振る暖かい陽射しを連想した。——つまり太吉をもう配達夫にしてしまつたありさまを想像したわけである。

「ほんになあ、何したええ月給とりや」

人いちばい背の低い太吉のことでもあり（太吉は五尺足らずであつた）世間へ出すとなれば、何から何まで氣がねのするたきの氣持は、特にこの子が內氣で、小柄であることにこだわつていたので、重い荷運びのトロッコ押しも町の自轉車屋もどちらかというとさういふ仕事に不向きと考えたからで、すると、小柄な身體は何となく郵便配達夫に似つかわしく見えてきた。たきは作造の笑うのと一緒に自分も思わずうふふふと笑つてしまつた。

「ほんまになあ、太吉にきいてみますだアね、とにかく、はあ……」

心では決まつたように思つてゐたのであるが、その時、折悪しく太吉はいなかつたので、作造には本人の返事次第で、ひとつお世話になるかも知れないといひ置いて、急いで、家へ入つたのである。

夜、太吉が風呂から上ると、たきは血の氣ののぼつた息子の顔をまばゆいように仰いで、

「どうぢや、太あよ、おめえ郵便局へつとめんかいや」

とやはらかくいつてみた。太吉はちよつと考へよどむ風であつたが、たきが皮靴の貰へるはなしをすると、

「ほんまか、皮靴がもらへるかおつ母」

太吉は膝をすすめてきた。簡單に承諾したやうな形にそれはとれたので、たきは双顔をくずして、

「おいや、皮靴から、洋服から、スキーから何から何まで、ていしん省さが下さるで……」

自分ながら得意であつた。もう貰つたやうな氣持がした。その夜は飯をすませたあとの風呂でもあつたので、おたがいに腹もすいていた。たきはとつぜん餅をつくといひ出し、ほこりま

みれの臼をひきづり出してきて、

「郵便屋さん、ひとつついておつけよ」

といふと、

「あいよ」

と太吉は返事をしたが、萬更《まんざら》、母親の有頂天についていけぬという顔でもなかつた。

たきは翌日、郵便局のある一里下の村へ餅をさげてめづらしく日傘をさして出かけた。局長は近在の田地持ちなので、昔はその田を小作したこともあつて、たきは年貢をおさめるとき、年に一度お茶を御馳走になるので、顔は見覺えがあつた。誰とでも愛想のいい局長は、うすいチヨボ髭をなでて、

「おまへもはあ、達者で何よりで」

などとたきをまごつかせた。局長は手が足りなかつたので太吉の好い返事を腹のなかで喜んでゐたのである。局長は話がきまれば、明日からでも來てほしいといつた。ちようど月へかゝつて五日目のことでもあつたので、早い方がその月の貰ひ分を多くするという考えもうかんで、たきはうれしくてたまらず、とつて返すとすぐ太吉を連れていつた。……

太吉はその夜、だぶだぶの洋服と、これもまたゴソゴソの皮靴をはいて赤自轉車で戻つてきた。太吉は上るなり、

「ああ、疲れた、疲れた」

とひとかどの月給取りの顔になつて、

「おつ母、おら遞信講習所さ試驗うけて書記になるぞ」といつたのである。――そのときの太吉は一生懸命勉強して書記になり、末は局長になるんだといひ、一生でも郵便局にはたらくという顔付きであつた。小柄な身體にだぶつかせてもどつたその中古服は、まだもう一つも太吉の身體が入りさうに思えたが、それを眺めてわらふ所かたきはうれし涙がこんからがつたのである。

しかし、その太吉が、半年たたぬ今になつて急に止めるというのだ。

「あのとき、おめえはあんだけ喜んでいたのに、今になつてまあ止めるちう、おらその心もちがわかんねエや、太あよ」

たきはさういはうと思うが、咽喉元ではそれをのみ込んでいた。それをいう事を何故か我身本位に考へて、ふつと太吉の胸の中を少しも思ひめぐらしていなく見えさうなので、たきは太吉がふびんな氣もちもしたのであつた。こんなとき死んだ夫が生きていてくれたら、ひと言でも巧く考へなほさせる說得力があつたらうと、なほも天井に渦巻く薪木の煙をながめて、眼をこするのだつた。そして思ひ新たに、だいいち、うらはキヤバレーへつとめるという太吉がわからぬのだ、と思いなほした。太吉は、ふてくされた樣な顏付きで、くすぶる薪に手をださうともせず、默つていたのである。太吉にしてみれば、何も知らない、つまり世間知らずの母親がはがゆい程立ちをくれて見えるのだ。

「おつ母、おめえは今の世の中がどんな世の中つてこと知らないんだ」

よほど、ここで、太吉は民主主義をきりだしてきめつけてやらうかと思つたのであるが、それをこらへてゐたのである。云つたつてこの年よりにはわかりつこあるめえ。日に二つうむ卵をしるしをつけて、ためて置いて、それを古るい順番に賣りさばいていく母親の小錢根性が、この少年にはひどくイヤに見えた。たきの見ている太吉はもう子供でなくて、大人になつていた。半年のあいだに人中でもまれて、太吉は昔の子ではなかつたのであつた。……

——町に出來た新らしいキヤバレーは、何でも金持ちの前町長が、經營していた製材所を開放して、ダンスホールとカフエーに塗りかへられたという話である。太吉の友人である松藏が、村から製材所へ勤めていたが、俄かに洋服を着て勤めるやうになり、松藏は何でもカフエーの方の裏方だとかで、日に日に大入りでポチ袋が入り、一日二百圓にもなるという話であつた。この話を太吉は松藏からぢかにきいた。太吉は一日二百圓からになる松藏の仕事がいつたいどんな仕事かと興味をひいたので、尋ねてみると裏方というのはつまり表向きの仕事でなく食糧や化粧品、主に食糧だけれども、裏口から買い入れる役で、闇商人相手の仕事だといつた。すると松藏はキヤバレーの臺所に働くコツクとか給仕人の下働きという所であらうが、それにもかかわらず日に二百圓になるということは大いに太吉を動かせたのであつた。毎日自轉車にのつて汗水たらしてペタルを踏み、村から村へ歩いて廻る馬鹿々々しい商賣。日給十圓という配達夫が、今どき急に小さく見えた。時代から置き去られた、かなしい商賣にも見えた。太吉はその時すぐ樣松藏に、どうだ、俺もいれてくれぬか、といつてみたところ、松藏は、今、ちようど人員擴張中だから、大丈夫だといつたのである。何でも京都大阪から、ダンサーが二十人も來るといふ話。カフエーは酒とビールで毎日ドンチヤン騒ぎだといふ話。さういふ大人の遊興の世界はひとまづ考へないとしても、收入の多いこと、、仕事にはりのあると思へることが、太吉には、愉快でならなかつた。どうか、おれも入れてくれや。松藏にダメを押したのはつい二三日前のことで——、さうなると一日も、配達夫がつとまらないのだつた。

「何としても、町へ出て働くだてエ、おらあ」

太吉はさういふと、ゴロンとそこへ寢ころんで、手で頭を圍み、眼だけあけて、煙の向ふで母親を睨みつける風に見えた。たきは寢ころんだ太吉をみると、ふつとまた小便をもよほしてきたのである。このごろになつて冷えるせいか、たきはめつきり小便がちかいのである。

「ほんだけ町へ出たいなら、勝手にせいや」

たきはやんをら、さういふと立ち上つた。ふと四人の息子に置き去られるさびしさが來たが、たきはまた上りはなから藁靴をつつかけてゐた。表へ出ると鷄が氣になつたのである。たきは雪の上へ小便を落した。黄色い色に染つた穴の部分へ、ちよつと手で雪をすくいかぶせて、たきは鷄小屋へ廻つた。金網のところへ手をやつて、爪先立つてのぞいてみると、まだ五羽とも止り木に止まつたまま動かないでいる。

卵をうんでないので、又たきは舌打ちした。

「チヨツ」

「くそたれめ、何した長い寒休みぢや」

たきは金網の上の方にかけてある大根を一束ひき抜くと、それを千切り千切り網目から入れてやつた。すると鶏たちは餌に飢えていたものとみえ四羽だけ下りてくると、くくくとせわしいこつき方で、一束の大根葉をみるみるうちに喰いつくしてしまつた。一羽だけまだ止り木に止まつたまま、下りてこなかつた。この一羽は牡鶏だが、親なのである。四羽は雛で去年の秋かへつたものだが、親は牡だけ生き殘つていたのである。これだけは卵をうまない。ぢいつとみていると、親鳥は眼をつむり、止り木に止つているのさえ、耐えがたいと思えるやうな苦痛をおびた眼元に見える。他の四羽がせわしく餌をこついているのにも全く無關心のやうな眼元である。

「畜性ツ」

たきは口ずさんで、大根葉を止り木へ投げて手をはらつたが、その一羽はまだ眼をつむつたまま動かなかつた。その時、さつと照つていた陽がかげりまた雪模様の空にかはるらしく思はれた。山の方で遠雷の音がひびいてきたが、たきはぢいつとそのまま鶏を見つめて動かなかつた。

「あんちくしよツ、その面、うらそづくりぢや……」

巷風

焼け跡の片側町に露店があつた。

商人たちの汚れた顔が、寒い膝をふるはしてならんでゐた。ふとおしげは、自分と同年輩ぐらゐの老婆が、蜜柑を賣つてゐるのを見つけた。おしげは何か先手を打たれたやうな氣がして立止つた。

おしげはその蜜柑賣の老婆に、ちよつと喋つてみたい心が湧いた。けれども、いきなり、妙なことを問ふのもおかしなものだと思つて、

「お婆さん、ひと盛りお呉れよ」

あとの資本のこともあつておしげは節約してゐたのだが、今の場合、それは資本の資本であるとも考へられたので、別段惜しくはなかつた。で十圓奮發した。手提げの口へ入れて、

「ところで、相談があるんだけど、聞いて呉れるかね」

といつた。

幸ひ、その場所は、露店の列の雜踏から少しはなれてゐた。焼跡の煉瓦屑の上で、通る人たちも少なかつた。好都合である。

「何だね」

蜜柑賣りは、客の突然な言葉と顔色に一寸まごついたやうだつたが、

「何だよ、相談て」

とまたいつた。

「別に相談ちうほどもないけど、おかしなことをたづねるやうだが、お前さん、そんな蜜柑は何處で仕入れてくるのかね、何かね、お前さんひとり暮しかね」

賣り手は一層まごついたらしく、返事をせずにぢいーつとおしげを見守つてゐた。妙なことを聞く婆だとそんな顏だつた。おしげは相手におかまひなく、

「わしも實はかういふ商賣をしようと思つて考へてるんだが、お前さんのやうにね」

おしげはそこで一寸につこりした。おしげはいま自分は某封筒製造工場の二階に住んでゐて、そこで封筒をはつたり、本宅の炊事をしたりしてゐるけれども、事情があつて面白くない。燒け出されて仕方なしに賴つた遠緣の世話で、厄介になつてゐるのだが、何か居難いと思ふと、一日ももう辛抱出來ぬ性分で、ひとつ奮發して商賣でもしたいと思ひ立つた、どうだらう、すぐ工場を出てきても、そんな仕事にありつけるかどうか、敎へておくれよ、といつた。

「少しばかり、貯めた金があるのだけれど、たくさんないんだよ、何かお前さんのやうに簡單な商賣がねえ、したくつて」

「…………」

賣手は默つてまだ見守つてゐた。

おしげはそんな、いはば恥のやうなことを、はじめての、しかも路傍の商人に話してみて、相手がどんな風にきいて吳れるだらうかといふやうな、そんな憶測はもちろんなかつた。おしげは夢中であつた。

賣手の婆さんはボール箱の札束をつまんで、ふところの財布をまさぐつた。眼だけはおしげをみて、一寸考へあぐんだ口もとだつたが
「どう思ふかね、お前さん」

と、またおしげが迫るので、やうやく口をあいた。

「そりやなんだね」

と婆さんは財布をしまひながら、

「商賣するんなら蜜柑より封筒の方がいいだらうね、蜜柑は時期もんだしさ、わたしは蜜柑がきれたら何にしようかと思つてるよ、幸ひ息子がゐて靜岡までいつて仕入れてくれるものの、それだつてなかなかだよ、お前さん封筒賣りなさいよ、世話になつてゐる工場から封筒をおろしてもらつてさ」

といつた。

おしげはこの婆さんに息子があるのだと思ふとがつかりした。息子とふたりで、共同して、仕入れと賣さばきを巧妙にやつてゐるといふその仕組みがうなづけると、うらやましくもあつ

たが、何か裏切られたかんじが強かつた。

「それで何かい、息子さんが毎日静岡へ買出しにいつて負つてくるのかい」

「さう、毎日つてことはないけど、まあ」

おしげは簡單に會釋すると走るやうに通りを横切つた。

あとになると、はづかしい相談をしたやうで、輕い後悔が湧いた。うしろを見るのも厭で、眼をつむりたかつた。ひとりものの淋しさがあつた。

いくら封筒工場にゐるとはいへ、商賣をしようと思ふこれからも、本宅に頭を下げて、封筒をおろしてもらふ氣がしなかつた。冗談ではない。いまは封筒にさはるのも厭なのである。とにかく種田の工場から逃れたかつた。

不愉快な、それにしても蜜柑賣りの言葉だとおしげは思つた。それが頭に殘つておしげは氣が重かつた。しかしその蜜柑賣りの言葉で、おしげはどうせ商賣をするのならば、仕入れの便利な、靜岡までも買出しにいかなくても濟むやうなそんな商賣をしてみたい、と考へた。

ところが、そんな簡單ないい商賣があるだらうか――

おしげには相談相手といふものはなかつたが、いまの場合、吉さんが智慧を貸してくれた。吉さんは職人のなかでも、古株で、斷截機をひきうけてゐる。機械場のうけ子や製袋の女たちを監督したり、本宅との聯絡なども、吉さんがしてゐた。おしげと同じく吉さんも多町で焼け出されたのだつた。二月二十五日の爆撃である。工場の二階のおしげの三疊とは反對の六疊で、吉さんは寢てゐた。女房子供は栃木へ疎開さし、呼び戻すわけにもいかず、自分は一人で自炊してゐた。

殘業がすんで女工たちが歸つていくと、喧しい製袋機も鳴りをしづめ、階下は海の底のやうに沈んでいつた。その海の底で、一日のヤリ紙をくすべて吉さんは芋を燒いた。

「おしげ婆さんたべなよ」

三疊をあけて入れてくれた。

夜はふたりきりである。そんな間柄が、ともに燒けだされた境遇もあり、馬が合つた。吉さんはよく話し込みにきた。

「銀さんが生きてゐたらお婆さんも樂だらうに」

死んだつれあひの名をいつ敎へたのかとおしげは驚ろいて

「吉さん、お前さんたいへん物覺えがいいね」

吉さんは人の好い長い顏をそばへもつてきて、おしげの逆まつ毛を拔いてくれたりした。

その夜も吉さんは入つてきて、

「どうだね、またお針かね」

おしげは本宅の押入れにあつたボロ切れで足袋をついでゐるところだつた。

吉さんは電氣の眞下にあぐらをかいた。

おしげは話の種をさがしたが、別にないので、ふつと此の頃思ひついてゐる商賣の話をたづねようと思つた。

「なんだね、吉さん、お前さん、若し商賣するんだつたら、何を商賣するかね」

「さうだな、何をするかな」

吉さんは妙なことをおしげがいひだすといつた顔付きで、

「どうせするんならうんと儲かるもので、手數の要らない、簡單なものがいいなあ」

「儲かるもので、手數のかゝらない、そんなものがあるかね」

おしげは思はず眞劍になつて、眼をひからせ、

「教へておくれよ、吉さん」

吉さんはちつと考へながら、針で齒糞をほじくつた。そして、

「何てたつて食べものだな、けれど手がかゝるなあ、こいつは」

「食べ物屋だつていろいろあるけど、まあこの頃だつたらリンゴとか蜜柑とか露店で賣るのはどうかね」

「割り合ひに手數の要らない方だらうね、けども、あれだつてこのごろは仕入れが一苦勞だな、もつともこのごろの商賣は仕入れが出來りや、もう賣れたやうなものさ」

「蜜柑仕入れるつてお前さん何だね、靜岡あたりに買ひにいくか、それとも……」

吉さんはとつた齒糞をにらみながら

「静岡までいかなきあなんねえかな、さうすると大變だ」

さういつて吉さんは大きな聲を出した。

「婆さん、お前の方がえらくくわしいぜ」

おしげは腹の底が見られたやうで困つた。

「おいな、ひとつわしもはじめやうかと思つてよ」

冗談だと出した言葉があとで眞劍にのこつたのでおしげはひやりとした。

商賣といふものは、さう簡單に決めることも出來ないものだ。物識りの吉さんでさへこれといふ名案がないのだから――。おしげはよく考へてからかゝらねば、とんだことになるとその夜思ふのだつた。

吉さんが六疊へ下ると窓向ふのトタンへ雨の落ちる氣配がした。

倒壊したビルの玄關が、美しい市松模様の三和土《たたき》を殘して、ひつくりかへつてゐた。ちようど、陽當りのいい場所で、若者が靴磨きの座を占めてゐた。一見してそれは復員した兵隊に見えた。若者はバサバサに延びた髪を、時々掻き上げながら
「旦那磨きましよ」

と通行人にいつた。

通行人は一向それに振向かなかつた。

見てゐるうちに何人お客になるだらうかと、おしげは電信柱にもたれてゐた。用足しの歸りであつた。

靴先きに泥がついた通行人たちもなかなか若者の膝の前の三角の臺へ靴をのせなかつた。若者は聲をかけたりかけなかつたりして通る人たちの足ばかり見てゐた。

何て退屈な商賣だらう――

おしげはしまひにしびれが切れた。自分が靴をはいてゐたら情にでも磨いて貰ふのに、おしげはさう思つた。

「旦那、磨きましよ」

若者はまたいつた。

こんどこそ磨いて貰ふだらう、と思つてゐたのにその通行人は止らなかつた。

そのあとへ、合オーバの襟を立てた中年の會社員風の男がやつてきたが、靴磨きの若者をみると立止つて何かいつた。

「ヘイ」

若者ははじめてにつこりした。客にちがひなかつた。「あら有難や」おしげもさう思つてほゝえんだ。

「ひとつ黒くして呉れないかね」

會社員は三角の箱の上に靴を置いた。

「ヘイ」

若者は坐蒲團の下からボロきれを出して埃を拂つた。拂つてから布をかへしてこんどは拭ふやうにしてこすり出した。あらかじめ、泥土を落してかゝるのだらう。その次に若者は竹のへラのやうなもので、裏底と表皮との縫ひ目のあたりをペンペンとはぢいていつた。縫目の小穴にまで、喰ひ入つた泥土をも、若者は丁寧に除くものと思はれた。

やがて、若者は兩手に刷毛をもつと、手を交互にして素早く埃をはらつた。それから次に齒ブラシの持ち手で靴墨の瓶の蓋をとつた。ひとひねり、ひねるやうにして墨をつけた。若者は會社員の裾をまくりあげた。キビスの方から、顏を客の股ぐらへ突込むやうにして若者は塗つていつた。墨のかたまりを出來るだけ經濟につかふためと思はれた。キビスの方から順ぐりに延ばしてくると、先の方までしゆーつと引つぱつてきた。一回の墨で全部黒くなつた。赤靴だつたのが、美事に黒に變つてゐた。

會社員は空を向いて煙草をふかしてゐる。

「旦那」

若者は仰向いて、

「紐にも塗りましようかね、これぢや黒靴に赤紐ですぜ」

會社員は、

「塗つておくれよ、紐はないのだらう」

「ヘイ紐はありません、磨くだけが商賣でさ」

片方が塗りあがると、次の方を同じ順番で塗つていつた。刷毛もボロ切れもかはりはなかつた。その次には前に塗つた方を刷毛でこすつた。こすり終ると臺を兼ねてゐる箱の中から、羅紗地の布を取り出してキビスへ廻した。しごくやうなそれは仕上げであつた。

おしげは、若者の手際がたいへん早いので、兵隊へいく前にやつてゐたのだらうと思つた。

「いくらだね」

「ヘイ五十錢です」

「安いね」

會社員は内ポケットから財布を出して、

「はい」

と札を渡した。

「つりですら旦那、少々まつて下さいよ」

若者がふところへ手を突込むと、

「いいよ君」

會社員は裾をなほした。そして早足で立去つた。

たしかに五圓札にまちがひなかつたらうと、おしげは思つた。

「旦那」

若者はもう一度呼んだがその目は電信柱のおしげと衝突した。會社員は雜踏へ消えてゐた。

「ヘイどうもありがたうワす」

おしげは自分に禮をいはれたやうでまごついた。

おしげは靴磨き屋の嬉しい氣持がわかつた。若者はきつとにつこりするだらう、さう思つて見てゐたが、若者はいつかうににつこりしなかつた。また元の顏をつくると、

「ヘイ、旦那磨きましよ」

と客呼びにかゝつた。

こゝらあたりは、つりの要らない客が多いのだらう。いつたいに通行人は勤め人が多く身裝りがよかつた。場所にもよるのだらうが、あの場合、靴紐だとか、ちよつとして靴すべりなど揃へてをれば、なほのこと商賣になつたらうにと、おしげは自分のことにして考へてみた。おしげはふつと若者にもそれをすゝめてみたい氣がするのだつた。


おしげは靴磨きもわるくはないと思つた。

その日、通りでみた若い靴磨き屋の、屈托ない顏が殘つて、おしげは無性に浮きたつやうな氣持であつた。

だいいちあの靴磨き屋は、資本といつてもさう要るもののやうに思へなかつた。親切心があつて、要領さへよければ、やりかた一つでいくらでも儲けられさうに見えた。さしづめ必要な

のはボロ切れ、そんなものはおしげも持つてゐたし、羅紗布は本宅の押入れを探せば轉げてゐるだらう。歯ブラシは工場の洗面所を探せばふるいのが五六本ある筈だつた。おしげはそれを知つてゐた。殘るのは問題の靴の臺になる木箱である。三角でも四角でも箱でさへあればいいやうなものであつたが、かんじんの靴臺なしでは商賣は出來まいと思はれた。あの場合、石ころか何かで間に合してもと考へられたが、そんなわけにもいかないだらう。いはばそれが看板で、その箱が商賣道具の主なるものである。あとの靴墨とかその他の消耗品は、その途へ入れば何とか入る途もあらうと思はれた。

心配なのは靴臺の箱である。

おしげは本宅のどこかにそんなものがないかと物色したがないのだつた。工場の中に、何かそんな木箱がなかつたものかと思ひめぐらしたが、さしあたり思ひ出す手ごろのものもなかつた。

そんなとき、ふつと吉さんの人の好い顔が浮びあがつた。

さうだ、ひとつ吉さんにそれといはずに遠まはしに相談してみよう。

おしげは本宅の夕食がすむと、自分もそゝくさと一緒にすまし、棟つゞきになつてゐる工場へ、裏口から入つてきた。

ところが、工場は、まだ殘業の最中であつた。

おしげは、どこぞに手ごろの木箱がないものかと見渡しながら製袋場を横切つた。すると

「婆さん助けておくれよ」

女工の一人に呼びとめられた。

みんなはちようどはり終へた封筒を運んでゐるところだつた。列をつくつて防空演習のリレーみたいに手渡しをしてゐた。

「よし、來た」

おしげはおもわくがあるのでその列に加はつた。製袋場から千枚づつくゝられた封筒を、帳場の三和土へ積みかへるのだ。

おしげは封筒を受けとつて渡すたびに、足もとをみたり、板の間をみたりした。うづ高く紙と封筒の山があるだけで木箱のやうなものは見當らなかつた。おしげはそつと機械場の方も見てみた。

機械場は混雜してゐた。

急ぎの注文が昨日から殺到してゐるらしかつた。

吉さんはと見ると、今日は安さんと一緒にヱキセンから廻つてパンチを受持つてゐる。安さんは斷截から渡るカードを

「ほい」

と巧妙に受けとめた。そして臺の上でポンと揃へてパンチの刄下へあてがつてゐた。吉さんは眞劍であつた。パンチは二人一組なので氣合ひが合はないと危險なのだつた。櫛目の向ふを吉さんは細目で、いちいち見定めてからガタンとボタンを踏んだ。おしげがパンチの方へ

「吉さあーん」

と呼んでも、聞えないらしかつた。

まるで餅でも切るやうに封筒の型が次々と出てきた。

「ほい來た」

吉さんが合圖をすると、製袋のさし子の貞ちやんが持つて走つた。

「ほい來た」

かけ聲が塵埃の中をとんで渦のやうに目まぐるしかつた。

ベルトが製袋機の上を飴かなんぞのやうに延びちゞみしてゐた。機盤を流れる封筒と逆流するものだから、それは渦のやうな混雜を一層かき亂して焦點がわからなかつた。

頭にひびく響音であつた。

おしげはひと息ついてはあたりを見まわしてゐたが、いつしか木箱のことも忘れて、立ちすくむのだつた……

おしげは大勢の女たちや、職人のなかで、ふつとこのやうに毎日働らいてみたら、また種田の店に興味が起るのではないだらうか、と考へてみた。けれどもそれは何といふ虫のいい話だらうか。この自分に一日一萬枚の封筒がはれるわけもなかつたし、重い紙束を動かす力もなかつた。だいいち、あの奥さんが、それを承知するものか――あとでおしげはさう撤回した。

キヤツキヤツと女工たちは笑つてゐた。何でもないことに笑ひ興じて、激しい一日の就勞の上に、まだ殘業をつゞけてゐる女たちだつたが、若い團欒の顏々が胸に來て、おしげはふと淋しかつた。

おしげは今日もいやな目に出遭つた。

本宅には四人の子供がゐて、いちばん下の邦彥といふ腕白ざかりが、おしげを手こづらせるのであつた。

用足しから歸つてきて臺所の長押をみると、おしげの大切にしてゐる肩掛カバンがなかつた。

「はて、たしかに掛けておいた筈だが」

おしげはひとつきりの財產を、どこへ持つていかれたのかと腹だたしかつた。

轉々奉公ばかりしてきたおしげには、移り住む家々で身につけた世帶道具といつていいほどの、色々の品物があつたけれども、それはみな最後の奉公先だつた須田町食堂で燒かれてしまつてゐた。殘つたのは黑木綿製の、その肩掛カバンひとつだつた。

おしげはその肩掛カバンに井上目藥も入れてゐた。これから商賣に使ふべき、資本の貯金帳も入れてゐた。途で拾つた古齒ブラシも入れてあつた。つまり、おしげの全財產が入つてゐた。

おしげはそのカバンを晝のうち臺所の長押にかけておいた。何かに出入りの多い工場では、このごろ失せ物が出たりして物騷なので、おしげは肌身はなさずぶら下げて步いた。

「ちよいと、これをたのみますよ」

おしげは時々吉さんの六疊へもそれを置かしてもらつたこともあつたが、今日は臺所の長押にかけて置いて使ひに出たのだつた。

そのカバンが消えてゐるのだ——

おしげは臺所から茶の間をのぞいてみた。長火鉢に奥さんはゐなかつた。それで帳場へいつた。奥さんは帳場で算盤をはじいてゐた。おしげは、障子のこちらから、

「奥さんわしの肩掛カバンを知らないかね」

といつた、奥さんはペンの反對の方で頭をケシケシ掻きながら

「肩掛カバンてお前のかい」

といつた。

「はい」

「知らないね、大事にしてゐるお前さんのカバンだから、誰も子供たちは觸りませんよ」

といつて、また算盤をはじきはじめた。それどころではないといふ風だつた。

おしげはふつと邦彦がいたづらしたにちがひないと思つた。

邦彦は表の通りであそんでゐた。

おしげは裏口から出るとそこらあたりをキヨロキヨロ見廻した。燒跡の大根畠に、四五人の子供たちが、土なぶりをしてあそんでゐた。

そのなかでたしかに邦彦がみえた。

そして邦彦の肩にかけられた、おしげの肩掛カバンが紐が長いものだから地面の上をひきづられ、邦彦の走るたんびにバタバタと音立つてゐるのも、すつかり見えた。

「畜生ッ」

おしげは思はず口ごもつた。ボロボロと泣きたいやうな、そんなくやしさがこみあげた。足が思ふやうに進まなかつた。

「邦彦さあん」

邦彦はこつちをみて、

「婆ツ來たッ」

といつた。

「邦彦さん、お前そんなカバンを持つてあそんだら駄目ぢやないか」

近寄るとおしげはぐいツと引つぱつた。邦彦の身體がはづみを喰つておしげの方へこつぴどく引きつけられた。

「婆ツ何するんだよ、お母さんに貸してもらつたんだよ、あそんでんだよ、郵便屋さんごつこしてんだよ」

泣くやうな顔付きであつたが、なかなかそんなことで泣く邦彦でないこともおしげはちやんと知つてゐた。お母さんに貸してもらつたのなら、なぜあの時奥さんは、さう自分にいつてくれなかつたのだらうか、今しがた、

「誰も觸りませんよ」

といつた奥さんの空とぼけた言葉が思ひだされて、おしげはふつとつねつてやりたいやうな邦彦への怒りも忘れ、そこで立ちすくむのであつた。

一にも二にも奥さんはそんな風におしげと對した。

ある日、おしげが里芋の皮をむいてゐると、奥さんは茶の間で、主人の親戚の者を前にして、

「うちぢや、炊事の婆さんを傭つてゐるものだから、おうちのやうに御馳走ばつかし食べられないんです、魚をたべればたべさせなきあなりませんし、他人だといつて別にすることも出來ません。といつて配給のまゝで放つたらかせば、榮養失調ですものねえ、この間も計算してみたら、なんと炊事婆さんに月三百圓からかゝつてをりましたよ、こんなことをしちや、やりきれない、それで考へたんだけど、ゆくゆくは外食券にしてもらつて、婆さんには月給を拂ふより仕方ありませんわ」

「困つた婆さんを背負ひ込んで、なんですかい、その婆さんは身寄りがないのですかい」

「さうなんですよ、身うちもないんだし、少しは恩に着てもらつていいのだけれど、何しろ奉公ばかりしてきた婆さんだから何處かかう奉公づれがしてゐて、使ひにくくて困つてゐます」

「そりや困つた」

「燒けだされて賴まれたのだからむげにどうすることも出來ないけれど、少し向ふも遠慮といふものがなくちや、こつちだつてその氣になりますよ、氣がきかなくて強情な婆さんときたら

いひやうがありません」

奥さんはそこでおほほほほと笑つて、

「ほんとに汚ない話になりまして。かう食糧が逼迫しますと、お互ひさまに氣が變になつちやいまして」

おしげはそつと臺所から裏口へ出てゐた。

そこでヤリ紙をくすべて薪代りに飯を炊くわけだつたが、ヤリのくすぶる煙は、眼に入つて痛かつた。


「婆さん、何かいい考へでも浮んだかね」

その夜、吉さんが入つてきてまた電氣の下にあぐらをかいてゐた。おしげは吉さんの風呂上りのほてつたきんきんの顏をみて、

「いい考へてお前商賣のことかね、いつかの話のさあ」

吉さんは自分の腹の底を知つてゐるのだらうかと、ふつとおしげはおそろしくなつて、さういつた。

「別段うかばないけど、お前さん何か思ひつかないかねえ、簡單な商賣がねえ」

おしげはふつと、もうここらあたりで吉さんに一切を打明けて、力を貸して貰はうかとも思つたが、待て待てと思ひなほした。もう少し腹が決つてから打明けることにしよう。

おしげはふつと、そのとき木箱のことを思つたが、それを吉さんにどういふ風にたづねればいいだらうかと思ひあぐねた。それで、遠まはしに、

「何だね、吉さん、いちばん簡單で儲かる商賣はねえ、わし靴磨きだと思ふだがどんなもんだろ」

吉さんはうふふふふと笑つて
「全くだな、あいつは簡單だ、坐つてりや儲かるしさあ」

そこでちよつと吉さんは考へたやうだつたが、

「しかし婆さん、あれでもなかなかむづかしいんだぜ、このごろのことだから原料がないだらう」

「原料てお前さん、何も要りやしないぢやないか」

おしげは思はずむきになつた。

「ボロ切れは何處にだつてあるしさ、齒ブラシはお前、ふるいのが三本ありや間に合ふだらうしさ、大がかりなといへば、何だよ、わが身の坐る座蒲團かなんか毛布でもありや、冷えないやうにね、それぐらゐのことぢやないかい」

吉さんはふーむと同感してゐたが思ひついたやうに、

「それだけかい、まだ臺が要るぢやないか」

「臺てお前、靴の臺かね」

「さうだよ、あの臺がなけりや商賣にならねえ」

おしげはやつぱり臺がかんじんだと思つた。それで

まる仕組さ」

「さうだよ、あの箱がお前、藏《しま》ふときにや便利に出來てるんだ。このあひだも本石町で一寸磨いてもらつたが、婆さんのいふ刷毛からボロ切れ、羅紗布、靴墨一切がちやんとあんなかへ納まる仕組さ」

「ほんとに輕便だね吉さん」

おしげは思はず乘り出して、そんな箱があるといいのだが、とそこまで出てきた言葉をくひ止めた。いいことに、吉さんは、そんなおしげの顏をみないで、

「だから何の商賣だつて資本が要るさ、あの箱だつて、見たところうちにある糊箱と變りはないけど、あれでなかなかこつてあるんだよ」

おしげは「成程ね」といつたが、糊箱ときいてはつとした。見馴れた工場の製袋場で、五つも六つも毎日ころがつてゐる木製の糊箱がどうして今まで思ひ當らなかつたらうかとおしげはそのとき不思議でならなかつた。

吉さんはおそくまで話し込んでいつた。十一時頃六疊へ下がつた。おしげは床をのべたがなかなか寢つかれない。

どこか底冷えのするやうな、もう冬のやうな冷えであつた。風がゴトゴトと雨戸をゆすぶつた。おしげは寢られないいまゝに眼をあけて、ぢいーつと考へてゐたが突然何思つたか急いではね起きると、着物をひつかけた。

おしげは障子をあけて、まづ吉さんの六疊をうかゞつた。吉さんの大きな寢息がきこえた。おしげは足音をしのばせるとそつと廊下をとほり海の底へ下りていつた。

工場は無氣味な程靜かであつた。

機械場の安全配電の五觸の光りが、ヂヂヂと音を立てて光つてゐた。おしげはその明りをたよりに積み重ねた紙の山をくゞつた。製袋場へいつた。そしてそこで、たくさんの糊箱を見つけるといちいちのぞきこんでみるのだつた。

いちばん糊の少ないやうな箱を選んで、おしげは靜かに糊をあけ代へた。どろツとした液體はじれつたい程時間がかゝつたが、思ふやうにすべり落ちた。

おしげは空になつた糊箱を小脇にかゝへ急いで二階へ上つた。胸がどきどきするやうな、それは興奮であつた。

おしげは三疊の眞中に新聞を敷いておもむろに糊箱をその上へ、伏せてみた。そしておしげは伏せた糊箱を少しはなれて右左から眺めやつた。

何とそれは、いつか見た靴磨き屋の、膝の前に坐つてゐた木箱と全然かはりがないといふよりも、その型といひ、大きさといひ、申し分のない坐り方が見受けられるのだつた。

おしげはためつすがめつして眺めてゐたが、つかつかと寄つていくと、何思つたか、伏せた糊箱の上へ、片足をちよんとのせてみた。

「つりは要らないよ」冷たい木皮の觸感が足の裏からつたはつておしげはちんと鼻をすゝつた。

若狹にて

汽車が若狹の海邊を走る頃から、空模樣は變つてきてゐた。捨吉は窓邊に肘をついて、暗い鼠色の空の色を眺めてゐた。空洞のように浮んだ綿雲が一つ、汽車の走る方向と逆に走つてゐるのだつた。その雲を見失なつてしまふと、はるかの峰から、時雨がまひ下りさうな氣配がした。海は波が高く、天と沖の色は一色だつた。

故鄕へ歸るごとに、捨吉はこの海岸の風景を最後にして、間もなく村の驛へ下りるわけだつたが、この海の眺めは好きでならなかつた。今日は沖合いに漁船は見えず、一線を墨太にぼかした沖の面は、岸ちかい波の音を他所にして、無氣味なほど靜まりかへつてゐた。いつもならば、棒を倒したやうに眺められる沖の大島も、いちめん燻色《ふすべいろ》に塗りつぶされて見へ分たなかつた。

窓から見ると、それは暗く壓迫《あつぱく》された一幅の畫であつた。汽車は暗幕を突き破つて、前進してゐるわけであつたが、捨吉の窓からは、いつかうに明るみが見へはじめなかつた。暗いガラス窓が分秒の間に濃くなりそれをじつと見つめてゐると、見失つた先程の、白い綿雲の空洞が、チラツと眼奥に浮び上つてくる。——

この分なら下車は雨だらう。捨吉は觀念した。そして雨に打たれ、村へ入ることも、さして今の場合、苦痛でもないやうな氣もしたし、寧ろ頭から散々に、雨にた丶かれ、自分はずぶ濡れになつて、村へ入つた方がい丶のだと思い改めてゐた。——抱いてきた期待が、どこかではぐらかされるようでならなかつたのだつた。故郷に裏切られる經驗はこれまでにイヤ程持つて來てゐたので、實をいふと、捨吉は、東京を出る間際から、あの苦澁をおびた兄の、特異の顔が頭を去らずにあり、また父にも母にも期待は持てなかつたのだつた。

——そんなことあるもんか——とそれは暗い窓の外の景色に、今僥倖をのぞむかやうなものであつた。夢のようなそれは期待であろうと、つまり捨吉は自虐の意味でも雨が欲しかつたのだ……。

汽車はトンネルへ入り、そのトンネルを出るとすぐ村が見えはじめた。

村は山あいに、黒く固まつて、ぼやけて見えた。

兄の文吉は右の耳の皷膜が破れてゐた丶め少し耳が遠かつたのだ。遠いといつても、村にゐて汽車の音が聞えるほどだつたし、時折、相手の話を聞き漏らすことがあるとしても、兄は相手の顔で言葉の意味を呑み込む感に馴れてきてゐた。へえ、へえと聞きただす折に、ちよつと白眼をむいて仰向く表情はどこか相手に痴呆的な一面を思はせ、ふつと輕蔑されたりすることもないではなかつたが、しかし兄はその相手の輕蔑に馴れてきてゐた。いつてみれば、さういう不感の性格も、年少の頃から、身を入れた理髪技術の負擔《ふたん》ついでの災難であつた。下弟子の耳掃除の臺になつて、兄は剃刀で突かれたのださうである。故意にやられたのか、どうかは知らぬけれども、その頃はまだ兄は檢査がすんだ年で、捨吉の記憶によると、約束の店開きまで六年の御禮奉公が殘つてゐた。

——高等科を出て、すぐ京都の理髪店へ奉公に出た兄は、月々三圓ほどの小使をもらつて、技術を習得して來てゐた。檢査までにはアイロンもかけることが出來、それで、一人前になつて、下弟子に敎へる身となり、それからは、御禮奉公といひ檢査のあと六年を、やはり月三圓の小使で働くのであつた。その曉にはつまり二十七才になつた春には、雇傭主が、兄に積立て、あつた形の金を渡し、いはば「のれん」を分けるといつたあんばいの店を持たせてくれる仕組みになつてゐた。さういふ約束であつた。

二十七才の春の店開きが樂しみで、つまり、兄は喫茶店へもいかず、タバコを吸はず、「八」と「三」の休日には客の呉れる切符で活動を見るか、それとも、主家の物干場へ出て村から持つて來たハーモニカを吹くかして、暮してきてゐたのだ。

さういふ兄は、尋常六年の頃から急に家運の傾むいた故郷に對して、激しい羞恥と、再興の闘志とを、もうそのころから抱いていたものと思はれた。いくら親類巻きに說得されても、道樂の止まなかつた父親は、湯水の如き湯盡《とうじん》をつづけてゐた。兄の願望する水產學校はもちろん受けられず、兄は勉學を斷念し、高等科を出るとすぐに京都へ出たのだつた。——散髮屋を撰んだのは、兄自身の、その時の撰擇《せんたく》であつたといふから、既に、この頃から、兄の計畫性がうかがわれたわけである。つまり、兄は裸一貫で、開店の出來得る理髮店、そしていつたん店を開けば、手が金になるといふボロい職業、それをちやんと見きわめていたものらしかつた。

——とにかく、その時、驛まで兄を見送つた母親は、別れしなに、兄から、

「わしは、一人前になるまで、絶對にもどらせんぞ」

と斷言せられて歸つて來、母親はすぐにそれを捨吉にもいひ聞かしたのだつた。お前も六年を出たら兄のやうに、どこかへ出ていけと母親は暗にすゝめたわけであつたのだらう。

　捨吉が十才の時だから兄は十六である。

だから、捨吉も、兄にならつたといふわけではないけれども、六年を出ると、すぐ、村を出たのである。しかし、捨吉は兄とは方向をかへ、上級學校を志ざした。苦學してやがて中學から、專門學校へ入つていつたが、卒業しても、學校生活から社會へと、劃然《かくぜん》とした切れ目のなかつた捨吉には、苦しい生活苦と、勉學心との相剋《そうこく》が、やはりそこにも續いてゐたので、彼は結局、身體虛弱の文學青年として、諸方を轉々して歩く身になつてしまつた。家運の傾いた故鄉をうたひながら、酒をのんで忘れやうとしたやうな、さういふ若い年月を、今も捨吉は想起することが出來るし、その若い頃といふよりも、現在においてさへも、なほその魂は失つていなかつた。——

兄の律義と逆行した、それは弟の逸脱であつたらう。いつて見れば泣くのと笑ふのとの差なのだが、ふたりは別々の途を辿つていつたわけである。

太平洋戰爭がはじまつてやがて理髮職人や、料理人などの就業禁止令が公布されたとき、まだ兄は京都の理髮店にゐた。捨吉は東京へ出てをり、既に、兄にも村へも内密で、現在の妻と同棲してゐたのである。兄に先立つて嫁をもらふといふ遠慮がそれを報らせることの手續を捨吉ににぶらせたのだ。——しかし子供が出來、召集された時に、はじめて捨吉は、みんなにそれを知らし、妻子をつれ、故鄕へ歸つたのだつたけれど、——捨吉はとにかく、その頃、ある新聞社の編修部員をつとめてゐた。時折、それでも、原稿用紙に鉛筆の走りがきで、京都の兄へ手紙をかくことを忘れなかつたのだ。

こんな手紙をかいた。

——就業禁止令で、兄さんも今度は困られたこと、思ひますが、如何、今後はどうしていかれるかと心配でなりません。もちろん「のれん」を分けてもらうなんてこともウヤムヤになつたでしよう。よし軍需工場へ入るとしても、徵用で持つていかれるやうなことでは損ですねえ。運動して、早く剃刀など投げてしまつた方がい、のではないでしようか。

——これは私の獨斷ですけれど——長年の剃刀への兄さんの愛情を思うとたえられません。けれど、敢えて御注告申します。何とか早く、轉更した方がい、のではないのでしようか。生意氣なやうですが、愚弟の意見も御考慮下さる様にねがひます。話のついでで變ですが、――兄さんも早くお嫁さんを貰らうんですねえ、若狹へ歸れば、六左衞門の子かと笑はれ、娘さんは相手にしてくれないのですから、誰か、都會でよい候補者を拾ひなさい。その方がよろしかろうと存じます。ボクもやがて召集がくるかも知れないけれども、兄さんは大丈夫でしようよ。兄さんは點呼を受けましたか。乙か丙でしたろうに。（耳がわるいからと捨吉はそれは書きそえなかつた。もちろん自分の內密の結婚にもふれなかつた……）

そういふ手紙には必らずのやうに、兄の返事があつた。兄のは次のような文面であつたと記憶している。

――就業禁止令は來年の三月まで餘裕がありますので、まだこの店を動く氣はありません。たとえ店を持たせて貰えなくても動けないのです。全體主義の世の中ですから、勝つためには私個人の幸福と、わがまゝはゆるされないと思ひます。職工にでも、兵隊にでも早くなりたいと思ひますけれども、毎日、實はその巡番のくるのを待つてゐるのです。けれどなか〳〵來ません。しかし、お前の手紙に、なるべく運動して早く軍需工場に入れとかいてありましたが、それは自分の氣持としては出來ません。店は八臺使つてゐたのが四臺になり五人の職人しかゐませんよ、みんな召集と徵用で出てゐきました。殘つた主人と、子供のやうな職人を見てゐると、どうしても自分は長年の義理が邪魔をし、店が可哀相でならないのです。それで職工になりたいは山々だけれど、志願をする氣がいたしません。あつさりと、徵用でも來て吳れゝばと待つてゐるようなわけなのです、點呼は乙でしたが、乙でも召集があるさうです。なんでも伏見の散髪屋の話に、輓馬隊《ばんば》には猪首《いくび》の兵隊も鐵砲をかついでゐるといふことですから、自分もわかりません。いつ來るか。くれば來たでこれまた、あつさりしてゐるのですが、とにかく東條ハンが引き拔きに來るまで、散髪屋をしてゐようと思います。といつても來年の三月までのことですけれども。——

兄のこのような文面は、少なからず、捨吉をおどろかせた。苦勞しつくした兄の、これまでがしのばれるといふより、それは今後の兄の生活の有りやうを物語つているものといえた。左樣に、古い義理の世界が、兄にはまだまだ損の立場を連續せしめるのかとむしろ、捨吉は憤りだつた。——

ところが、捨吉はその年の秋に召集になつたのだ。そして兄も二月おくれて敦賀へ入つたのだつた。捨吉はともかく、兄は耳のこともあるので、即日歸鄉かと思つたが歸鄉しなかつた。兄弟は文通を禁じられたまゝ、それから各々內地の設營隊に加はり、一人は東海道、と一人は島根縣で軍務に服してゐた。そして終戰になると、捨吉の方がやはり兄に先立つて復員したのであつた。兄はひと月おくれて復員した。

兄はいつたい、設營隊で、どんな仕事をしてゐたものかと、たずねてみたくなつた捨吉は、いつかの日、兄と偶然に山途を散策する機會を得て、こちらからたずねてみたのだつた。すると、兄は、すまして、下士官と中隊長の散髪ばかりしてゐた、と答えた。

「ふーん、それじや散髪に入隊したやうなもんじやないか」

「まあ、そんなもんやつたねえ」

と兄はこたへた。

「道具などは隊にあつたの？」

といふと、

「その點ぬかりはないや、奉公袋にちやんと入れていつたんや」

と兄はにつこりした。

「ふーん」

「お前の隊には散髪屋はゐなかつたか」

と兄はたずねてきた。

「ゐなかつた。しかし、浪花節のうまいのがゐたねえ」

「わしの隊にも浪花節のうまいのがゐたよ。虎造のまねしよつて、」

捨吉は何年ぶりで、かうして兄と話が出來たのかと、その思ひの方が深く來た。兄のやゝもすれば、聞きのがし勝ちな耳もとへ、口を寄せ、口を寄せして、その日は大聲で話し疲れたことだつた。山途には籔蘭がいつぱい咲いてゐた。

父はその頃になつて、昔の道樂が下火になりはじめた。恰かも、それは日本の敗戰と同じく燒け殘つた灰の中から、家財の金具を拾ひ集めてゐるやうな、後悔と自重の晩年を送つてゐた。一つには戰爭による息子二人の應召と、捨吉が、とつぜんに前觸れ一通の手紙でもつて、妻と子のあることを告げ、その妻子たちをつれて歸り、應召中、同じ屋根の下で暮すといふ仕儀になつては、いはば嫁の手前の不手際もあつてか、その頃は、めずらしく母親と一緒に野良へ出てゐた。

復員と、もに、これで血緣がみんな揃つたわけであつた。

狹い爐端がにぎはつた。

この上は、兄の文吉さへ、しつかり元の店を持つという實現が可能なれば、一家はもうおさまりがつく筈であつたのだ。

ところが、兄は復員しても、いつかうに働きに出ようともしないのみか、京都へまた行くのかとたずねても、氣がのらない顏だつた。それかといつて、村で店を開く意志もないらしかつた。ある日、

「どうだね、驛前へでも店を出したら」

捨吉がいふと、

「阿呆いふな、あんなとこ」

兄は一笑に附した。捨吉はもういはなかつた。兄の腹の中がわからなかつたのである。——

はたでやきもきするうちに秋が來、しぜんと沈欝になつていく家の中は收穫期の多忙をきはめる最中に、稻束一束持つのさへ、きらふ捨吉のわがまゝもあつてか、捨吉の妻は何かと捨吉に氣苦勞を訴へ出し、再び捨吉たちは、東京へいく決心を固めたのであつた。

「僕らがゐるから、兄哥にも嫁をもらふことがむずかしいだろ」

「さうよ、お兄さんにはまずお嫁さんが大切なの、するとあたしたちは、こゝにゐて、手傳ひが出來るならとにかく、小舅のイヤな役目を引き受けることになるから、兄さんのお嫁さんは來てがないわ、遠慮しましようよ。いくら配給米がなくたつて、東京はやはり東京だわ。早く東京へ出て、あなたは昔のやうに新聞社かどこかへつとめ、また小説の勉强でもしなさいよ。あたし生活費の點、何とでもして働くから……」

捨吉たちは、それから間もなく出郷したのだつた。九月の末頃であつた。栗の落ちる山途を歩き二人は村驛へ向つていつた。

――燒土と化した東京へやつて來たのだ。そして、日日の生活の苦しさは何と、意想外の苦しさで、遲配缺配の打ち續く日日は、主食の工面にあえぎながら、捨吉はつとめねばならなかつた。しかし、その苦しさにあえいでも、捨吉たちには故郷は所詮遠い思いの外にあつた。捨吉には直接賴りになる所ではなかつた。例えば他の友人たちのやうに、氣儘に飯米の不足分をとりに歸つたり――もつとも、その頃から運輪はなか〳〵に困難な道中であつたけれど――あるひは生活費の補助に送金を仰ぐといふやうな、さういふ頼りにはなれなかつた。頼るどころか、長年の辛労の果てを、戰爭と共に水泡にした兄の失意が、沈欝に充滿してゐる故鄕の生家へむしろ、捨吉の方が、責務をさえ感じねばならない立場だつた。しかし、その責務も、放れゝば、すつかりと忘れてしまふといふのではないけれど、いつかう故鄕を想わぬこれが、捨吉の昔からのくせである。前にも云つた如くそれは捨吉の魂なのだ。

この飢餓直前の生活に、何の米みのる故鄕を忘れたつて、それは許されることであらうに……。

日増しに昂る生活必需品の値と、それに逆行する收入の跛行《はこう》は、日日の暮しを追いつめ追いつめその上また二度目の妻の出產であつた。物需りのかさむいつぽうの、それは壓迫されたやうな屋根裏の部屋は、母乳不足の赤ん坊の聲に充されて、既に今は底を割つたかんじ、捨吉はつとめるかたはら、下手な小說など賣り込み、賣り込み、たつきの足しに机にかじりつく有樣だつた。そしてくそでも故鄕へ歸りたくないと思いつゝ――。

その夜も締切り迫つたある雜誌の小說をかき、捨吉は徹夜してゐた。寢ついたのは翌朝の八時頃で、つとめ先も時間的にルーズのきく所であつたゝめ、低い窓からそれでも、朝の三十分だけは射し込む陽光を受けぐつすり寢込んでゐたのだつた。すると、枕元で、妻がとつぜん起すので、目ざめると、

「田舍の兄さんから手紙よ」

といふ。

「へえーッ、めずらしい。何いつて來たんだろ」

「開けて見ましようか」

捨吉は寢たまゝ妻の朗讀を聞くことゝした。いずれ「近況知らせ」かと眼をつむつたのだ。

すると、妻はとつぜんに
「あらたいへん、兄さんお嫁さん貰つたのですつてそれにあなた、兄さん、お店をひらくのですつて……」

「何ツそいつはほんとか、どれ〳〵」

はねおきて捨吉は妻から手紙をうばつた。

見ると兄らしい昔の右肩上りの拙い字で、このたび小生嫁をもらひ、店をひらきましたと、簡單にかき、一度歸鄉する樣にと、その他には何もかいてなかつた。相手の嫁の名もかいてなければ、開店した場所も示されてなかつた。

「妙な結婚通知だよ。お嫁さんの名もわからぬ結婚通知なんてあるもんかね」

「ほんとね、でも兄さんこれでやれ〳〵よ」

「やれ〳〵だけれども、何か變ぢやないか、この手紙少し變だぞ、そりや、兄哥の奴、幻覺をかいて寄越したんぢやあるまいか」

「いやな、あなた、兄さんは、あたし達の方が結婚に、先輩なもんだから、相手をしらせたりするのはずかしいのよお、たぶん、お嫁さんの名をさ……」

「さうかねえ……」

そんなものかと妻の判斷の女らしいのに、捨吉は苦笑したが、あとでなる程さうかも知れぬと思つた。あのむくねんとした兄の風貌には、さういふ年を經つても、落ちない幼年時代の羞恥心が消えずにあつたか知れぬと、捨吉はふと復員して間もない、いつかの日の、山途で話しあつた兄を思ひうかべるのだつた。

「あとで、お父うさまが、くわしい手紙を下さるにきまつてるから、あなたもいちど、歸つてらつしやいよ」

「うん、それもいゝ、兄哥がそんなに、何もかも幸福になつたのなら、歸つて見て來てもいゝ氣がする」

その翌日であつた。妻のいつたとおりに、父親から部厚い封書が屆いた。それによると、兄は村の加左衞門の小春をもらい、佐分利《さぶり》の街道に面した、古い鷄小屋を改造して、散髪屋をひらいたと、詳しく説明は續いた、街道を中心にした佐分利の村は、九つの部落に分れているが、その中に一軒きりの散髪屋であるから、一日十人以上のお客がある筈で、文吉もこれで男をあげたといふわけじや。十人でも公定が五圓だから五十圓となり月千五百圓の收入だから樂じや。これ二仲として、開店に際してつかつた店の道具と資材の購入には、九千圓ほど費消したが、これもみな兄が、ちやんと出したとつけ加へてあつた。

兄はどこに、それ程の金を貯えてゐたのだらう。京都の散髪屋との契約は有耶無耶になつたと聞いてゐるけれど——

とにかく、捨吉は、無性にその文面がおかしくて涙が出た。妻のすゝめるまゝに、はじめて彼は故郷へ歸つてみる決心をし、その日、雜誌社から無理に稿料を貰つてくると、これまでに氣づかなかつた土產物など二三をとゝのへ、夜行で、東京を立つたのだつた。

——しかし、暗い雨模樣の汽車の中では、ふと東京で思つた故鄕の期待は、次第にうすめられていつたやうである。なにどうかわかるもんか。と、そんな氣もしたのである。兄が嫁を貰ふ。しかもこんなま近かに、それは信じがたい。かなりに捨吉のそれには妄想的な判斷があるとしても、故鄕はあくまで、捨吉には暗い筈なのだ。六年生を出て故鄕を捨てゝから二十年——。こんな光明のきざしが、やつて來たとは夢みたいであらう。

果して驛へ下りると、天地はどしやぶりだつた。捨吉は背廣も帽子も、靴も、びしよ濡れのまゝに、村へ入る間道へ走つていつた。

ポツ、ポツと音を立て、明滅するランプは、煤けた火屋の中から浮び出る油煙と一緒に、心持ちゆれ動いてみへた。動く火屋のかげんで、圍爐裡に座つた父と母の、小さな丸い背が、うしろ影の棒となり、延びたり縮んだりしてゐた。そつと、のぞいてみた家の中は、左樣に、十年一日の暗い、匂ひを含む、捨吉の想像と合致してゐたのだつた。

しかし、捨吉は、勢ひきつて入つて來た。父母だけが何かボソボソ話し合つてゐるのを見ると、急に瞼があつくなり、

「歸つて來たよ」

いふなり莚《むしろ》の上の、そこだけ敷いてある座蒲團に、どつかと腰を下ろすと、

「だれだよ」

と父母は闖入者にいぶかる風だつた。

「捨だよ。捨だよ、兄哥はどこじや」

田舍のなまりはこゝではじめて無意識に出て來た。

「おーう、捨かあ、よおお前戻つたなあ、兄は店じやぞ」

「いまの汽車かいやあ、電報一つ打たんとこの子わあ、ズブ濡れぢやないかいな」

父母はじろ〳〵と捨吉の顔をみつめた。やせてはおらぬか、それとも東京でいつたい何をして暮してゐるのか、うまくいつてゐるのか、それともいつてゐないか、といつた具合のそれが捨吉の瞳さえ見れば、はつきりするといはんばかりの集中であつた。露骨な愛情に捨吉はむつとした眼をしばたいた。濡れたものをそこへぬぐと裸かになつて、

「別に用事はなかつたけれど、兄哥が店持つたちうし、いつぺん戻りましよか思つてなあ」

「そらよかつた。そらえゝあんばいじやつた。よーく戻らつしやた」

捨吉の顔が明るいので、意外に安心したらしく、父母はそこで意味もなくゲラゲラと笑ひころげると、そしてはじめて普段の顔になるのだつた。

「よお戻らしやつたや、腹がへつたろ、飯を喰へ」

「うん」

捨吉は妻からことづかつた母への櫛と飴と、父親への眞鍮の煙管や、それに同じく妻が東京の闇市で買つた乾もの、魚包みなどを、そこへ置いて

「何もないけれど、あいつの土産や」

そして捨吉は別の包みから、これは兄哥夫妻にやるのだと妻の帯止めとそれから菓子器の箱を出してみせた。

「そんな心配はせんでえゝに靜枝はのう」

母親はいち〳〵土産物にさはつてみて、

「赤は達者け」とたずねた。

「うん達者だ。ぴんぴんしとる、おつ母に似て鼻の低い子」

父が側から、

「よく泣くか」と口を入れた。

「よく泣く。よく泣いて仕事が出來んで困つとる」

「泣く子は育つちうて、泣かんでどうなろが」

捨吉は、ふと東京の妻の顔を浮べるのだつた。妻よ、やはり歸つて來てよかつたような氣がする。――

降りつのる雨は、やがて夜が更けてくると、風をよび、伏戸をザザとたゝいてゐた。しかしそれはしばらくたつと小降りになる氣配だつた。やがて、捨吉が久しぶりで寝についた奥座敷の椽側は荒壁の隙間から入る月の光りで、白く浮び上つてゐた。寝ころびながら捨吉は、隣りの納戸で寝てゐる母に聲かけた。

「兄哥は何け、店で泊つとるのかね」

母親は寝てゐなかつた。

「おーいな」

と答えたが、しばらく沈黙がきて代りに父親のする寝息が聞へた。

少し間を置いて母がいふ。

「明後日は觀音さんのお婆講じや。おら捨よ、お前といつしよに文吉の店さ朝いちばんにいき、めかしてこと思うがどうじや」

翌朝、捨吉は母につれられ、兄の散髪店を訪ねていつた。店は父の手紙にあつた通り、佐分利の流れが、山際を通つて、上流へせばまつていく、その街道の橋袂《はしたもと》にあつた。昔、鷄小屋であつたといふ長い建物の、孵卵場の床上げした部分だけ利用して、兄は六坪ほどの店をつくり、他に四疊半の上げ間を仕切つて、そこで寢てゐるといふことだつた。

川は四里ほど上から流れてきてゐた。ゆるやかな石ころばかりの川原は太い柳の木の緑りが目立つて、土堤の草は五月の朝の陽でギラギラ輝いてゐた。

川に沿つた土堤の途は、上流の村へ通ずる石灰山のトロッコ途の、赤錆びた二本レールをひつつけてゐた。それは途が曲つて見えなくなるまで一段低く遠くまで續いてゐるのであつた。

「石灰のあんさんの休み場だつて話だが」

途中、母親は捨吉に、兄の店がこのトロッコのためにどれほど客を呼ぶ助けになるかを説明してくれた。

「なんでも二十人からのトロッコ押しだていふ話だ」

明神から岬を曲つて、橋を渡ると途は今度は反對に川を右手にした。それで見失つたトロッコ途は、そのまゝ、兄の散髮屋のあたりまで反對の土堤を直行し、またそこで合流するといふことであつた。

「あそこだで、文吉の店や」

母に指されるまでもなく、遠い桑畑の中に、ポツンと見える黒い屋根は、先程から、それではないかと捨吉の眼に止つてゐたので、捨吉は、

「大きい家じやないか」といつた。

「なに大きなものか、大きいのは鷄小屋で、もつとも鷄はもうゐなくて農業會の桑倉だつてい

ふ話だあ」

さういふ母の話をきいてゐると、ます〳〵兄の新らしい店が、妙に不思議めいてくる。果してどんな店なのであらう。父の手紙で想像したやうな、左様な空想はいま途中で、一枚一枚はがれていくやうな。それは淋しさだつた。しかし、兄のことであるからと、大體は見當もつくのである。けれども、九千圓の資本ではいつたい何程の設備が出來得るだろう。それは簡單なまことに、不思議な店にちがいない。

「いつ頃からやり出したの……」

「さうだな、もう十日になるか知ら」

「ふーん、それじやまだ開店早々だな」

やがて問題の店は、目近かに迫つた。遠くから見た川の狹さは、こゝまで來ても、いつかうに變つてゐなくて、石ころの河原が廣かつた。河原の石には二匹のセキレイがさつきからたわむれてゐて、一人の若い女が桶をもつて、水を汲んでゐるのが見へた。女の髪を被つた白い布が、チカツと雪のように白かつた。

期待した心は、裏切られたやうな――。そして期待した以上に、また別の奇異なものが眼をうばつた。瞬間は、それは棒立ちになつて、ホーウと感心せねばすまされないものだつた。

祝開店　谷屋六左衞門

壽　長野權七

二本の貧しい花輪が立つてゐて、長野といふのは村の叔父の名とわかつた。店は桑畑の中に盛り土した石垣の上にあつた。いつてみれば玩具のやうな色どりで、散髪屋は捨吉の前に展開したのだつた。赤い瓦葺きの軒が入口だけの建増の上にチヨンとマツチ箱のやうに四角かつた。その軒に何のためのそれは布であるのか、八幡さまの入口のやうな五色の色染めの布が下つてゐた。

文吉はと見ると、彼は表に背を向けて、上り口の箱火鉢に首を突込み火をおこしていた。

「あいよ、來たよ」

母は客の入口で、客の顏で入つた。ちよつとのぞいてから入る入り方で、捨吉の方をふりかへり見たが、捨吉を招じ入れる他所ゆき顏が、妙に滑稽にはねかへつた。捨吉は苦笑した。

「捨が來たよ、東京から捨が來たよ」

「うん」

捨吉ははじめ何といつて兄に挨拶すればいゝものかと、入口のところでちよつとまご〳〵した。面映ゆいやうな視線を土間のぐるりにめぐらすしかなかつた。

「いつ來た」

兄がいつた。

「昨日、三時の汽車で……。いい店が出來たね」

すら〳〵とそれだけ言葉が出たが、あとは詰つていへなかつた。——ところで新妻の小春さんはどこへいつたものか。あたりに見えなかつたのである。

店の構造は陽當りがよく、いつぱうの窓を打ち抜いた壁際には、紫の菖蒲が活けてある。その隅の方に、四角な白いガラス箱があつて、それは町の理髪屋でよく見かけられるバリカンだの剃刀だの、石鹸水だの、こまごまとした道具類を藏ふ中段のついたケースになつてゐる。そのケースには何故か戸はなく、白に紺の水玉模様の、絹のカーテンがぶら下つてゐた。それはたぶん、新妻の小春さんの作品かとも捨吉に思はれた。水玉のカーテンといへば、店と上げ間の間に打ちかけたのれんのやうな、それも、同じ模様の共布れでつくられてゐた。そのカーテンへ涼しい風がいま吹いてゐる。奥の間の鏡臺の端が、チラツと見える。

まだ開店早々の匂いが何もかもにほのみえ、あの散髪屋獨特のぷーんとしたクレゾールの匂ひはしなかつた。反對にどこか異臭に近い特別の匂ひがしたのである。捨吉はふつと、それは鶏糞の匂いかとも受け取つたが、さうではない。古い屋敷の匂いで、風に吹き込まれてくる、かび土の匂いのやうであつた。

「いゝところだね」

見ればまだ大きな鏡は、所定の場所につけられておらず、客は街道に背を向けた一つだけの廻轉椅子の上で、これでは赤壁を見て頭を刈つてもらふらしかつた。

「どうして鏡を早くつけないの」

と捨吉はたずねた。

「大工さんが來んでなあ」

と兄はいつた。兄は煙管をくわへ、捨吉の聲が小さかつたので、これかと、勘であてた鏡をしやくつたのである。捨吉の嘗つて見馴れた、あの白眼を向く痴呆的な表情であつた。

「え丶店じやろが」

と母親はその時、上り口で腰をのばし、

「小春はどこへいつたね」

と兄にいふと、兄は、

「水汲みや」と答へた。

掘りたての井戸はカナ氣が出て手拭ひが染まるといふので、水は面倒ながら河原へ汲みにいくといふことだつた。それでは、先程ここへ來るときに、河原で見かけた女の姿は、それは兄の新妻の小春であつたかと、捨吉はふつと土堤を見た。

すると向ふから、小春が肩をな丶めにし、白手拭を片頰だけたらし、ギイコギイコと擔《にな》い棒の音を鳴らして、河原から土堤へ上りつめたところが見えた。……

「さあ、まんづ、おら顔剃つてもらうで」

母親はさういふと、チヨコチヨコと小走りで、椅子に寄ると、その上へ座りこんでゐた。

「文吉よ、めかしておつけ、あしたはお婆講じや」

兄は自然な手つきで、白い布をパン〳〵と二度はらふと、やがて母親の首すじから下をすつぽり包んだ。すると母の顔は梅干のように粗末なものに、捨吉には見えるのだつた。兄は手際のよい皮砥《かわと》の音をさし、剃刀を彼の手の平に二三度、あて、見てから、

「婆講は六十から仲間入りか、なおつ母」

やんおらと、母の耳のつけ根あたりから、ジヨリと剃刀をあてたのである。

「おーいな、うらも、もう、六十だでなあ、もう」

母はさういひ、頭臺に首をのばした。

捨吉ははつとしたのである。母はもう六十なのである。今年はじめての講仲間に入る日なのだがそれでは、母の今朝のオメカシも偶然事ではないやうな氣がされる。兄はふつとどんな氣持かと、上り口に立つたまゝ、兄の母の耳裏へあてた剃刀の手を見た。すると兄は、心持ちふるへる手を休め、ぢつーと無表情な目を母親の肩へ投げてゐるのだつた。

はじめて母の襟を剃るのであらうか。

ふつと見ておれない氣持に捨吉はなり、そむけようとした眼元を何思はず傍らの腰板に立てかけた大きな鏡にうつすと、清められたガラスの上には、快晴の空が、ひつくりかえつていて、そのガラスへ、今しがた新妻の小春が手拭をとり、笑むところが見えたのだつた。

雲一つないそれは日本晴れの空であつた。

——車中、東海道から、米原を過ぎて、天候はイヤに暗く、若狭は大雨でした。しかし昨夜來、空は晴れ村は好日和です。これほど素朴な氣持で、故郷に接する經驗を僕は知らない。四

五日滞在の上で、ゆるせる限りの食糧など、工面し、歸京の豫定です。——と、左様な短信を、
捨吉はその夜東京の妻にしたためてゐた。

赤ちゃん帽

アパートの置き物一つない部屋へ、出産の迫つた妻を睨みつつ酒臭い息を吐いて歸つて來た野方は、

「うえーッ」

とひとつ、不氣嫌な呻きを漏らした。

「何さ、醉つぱらつてきて……」

夫の歸りを待ち、配給の牛肉を樂しみにしてゐた矢先とて、醉つぱらつてきたのが肝にさわつたものか、妻のとみは牛肉の鍋を溫めもせずに、鍋の中へぢかに箸を突込んで、

「どしてそんなにお金があんのよオ、お金があつたら貯めときやなきあ駄目ぢやないか、あなたつたら」

例の金切聲で、茶碗を持つたまゝだつた。

野方は窓べりの戶棚兼用の張り出しに、危なげな腰を下ろして、キユーッとネクタイを引つこ抜いたが、とみのその眼元をみると、チヱッと舌打ちした。そして、

「馬鹿いふない、何があなたださい、あなたがきいてあきれらあ」

かあーとそこへひとつ唾を吐いた。唾は疊の上の、とみが先程まで縫つてゐたものとみえる、赤ん坊のねんねこの袖へ、紋のやうにひつか、つた。

「何するのよお、汚ないつたらありやしない……」

とみは、瞬間、憤怒でゆがんだ口唇へ、汁のたれた肉切れを、すばやく突つ込んで、

「どうしたのさあ」

箸を置き、やがて野方の方へ向き直つた。イヤ、ひらき直つたといふかたちだ。

野方はチヨツキのボタンをはずして、いやに落着いた口振りにもどると、ちよつと嘲弄するみたいな響きをこめて、

「さうぢやないか、手前が、この俺にあなたなどといへた柄かい、え、知らん人が聞いてゐると、奥さんみたいに聞えるぞオ。え、あきれるにも程があらあね」

チヱとまた野方は舌を打ち、またそこで唾を吐きさうにしたけれど、とみがねんねこを、いち早く搔きよせるので吐くのを止め、それを口の中でゴロツゴロツとくくんで、

「ね、ね、よく聞けよ、俺はその手に、まんまと乘つて世間樣から、とみちやんの旦那さまで通つてきてるんだ、ふツ、馬鹿らしいはなしだあ」

ぬいだチヨツキを、反對の押し入の破れ唐紙へどさりと投げつけると、それまで、天井でゴトゴト音させてゐた鼠が、急に鳴りをしづめだした。すると、少しの間、しんとした靜寂が來たが、野方はその靜寂をも搔き消すみたいに、

「わらはしやがらあ、手前のやうな悪たれ女と、組みついてゐるから、汚ねえ電氣新聞なんか動けないんだ。なに電氣新聞なんかやめちやふぞ、編輯長がなんでえ、岸信介がなんでツ、東條がなんでツ、配電會社がなんでツ」

野方は巡りにボタンをはづしていつて、ズボンの帯皮をたるめると、そこへどてんと寝そべつた。安普請のアパートはそれで地震のやうな音を立てたが、振動で、長押にかけたミレーの「晩鐘」がガタンと音をたて、歪んだまゝぶら下つた。

とみは、何かいひたいが、その言葉が、胸につかへ、急に出て來ないといつたあんばいで、はがゆさを處理しかね、たゞ、憤怒の眼元で眺めてゐる。しばらくすると、食べかけの鍋をそのまゝ藏ひ、茶碗に盛つた飯も、お鉢へかへし、パタンと茶臺をたゝみはじめた。

腹の中で、臨月の赤ん坊が、食を求めてゐることが、痛いほど、わが身の空腹でわかるのだけれど、食べなかつた。食べたくないといふより、舌が動かないのであつた。

野方は糸のやうな細眼をあけ、死んだやうに寝入つてしまつた。

その時、一匹のカナブンブンが、電氣の傘に當りはじめた。うるさく飛び廻つてゐたが、どうしたはづみか、ボツトリ疊の上に落ちると、羽の自由を仰向けに失なつて、しばらく手足を動かしてゐたけれどそのまゝ、ぢつと動かなくなつた……

とみは野方を尻目にこの動かない虫を見つめてゐたがやがてねんねこを縫ひはじめた。しかし、針を持つか持たぬ間にねんねこを打つちやると、すぐ寝支度に取りかゝつた。寝支度に取りかゝるといつても、いま着てゐる防空服裝のまま、押し入れの隅の方に、薄い綿のはみ出たふとんを敷き、それをふたつに折つて、着のみ着のままもぐりこむことであつた——。いつ、空襲があるかも知れない。あのイヤなサイレンにたゝき起される夜が續いてゐた。昭和二十年五月といへばまだ終戰三ケ月前のことで——。

さて、以上のやうな家庭の狀態では、ひと晩とて樂な氣分で好きな小說を讀む氣もしなかつた。業界新聞といふやうな場所には戰爭中だからといふわけでなく、昔から野方のやうに、小說の好きな男だとか繪をかく男などが、いはゆる藝術家の不遇な人たちが、いくたりも屯《たむ》ろしてゐた。

新聞や雜誌の記者などを、轉々流浪してきて、いつまでも芽が出なく、とうとうここまで流れ落ちて來たといつた風に、彼らは岸の方で屯ろしてゐるのであつた。

野方もその一人であつた。野方は作家志望である。同じ電氣新聞ではあるけれど、破れ靴をひきづつて、廣告取りをしてゐる都地良吉なる男も、やはりさういふ部類に屬してゐた。彼は繪をかいた。都地と野方は馬の合ふ話相手である。

一人は茅場町界隈を步いて廣告をとり、一人は軍需省を受持ちとして駈け廻り、ニユースをねたる。仕事こそちがふが、彼らのいふ藝術家になる前提としての、つまりそれで世に出られるまでの生活戰術としては何をしたつて同じことだつた。

二人はよく日比谷公園で一日をサボつた。

その日も、二人は、池の端のベンチに腰を下ろして、ゲートルを巻き直したり、煙草をすつたり、手もち無沙汰なことをやりながら、いつもの「生活」について論じ合つてゐた。都地が、

「いくら考へたつて駄目だよ、つまらないのはわかつてゐるさ、つまらない政治や、世間に期待をかけるから駄目なのさ、まあ、野方、君の場合はさういふ現實的なもので期待せられるところの、何ものかが、急速に必要なわけなんだがね……」

「さうなんだ」

と野方は持ち前のかん高い聲をはりあげて、

「全くさうなんだ、そりや俺だつてわかつてるさ、俺は全然、この社會に、人間に、期待なんかかけてるつもりはないさ、絶望してるさ、しかしだ、俺は何とかして、つまり今の女と別れたいんだ。つまり、新らしい女を他に見つけるとか、現在のアパートを脱出するとか、あるひは、何かバクチでもして大金を儲け、つまらない今の女なんか、忘れてしまへるやうな、遠い所へ逃げたいとか……」

「ふん、なるほどね……」

「しかしだ、かういふ俺が、俺のヱゴイスチックな希みを主張したとしても、世間が、いや、戰爭が、そんなこと認めてくれやしないし、人間一人なんか、押し流してゐるよ。そんな個人のイザコザなぞ隣組みは認めないぜ。へへへへへ、何も隣組みなんかに認めて慾しいとも思は

ないがね。しかしどうもそいつがわずらはしいんだ……やれ、て、配給だの、何のといひやがつて、……何ていふ汚ねえ世の中だ。都地よ、俺は、變化が欲しい。助けてくれえツていふそんな氣持だツ」

池の上のアヒルがボンヤリこつちを向いてゐて、その時ブルンと一つ首をふつた。それを見てゐると、野方は自分の聲がいかにも高いことに氣がついた。で少し聲を落して、

「何も大きな聲を出したつてはじまらないわけだけれど、都地よ、俺は實際、現在の生活につかれてきたんだよ」

泣くやうにして、友を仰いだ野方の顔は、油汗が出て光つて見えた。

永らくつき合つてゐるうちに、野方の結婚生活の不幸なことは、よく知つてゐる都地だつた。しかし都地は正直のところ、今同情する氣が起らなかつた。はつきりいへば、それ程厭な現在の生活なら、こつちから逃げればいいだらう。逃げないで愚痴つてばかしゐるところをみると、それに、いつ醉つぱらつても、やはり妻君の所へ歸るところをみると、まだ未練に似た野方の執心があると思へた。戰爭が、それを邪魔してゐるといふ。隣組み組織が、それをさせないのだと野方はいふ。そんなことがあるもんか。一生一代を棒にふるんだ。どつちだつて自分で向いた方へ走ればいいだらう。考へてみると、性格の弱い野方の、裏が見えるやうで、都地は哀れでもあつた。酒でも呑んでゐたならば、眞向から、いつものやうに、たゝいてやる所だと、都地は聞く方に廻つた。彼とても、決して幸福な家庭を持つてゐるわけではない。今更別れよ

うといつたつて、どうなるものでなし、自分も惚れた女と一緒になつてゐる現在ではなかつたのである。

「それはわがまゝ、といふものだよ」

子供さえ出來てしまへば、一切は簡單にいく。そして、新しい愛情が妻にも湧いてくるだらう。樂しい家のありかたがわかつてくるだらう。家庭などといふものは、まあそんなもんだ。

都地は心の中で野方にさういふ言葉を用意したのである。

「なに、變化なんていふことは、現在の絶望の上に、自分で見つけだす樂しみのほか、何にもありやしないぜ……」

野方は、現在の妻、とみと一度別れてゐたことがある。別れてゐたといへば、一度ならず、二度三度別れてゐたのだが、しかし、別居生活は一度きりだつた。

とみが姙娠して、はじめて野方は同棲したのである。さすがの野方も、むげに、その時はとみをおひ立てることが出來なかつたのだ。

「あなたの子供です」といはれればそれを「イヤちがふ他人の子だ」と追ひ返すこちらの持ち出しようがなかつた。

野方にしてみれば、しかし、それは致し方なくとみと同棲したのである。結婚したのではなく、同棲して來たのである。あくまで、それを野方は結婚だとはいはなかつた。

三ケ月程の別居生活から——別居生活といつても、それは野方には別れてゐたといふより、既にとみとはもう縁が切れたといふさつぱりしたところまでいつてゐたのだ。野方は飯田橋のとみの叔母の家へ、鏡臺から机から、とみの荷物を全部荷造りして送り返へしてゐた——とにかく、さういふ別居生活から、とつぜんとみが喜樂莊の十號室の戶をあけて來て、

「こんにちは……」

と入つてきた日のことを思ひ起すと、野方はかなしくさえなる。

野方はそのとき、とみの薄汚ない銘仙の單衣や、やせ細つた青い顏色を見てゐると、何しにやつて來たといふ詰問をする前に、むらむらと輕蔑感が湧いてきて、言葉も出でず睨みすえてゐるしかなかつた。とみは何氣ない調子で入つてくるなり、

「こわい顏して、入つていいのか知ら……」

そして、暢氣に室の中をうかゞつてゐた。

「………」

野方がだまつてゐるので、

「入らしていただくわ」

そして上り口の疊の上へハンドバックを置いて、勝手知つた瓦斯臺の横の水差しの水をコップへうつすと、コクコクと音をたてて飲みはじめたのである。そのずうずうしさにあきれはてた野方は正直のところ言葉もなかつた。しかし、默つてもゐられないので、

「何しに來たツ」

と呶鳴つた。すると、とみはキツときつい眼をして、むき直つたが、まだ默つてゐた。

「荷物はみんな飯田橋へ送つたし、何も用がない筈だろ、このとほり石炭箱が一つあるきりだ」

とみはふーんといひ、

「相變らずの勉强ね、石炭箱が机がはりのあなたを見るとあたし、なつかしいわ」

そしてにこつと笑つた。野方は妙な笑ひ方だと思つた。とみは野方の方をみず、壁の方をむいて座り込んだ。

「荷物はいただいたわよ」

とそこいらを見廻しはじめてゐた。そして、

「昔のお部屋ツて、なつかしいものねえ……」

そのとみのうしろ向きの襟首に、ふと野方はうすい埃がたまつてゐるのを見とめたのである。するとと激しい輕蔑がこみあげてきた。

「用がなかつたら、歸つてもらはうぢやないか。俺は一人でせいせいしてゐる所だよ、貧乏暮しは昔からで、お前さんから同情なんかされたくない」

とみは動かなかつた。動かないぞといふ姿勢の底に、何かしぶといやうなものを含む氣配が見え、今日は挺でも歸つてやらない……といつた凄味がほのみえた。上り口に、でんと座つたままのその膝元を、野方は負けてはならぬ、——ふふんと笑つて、

とみは、さうはいかない。――野方は詰めよつたのである。そして野方は、いくども、それまでに、いひ馴れてきた言葉を繰り返したのだ。

「菱刈にふられたのか、お人好しの俺の所はいい避難場所だらう。俺にふられや菱刈、菱刈にふられたらまた俺さ、蝙蝠のやうな貴様の氣持は、俺は理解出來んことはないけれど、今はそんな哀れなぞいつてゐられる場合ぢやないぞ。さつさと出ていけ。二度と失敗はくり返へしたくない。さ出ていけ」

野方は少しく蒼白になつてきた。二度三度の經驗が、情に負けた辛い以前の失敗がふりかへられるのだつた……。

すると、とみは、ずずずと疊に膝をすつて、野方の方へ寄つてきた、先程の何氣ない表情が、ぴんとひきしまり、結んだ口がぷるぷると痙攣しだした。何をいひだすのかと構へてゐると、

「ね、ね、後生だから、置いてちやうだい。あなたの子が出來たの、あなたの子なの……」

それから、泣きわめいて、野方が出ていけと、そこにあつた竹箒をふりあげても、柱にしがみついたま、動かなかつた。犬のやうなしぶとさだつた。野方が猛りたてばたつ程とみは大聲をあげて泣き出した。涙の出る頬ぺたを打ちひろげて、

「菱刈は一年前から大阪にゐるのです。菱刈との關係はあなたが勝手に頭の中でこしらへた事なのです。あたしは菱刈なんかと關係したおぼえはないのです。菱刈はきれいな友だちです。

あたしはあなたが、勉強出來ないと思ふからこそ、別居をしてあげたのです。それも、ならうことなら、このま丶別れることが出來て、そのま丶うまくいけばあなたも勉強が出來るからと、私も別居を願つてゐたのですけれど、別れてみてから姙娠してゐると知つては、ずゐぶん、私も考へたけれど、結局、子供のために、どうしても、あなたの所へもどらねばならなかつたのです。後生だからあたしを置いてちやうだいよ。あたしはあなたの、どんな恥しめにも忍んで從ひますから、置いてちやうだいよ、ねえ、子供がかはいさうよ、私たちを、そんなに苦しめないで……ね、置いてちやうだいよオ……」

乾いた頰べたを、また新しい淚がいくどもあふれ出た。野方は竹箒を投げてしまつた。大きな聲を出して、いつまでも泣いてゐるので、アパートの廊下には人だかりがし、ドアの郵便受からのぞいてゐる人もあつた。またかと、笑ひ者になつてゐる己れが省みられて羞しくなつてきたのと、それにまた、これはどういつたつて、水かけ論で、この場では處理がつくものとも思へなかつた。いづれとみの興奮がさめてから、ゆつくり結論を見出さねばなるまいと、野方はそこへごろんと橫になつたのだつた。が、しかし、とみの姙娠は意外にこたへてゐた。――

野方は泣くやうな聲になり

「勝手にしろ」

と呶鳴つたのである。

すると、皮肉なことにその時突然に、空襲警報のサイレンが鳴つた。その頃は、もう、警戒警報もならないうちにぢかに空襲が傳へられた。管理室のラヂオが、明け放たれた窓を通して野方の耳をつんざくやうに響いてくる。

伊豆半島南端より侵入せるB29二十機。相模灣岸を北に向つて、内三機は鎌倉上空に達せり――。

空襲、空襲といふ喧しい、住人たちの聲が廊下に入り亂れ、やがて、住人たちは裏の空地にある、待避壕へ入り込んでいつた。つい三日前には、附近の獸醫學校が直撃を受け、町は火をかむつてゐたのである。野方もイヤイヤながら立ち上つたのだが、その時、勝手知つたとみの方が、いち早く壁にかけてあつた野方の頭巾と非常袋をとり、

「あなた、早く、早く、早くよオ」

野方の尻をたたく仕末であつた。

結局、子供を產むまで置いてくれ、大きなおなかをして、千葉の田舍へ歸れたものではないから飯田橋の叔母だつて、父親の知れない子を妊《はら》んで、よくもおめおめ戻つてきたと、怒りちらすにちがひないから、どうか子供を產むまで、今までの緣だから置いてちやうだい。賴みますといふのだつた。一生の恩に着ますから、あたしがかはいさうだとお思ひなら、どうかそれまで助けてちやうだい。さういつてとみは防空壕を出て改めて泣きじやくつたのだつた。

野方もふつと、その氣になつたのだ。

「それでは、とつき十日の日があけたら、きつとお前は出ていくな、それを約束なら、俺は置

いてやる、菱刈にかはつて、病院代も、何もかも、ちやんとしてやるよ」

野方はさういつた。すると、とみはこつくりうなづいて、

「ありがたう」

とそこへぺこんと一つ頭を下げた。

野方はその時、口約束だけでは、あとでどんな悶着が起きるかも知れないと思つたので、そばにあつた雑誌を破くと、それにわざわざ墨をすり、筆書きで、とみの前で、次の様な誓約書をかいた。
一、出産の曉は互ひに別れること。
一、子は私生児とし、二人のどちらかへ貰ひ受けるべきこと。
一、出産までのとみに關する一切の費用は野方が受け持つこと。
一、出産は病院ですること。
一、それまでは、千葉、福井、二人の故郷へはすべて秘密を守るべきこと。
さういふ奇妙な誓約をとりかはして、今日でもう、六ケ月たつてゐたのだ。とみの身體は臨月に入り、激しかつた胎動も、落着いてしまつて、既に赤ん坊が草鞋を履く準備をしてゐたのである。

それは、世にもまれな、不快で、しかも、無責任なふたりの生活であつたと思ふ。これを結婚などと呼びたくないと野方は自分にもいひきかせる必要があつたわけである。

野方は來るべき病院代をかせぐため、破れ靴を引きづつて、毎日電氣新聞の原稿をかいてゐるわけだが、喧燥な丸之内の人雜みの中を歩く時など、ふつと妙な靜寂の想念に入つた。そんなときこの生活が果していつまでつゞくものか、果してとみが退院後にきつぱり別れることが出來るものかと考へこんでしまふ。

高い建築物の先塔に揭げられた、戰意昂揚のアドバルーンがぷわぷわ風にゆれてゐるのを見ても野方は、自分と女の哀れだと都地を困らせた。卽ち溜息まじりに、都地の肩をたゝいて、

「ああ、都地よ、戰爭はいやだ、何もかもいやだ、あの風船は、左樣――この俺の宙ぶらりんを、よーく表現してゐるねえ……」

とみのお腹の中で、いまは首をすくめ、出產の日を待つてゐる胎兒の顏を思ふと、野方は果してそれは自分の魂であるものか、菱刈の魂であるものか、と思ひ迷ふ。

しかし、いづれにしても、野方は結婚生活の幸福といふものは、子供にあるのではなくて相手の女性にあると確信してゐた。よし子供が自分のものであつたとしても、その時は、とみと繰りを戻したいといふやうな氣持がしないのである。子供さへ産れたら、すぐにも、とみと別れたい。とみは菱刈との關係を、嘘であるといつたけれども、野方には、とみと菱刈との疑念は充分あつた。

ちようど、とみと別居してゐた當時、一夜の呑みしろに逼迫した野方は、行きつけの質屋の

のれんをくゞることになつた。そのとき野方は質屋の主人から妙な話を聞き及んだ。質屋の主人はとみより、野方の方が客であり、また、とみはかうした所へ出入りはしてゐなかつた。その筈であるのに、野方といふ名前で、男物の着物から洋服類、數點が入つてゐたのである。自分には覺えがなく何も知らない主人は、利子としてそれらのものまで差引かうとするので、野方は驚ろいて帳簿を見せて貰つた。まだ流れの時期になつてゐなかつたが、一と月前に入質したものであつた。不思議に思つたから、野方は主人に現品を見せてもらつた。すると洋服のネームには菱刈としたゝめてあつた。

「どんな人が持つて來たの」

「さあ……」

と主人は考へたが、やがて、

「女の人さ」

といつた。野方は「馬鹿な奴だ」と思つた。とみは菱刈のアパートへいつたのである。かういふ所で、ウカツなドヂを踏んでゐるとみのやり口がむしろ滑稽に見え、ほゝえまれて來さえした。野方はその時、誇張でなく、すーうと胸のひらける思ひであつた。

菱刈の大阪へいつたなどとは眞赤な嘘なのだ。菱刈はやはり新宿の照美荘にゐるのだらう――。

とみと菱刈の關係は、それで難なくわかつたわけだが、野方はそれを妙に氣にして時々質屋へいき、洋服か着物か、どちらかが受け出される日を待つてゐた。すると、ある日、それから二十日程してからであつたが、野方がいつてみると菱刈の品物はみんな受け出されてゐた。誰が來たかとたづねると「こんどは男だ」と主人は答へた。眼鏡をかけてゐて、細面の長い男だつたらうといふと「そのとほりだ御存じなのか」と主人はははと笑ふのだつた。

野方もそこで笑つてしまつた。

——さういふことから菱刈との關係は、いくら隱したつて隱しおほせるものではないのであつたが、例の如く歸つて來たとみは、それを否定した。泣いて否定した。子供が可哀さうだと否定したのである。

どういふわけで、菱刈と別れ話になつたものだらう。とにかく、今はすがりつくのは野方の方にあつたのだ。意地にでも野方の子だと押し通して、噛りつかねば、とみは、一生を棒に振ることになる。一本立ちでやり直せないとみの性格が不快であるといふよりも、野方にはその哀れがわかるやうだつた。また、わかるだけに、とみを狡猾だとする心持も強かつた。

その證據に、野方の要求で、とみが、身體をまかして來た夜のこと、野方は、ふつと、いたづらな心持がわいたものだから、

「菱刈の子供と思へば思へるし、俺の子供と思へば思へるが、お前はどつちだと思ふ」

とたづねてみた。すると、とみはにつこりして、野方の肌にふれ、

「そうねえ……（と考へるシナをつくつて）あなたの方だと思ふわ」

といつた。

さうか。俺の子か。俺の子かも知れない。野方はそれを殆んど信じるとしても、その夜、菱刈との關係を認めた、とみへの憎しみの方が强かつた。例へ俺の子であるにしても、俺は俺だけの女を妻として持ちたいものだと思つた。

とみは六疊の眞中に坐り、防空被ひの風呂敷をかむせた五十燭の電燈の、棒のやうに落ちてくる光の下で、バサバサの髮を光らせさつきから無心にねんねこを縫つてゐた。

野方はそのとみのかさけた指を盜見ながらボンヤリ暗い方で寢そべつてゐたが、やがて肘枕から起き上ると、

「えらく精が出るぢやないか、紅茶でも入れてほしいな」

するととみは、

「もう少ししたら袖くけがすみますから」

野方の方を向かなかつた。

無心なとみは何を思つてそれ程赤ん坊の縫物に惹かれてゐるのだらう。野方はふと、自分はこのまゝ、とみと結びつくのではないだらうかと危險を感じはじめた。

毎日酒を飲めるやうな金はなかつたので、酒さえ飲めば冒頭にも述べたやうな有樣で、

「約束どほり別れるのだぞ、お前がいくらさういふ家庭的になつたとて、俺の情がうつつたり

はしない。ほんとに後生だから、約束は守つてくれ。お産さえすんだら、とつとと出ていつて貰ふんだな」

さういふ言葉が出たのだけれども、またとみはそれはその時で、

「いはなくつたつてわかつてるわよ。約束は約束だから、しつこくいはないで頂戴よ。あたしはほんの、今のあなたとの生活を、ちよつぴり、かうして樂しみたいんだから」

と妙な應酬ぶりであるのだが、さういふ時にでさえ、醉つた頭に、ぴんとくるとみの愛がわかつたやうだつた。しかしその愛はよこしまだ……。

そしてまた、さういふとみの愛も、今、醉はないたしかな眼で觀察してゐると、何とか自分と一緒になりたい、菱刈とのことは水に流して、さつぱりこのま、籍を入れて呉れぬかと、虫のよい言葉を咽喉の奥でいつてゐるやうな、そんな狡猾《ずる》い姿に映るのであつた。情に負けて、苦しい後の悔を殘さぬやうにと、野方は逆に氣分が沈むばかりである。

「ねえ、あんた」

突然、とみがふりむいた。

「なんだね」

「あたしね、井之頭のこと思ひ出したわ」

野方はごろんとまた横になつた。そして天井をむいて、とみがどういふつもりで、さういふ井之頭をいひ出したのか考へてみた。しかし、とみは針を置いて、

「あんたが、あたしに就職のこと、ちゃんとして呉れたときのこと」

と眼をほそくした。遠い所を思ひ出してゐるらしかつた。

それは勿論、野方にも忘れられない思ひ出である。とみにとつては、よい思ひ出であるかも知れないが、自分にとつては辛い思ひ出なのだ。思ひ出すのさえ今はケガラはしい。

どうしてあの夜、自分はとみに心にもない言葉をいつたりしたのだらう。苦い悔いがいまま、ざまざとふりかへられて、それが今日のかうしたおそろしい生活を耐えしのばねばならぬ原因だとすれば野方はたまらなかつた。しかし言葉では、逆になつて、

「さうだな、樂しかつたな、あの頃は、俺は正直のところ、お前はまだ清純な女だと思つてゐたよ――」

すると、とみはくすんと笑つて、

「あなたはそれだつたら、あのとき清純だつたの……」

「清純だつたさ、他に女なんかなかつた、君とちがつてさ……」

野方はなるべく、とみのそれに乗ぜられまいと考へ言葉を吐いていかねばならなかつた。

ふと、かういふとみの愛情に、流されまいとする自分の氣持は、罪惡なのであらうか、野方は同僚の都地の顔を思ひ出したのである。また明日は、日比谷公園でも分け入つて、都地とまた論じ合はうと思つたのである。――都地よ、お前は、俺の心がいつたいどんな所で苦しんでゐるのか、ちつともわかつて呉れないんだ……。

午後の明るい電氣ビルの四階——日比谷の角がひと眼に見える——編輯室だつた。野方は原稿をまとめてゐた。野方のまはりには三人の同じ記者たちが、これも野方と同じ格好で原稿をかいてゐたが、そのうちの一人が、疲れた顔を上げて、

「野方君」とやめくやうにいつた、野方はやんをら顔をあげて、「なにかね」すると、同僚は、

「軍需省の、今日の節電規則は、いつから適用されるんかね」

「ええと待つてくれよ」

野方は立つていつて、新聞の綴ぢ込みを見て、

「施行は公布の日よりとしてある」

「さうか、すると今晩から暗いわけだ」

「いやんなつちやふな、この上、暗くされたんぢや毎晩空襲と同じぢやないか」

と他の者がいふ。

「全くだ」

野方もふつと暗くなつた。

野方は今晩あたり、とみが陣痛を訴へたら、どうしようかと暗くなつたのだ。とみは既に豫定日を過ぎたのだが、一向に陣痛がないのである。

阿佐谷から省線にのつて、新宿でのりかへ、新宿から山手にのつて、鶯谷で下車をする。そ

の鶯谷驛から根岸の方へ三十分歩くのだが、そこにとみの出産をなすべき、東京都立の產院はあつた。

今になつて、さういふ遠い病院にかゝはりをつけた後悔がわいて、野方は不快でならなかつた。いつ空襲があるかわからぬこの頃、とんでもない產婦を背負つて、暗がりの街をうろつき廻らねばならない。被害妄想ではないけれども、それは、當然、あり得べきことのやうにも考へられて、

「ちえッ」

と彼は舌打ちした。そして原稿に向つたのだが、それからは一向にペンがすすまなかつた。

鶯谷の驛から根岸へ向ふ途は野方は知らないのである。それはとみだけしか知らないわけで、さうすると、野方は姙婦のとみに途を教へられるわけだつた。どつちがつき添ひだかわからぬ道づれのやうだが、さて、持つていくとなると赤ん坊のフトンと、襁褓《おしめ》と、それから、ああ、いつかの日醉つぱらつて歸つた晩に、とみが縫つてゐたねんねこや「これがあなたの持ち物よ」といつてゐた風呂敷包みがある筈だ――。

「畜生、それにしても、厄介な病院へきめたものだ。とみの奴ッ」

しかし、それはとみを責めたとて致し方のないことなのである。とみは異狀姙娠といふ、つまり胎內の子供は逆子になつてゐて、安產は大丈夫なのだけれども、ただ逆に足の方から出てくるといふことだつた。產婆に委せればいいのだけれど、少し人工的に機械を使用したりする

場合もあるので大事をとつて病院がよからうといふことになつたのだつた。それはアパートの、つまり隣組の人びとのす丶めなのである……。

ところが、病院で手術をするとなると、金額が嵩ばるのだ。だいいちこれが頭痛の種になつた。何とか安い病院がないものかと物色してゐた矢先、とみは配給所のおばさんから、聞いて來たといつて、その根岸の病院を紹介されたのである。安いことは安かつた。一日五圓なのである。今どきの入院にしてはおどろくべき値段であつた。米だとか、着物だとか、なけなしの品物をさらけ出しても、醫者は注射液を出し惜しみして打つてくれぬとか。空襲下のさういふ人情の輕薄さを耳にしてゐただけに、野方はその安いのをきいておどろいた。

「まさか、地面の上で產ますんぢやあるまいな」といふと、とみは、

「冗談ぢやないわよ、立派な白煉瓦の建物だといふはなしよ」

といつた。だがそのあとで、その病院へいくためには、町會の方面委員の證明書がなければ入れて吳れないんだといふのだつた。

「方面委員の證明？」

「つまりさ、あたしたちはお金がなくて、貧乏だといふ證明をもらふわけよ」

野方はとつぜんおかしさがこみ上げたが、それが妙なかなしみにかはつて、

「つまり、カード階級だな」

とぽつんといつた。すると、とみは、

「カード階級だつて、何だつて、いいぢやないの、安いにこしたことないわ、とにかくいちどいつて見てくるから」

そして早速、方面委員へ手配をつけ、――その手配をつけるのに、とみはいつたいどうして、電氣新聞記者野方孝平が貧乏であるかを納得せしめたのか知らないが――とにかく二、三通の印判を捺した紙切れをしめし、そのあくる日いそいそと根岸へ出かけていつた。そして歸つてくるなり、

「いいとこ、まるで飯田橋の遞信病院みたいよ」

と、買つてきた代用パンをひろげるのだつた。

野方はまだ、根岸にそんな大病院があることを知らなかつたし、少しはとみの誇張があるにしても、それはよい所だと應じるしかなかつた。

そんなわけで、根岸の都立病院へ厄介をかけねばならないわけとなつた。カード階級の戶主として、野方は今日か明日か、陣痛さえくればそこまでとみを送り屆ける責任があつたのである。どうか、運わるく、空襲などにめぐり合はさねばよいのだけれど――。

ちようど會社へ電話がかゝつたのは午すぎで三時頃、軍需省からもどつたところである。

「野方さあーん、電話」

と女給仕の聲に、野方はてつきりさうだと思ひ、まるでふらふらと浮いてゐるみたいな走り

やうで電話口へ走つていつた。

「はいはい、もし、もし」

冷たい受話器をとほして、案の條、遠い阿佐ケ谷の公衆電話から、とみが、

「あなた、あなた、お腹がへんなのよお」

と、ひき寄せるやうに叫んでゐる。野方は、

「よし、すぐ歸る。用意して待つてろ」

ガチヤンと電話を切ると、編輯室の同僚たちが、

「生れたかア」

と取りまいて來た。

「これからだよ、まだなんだよ」

野方はなにか眞劍であつた。はじめて、この世の中に期待を持つべきものを、それはつまり、變化を無意識のうちに感じてゐるわけだつたが、それさえ意識しない狼狽で、野方はそこにあつたハンチングをポイとかむると、ドアを押すようにして廊下へ走り出た。すると營業部の部屋から、

「おーい、野方あ」

とだれか呼んでゐる聲がした。都地良吉であつた。こんな時、都地の奴、何用があるんだらうとふり向くと、

「こいつ、こいつ」

と走つてきた都地は、白い何かわけのわからぬやうな布をぶら下げてゐて、

「おれのお祝ひでさあ」

と野方の手に渡したのである。

みると、それは段々のついた純白の赤ちゃん帽で、瞬間、野方は、冷たい布の肌觸りに、興奮した熱氣を吸ひとられた。何につけ家庭的な苦勞のはしを、かういふ風に見せてくれる都地の氣持がぐんと逆撫でるやうに迫つて來るのだつた。けれども、野方は、

「畜生ッ」

それをポケツトにがむしやらに突込むと、何もいはず、都地が見送る階段を三段飛びで下りていつた。——都地よ俺はこれから鬼になるんだ。まだまだ解決はついてゐやしないのだ。つまらない赤ん坊がなんだといふのだ。赤ん坊で女房の愛情が變つてたまるものか。馬鹿いつちやいけない。戰爭と家庭とをごつちやに考へられてたまるもんかッ、俺はとみとは絕對に別れるんだぞ——。

野方は雜踏の街を省線驛へころがり込むやうに駈けていつたが、その時、また、はげしい空襲のサイレンを聞いたのである。折から驛の狹い待避壕は、なだれ入る群衆と、プラツトから下りてくる群衆が喧しく混雜してゐた。野方は一人待避壕へいかずに、えいくそッえいくそ何が空襲だッどけッどけッ、俺はいく。彼だけは逆行して階段を駈け上つていつたのである。

プラットホームから、遠い下町のあたりがドス黒い煙のあがるのがみえた。煙と共に物凄い爆音であつた。煙の中にチラチラと、泣いたとみの顔が浮んだ。

風部落

ふるい昔の話である。

一

北里部落の御隠居加部七左衛門は、その朝に限つて、珍らしく早起きした。御隠居は平常、太陽が中天に昇らないと起きなかつたのである。それに似合はず、今日は何としたことか。御隠居は何かにうなされて、一睡もしてゐなかつたのである。眠りついたと思ふと、何ものかにおびやかされて起き、眼を開けたり、すぼめたりしてゐるうちに、朝方を迎へたのであつた。しかし、そんな眠られぬ昨夜中、いつたい、何で自分が寝つかれなかつたのか、何としても、その原因は、御隠居にわからなかつた。

「はて……」

御隠居は、ボンヤリした頭を、落付かせ様として、絹の夜具をポンと折り、腰から上を起して眼をこすつた。

「昨夜、何かあつたに違ひない。どうも變ぢや」

ことんと溝の様に落ち込んだ後首を、とんとん二三度打ちながら、昨夜の何かを思ひ起さうとするのであつたけれど、頭はまだボンヤリしてゐるので、半睡の様な脳神經では何も思ひ出せさうもなかつた。

しばらくすると、御隱居は少し頭痛を感じた。眠れなかつたせいに違ひない。それにしても可笑しいわいと思つた。御隱居はぢいツと目をつむつた。するとそのとき、御隱居の耳の奥に、山雀《やまがら》のなく聲が聞えた。かすかに聞える山雀の鳴き聲である。

「變ぢや、山雀が」

突然、御隱居は立ち上つた。そして帶を引きづりながら、薄暗い座敷椽へ出て行くと、あッと聲を上げたのである。

座敷椽の大戸の戸袋のあたり、御隱居の、頭のへんの高さ位の場所に、山雀の籠がいつもかけてあつた。晝は軒の風鈴と並びに、すだれの向ふへ出すのだけれど、夜になると、このなかへ入れてをく。それは召使の繁の役目であつたのである。

今日もその籠はいつものやうにか、つてゐるのだが、籠の口があいて、なかは空つぽなのである。御隱居の驚きは極點に達した。聲を上げると籠の下まで近寄り、暗い空氣を、かき分ける様にして籠の中をのぞき込んだ。

「やつぱり居らんわい」

御隱居はつぶやいた。山雀の姿は影も形もなかつた。おまけに餌入れの清水燒の茶碗がパタンと倒れてゐる。

「はあツ、盗まれたわい」

御隱居は直感したのである。三年この方、生命のつぎに大事に育てゝきた山雀であるから、夜になれば身動きもせず、籠に寢る鳥の習慣は知つて居たし、行儀のいい赤い足で、重たい清水燒などが倒される筈はないと思つた。てつきり、これは誰かが手を入れて、山雀を摑み去つたものに違ひあるまい。御隱居の驚きは、忽ち怒りに變つた。怒つたときのくせで、總入齒がガクガク鳴り始めたのである。

昨夜寢付かれなかつたのはこのせいであつた。さうすると御隱居は山雀の泣き聲を聞いたのである。泣き聲を聞くまではぐつすり寢てゐたのだが、夢うつつのなかで、泥棒を逃したものらしく思はれる。可哀相な山雀が、惡人の汚ない指の間に摑まれ、泣き叫ぶ聲を聞いたのであるが、そんなことゝは思ひもよらなかつたと御隱居は思つた。では御隱居がずつと朝方までうなされ通しで半睡だつたといふのは、そのたいせつな山雀の哀訴が、心ひそかに、御隱居の心に屆いてきてゐたとでもいふのだらうか。

何にしても、ぢつとしてをられない御隱居であつた。まんまと、泥棒を逃がした不覺も手傳ひ、御隱居は怒りのあまり半狂亂になつたのである。

まだ四時過ぎで、たつたそれは三分間程もたゝぬ、御隱居だけの周圍の變化であつたけれど、やがて北里村一番の大屋根を有する加部家は、爆彈を投ぜられた樣にごつたかへし始めた。

御隠居は籠の下に突立つたなり、大聲で叫んでゐたのである。

「婆も起きいツ、繁も起きツ、花も、七も、嫁も起きツ、松も起きツ、大變ぢや、大變ぢや山雀が盜まれたどオ――」

忽ち、加部家の臺所、若嫁と息子の寢間、婆の寢間はドタンドタン音を立てはじめ、御隠居の叫聲は、曉の靜けさを一番鷄より少し早くに破つてしまつた。

「阿呆等共、何まごまごしてけつかるぢや、たわけ者、はよ來ツ、はよ來ツ、泥棒ぢや泥棒ぢやツ」

二

山雀は四番目の息子のかたみだつた。四番目の息子は東京で死んだのであるが、東京の戸塚のアパートでこの山雀を枕元に置いたまゝ、毒を飲んで死んだ。丁度三年程前のことである。長男の七太郎が死體を取りに行くといふのを聞かず、御隠居はじぶんで東京の土を踏んだ。そして一晝夜汽車に乘つて、山雀と骨を抱えてまたこの北里へ戻つてきた。

四番目の息子は御隠居が四人の子供のなかで一番愛してゐた子供であつた。七太郎は小學校を出しただけで高等科へも入れずに百姓をさし、家の後を繼がしてゐる。次ぎの幸子は隣村へ嫁にやつた。次の賢太郎は名にも似合はぬ生れつからの痴呆性で、その上眇顔ときてをり三十一の今でも鼻をたらして家にをろをろしてゐる有樣である。殘るのは四番目の由太郎だけであつた。由太郎を中學から大學へまで上げ、じぶんが村長の椅子をねらつて生涯いつぺんも坐れなかつた恨みを、この子の代議士になることで滿足し樣と、嫌といふのに法科へ入れたのである。

その由太郎は、親にも秘密で警察へ呼ばれ、釋放されて間もなく自殺し果てたといふのである。七太郎が行くといふのを押してじぶんが東京まで骨を迎へにいつた御隱居の氣持はそれで解することが出來る。子供のなかで一番愛した息子がどんな生活をしてゐたか、どんな本を讀んでゐたか、どんな問題で警察へ呼ばれたのか、死んだものはくよくよしても仕方がなかつたから、せめてこの目でそんな由太郎の周圍の現實を眺めてきやうと山高帽に紋付尻からげて、はるばる出掛けていつたのである。しかし、息子の部屋には、山雀が一匹つきり、弱い秋日を受けて籠のなかで鳴いてゐた。

「由太郎さんはとつてもこの鳥が好きでしたのよ、さうでございます、ちようど去年の秋頃でしたが、學校のグランド上の飼鳥屋で買つて來られたのでしたけれど、それはそれは、血肉のものの樣に面當《めんどう》を見ていなさつたのですよ、警察へお行きになるときも、故鄕へは絕對にじぶんのことを報らせてくれるな、お父さんに濟まぬからと仰言いましてね、それからその次に、おばさん山雀を忘れずに餌をやつて育て、下さいねッて」

お上さんが泣きぢやくつていふその言葉を、御隱居は泣きもせず聞いてゐたが、腸が千切れるやうに痛かつた。

「さうでしたかいッ、おーきに、おーきにな」

それだけ言つたつきりで御隱居は力なく部屋のまわりを見渡すのだつた。息子の部屋には本は一册もなかつた。机もなかつたのである。

北里村へ歸つてきても、由太郎のことについては詳しく話さなかつた。持つて戻つた山雀を、大事に籠を改めて、面當見るのをたゞひとつの樂しみにして暮してきたのである。

東京を去るとき、わざわざ息子の買つた大學のグランド上の飼鳥屋まで立ち寄つて、すり餌のやり具合から眞水のよしあしを詳しく聞いて歸つてきてゐた。

さうして育て、きた山雀であつた。三年もの間御隱居が山雀と暮してきてゐる間には、山雀は御隱居の手の平に乘るやうになつた。三邊くるりと、向ふへ廻つても見せるやうになつた。愛すべき老山雀は全く主從のやうなものとなり、御隱居の手の平の上で素朴な咽喉もとの毛をふくらませ、いい聲でさえづつてみせるやうになつたのである。

三

御隱居が、叫び出してから加部家總動員で家中くまなく探してみたが山雀は杳《よう》として姿を現さなかつた。明るくなつて氣付いたことには、座敷椽傳ひにそれらしい草履の泥足跡がうつすら見られたことである。御隱居の直感どほり泥棒が入つたのであらう。

御隱居は早速、村口の派出所の村上を呼んで來いッと七太郎にどなりつけた。御隱居は派出所の鼻の下に長ひげを貯へた村上巡査をも村上と捨呼びにしてゐたのである。朝飯時であつた。

長男の七太郎は爐端に胡坐をかいて動かなかつた。

「馬鹿メが、たつたの鳥一匹、何ちゆう騒ぎぢや、村の者が何と笑ふやら」

ポンと煙草を金佛へ當てながら、七太郎は不氣嫌顏に吐き出した。側らには嫁の新子が坐つてゐた。召使の花子、繁子、婆のきつは姿を見せてなかつた。

輕い中風ではあるけれど、寝た同然の御隱居には、召使の婆や女達二人が手足の役をつとめてゐた。それで婆を雪隱の穴のなか、花子を裏の小屋や物置き、繁子を椽の下と表の洗ひ川の脇傳ひに夫々《それぞれ》、三人の召使ひをくもの巣だらけにして追ひ廻してゐたのである。もちろん召使達は朝飯を食べてゐなかつた。彼女達は、糞臭い所や、かび臭い所、鼠の巣のあるうす汚ない所、ゆかりのない他家の隅々を、空腹をかゝへて逼《は》ひ廻つてゐたわけである。

「みんなに御飯を食べる様にいふたらどうやろか」

と、新子はさすがにそれを見るに見かねて七太郎の側でいつた。

「ほつとけ、馬鹿メが、爺さは、氣狂ひ沙汰ぢや」

七太郎は怒りのあまり腰を据えたままである。

「さうかて、みんな可愛い相やわの」

「わしの知つたことかいツ」

「さうかて」

「爺さにいふて來いツ、山雀は山のてつぺんであくびしとる」

七太郎は腹のおさまりがつかぬらしく、もらつたばかりの嫁に今日はつらく當つた。新子は顏をしかめてそれ以上はいはなかつた。

だいたい七太郎と御隱居とは油と水のやうに何もかもが合はなかつたのである。新子を嫁にもらつてからは特にそれが表面に出てきた。

御隱居は二人が仲良くするのをみて、羨やましいのでなかつたらう。それは年甲斐もないことである御隱居は若者達の姿をみると淋しくなつたのだ。その孤獨な淋しさがつらかつた。で、どうにかして樂しくなりたいと思つたのだらう。それが七十にもなつて若氣の拔けぬしぶとさだと、七太郎には思へるのであつた。秋の獲り入れの俵勘定は每年御隱居が算へた。勿論、賣り高はじぶんのふところへしまひ込んだのである。二人の樂しい分を少しでもけづり取つてみたかつたのであらうか。しかしそんなことをすればかへつてじぶんが淋しくなるのだといふことは御隱居は氣付いてゐない模樣であつた。

加部家は御隱居が死なねば七太郎の言ふ通りにきりまはせない。第一にこれが當の七太郎には面白くなかつた。それに御隱居は昔のまゝの召使を使つてゐる。干魃《かんばつ》が續いて、上り米も目に見えて減つてきたこの頃、褌の洗濯まで女達に命じてのさばりかへつてゐる御隱居の生活が、七太郎には不經濟といふよりはそれがじぶんへの面當《つらあて》のやうにさえ思へた。おなじ村で庄作の爺などは非度い中風で寢てゐるのだが、忙がしい若嫁にも氣兼ねして、獨りで這つて小便にいくといふ話である。昔からの門閥がどれ程大事だからとて、それ程、威張つてもみないですむであらうが。

さうは思ふものの御隱居に七太郎は何ひとつ進言をしたことがない。元來、無口の氣弱い男であつた。しかし、夜になると酒を飮む、御隱居への不滿を酒にまぎらはすことを覺えてゐるのであつた。今では、一升も飮まぬとほろツと廻つて來ない樣である。全く酒好きになつてゐた。此頃は若いなりして、寺へ出入りし、和尚のいふ禪《ぜん》をわからずなりにやつたりしてゐる七太郎だつたのである。和尚とは酒も吞んだ。

死んだ由太郎の遺身《かたみ》の山雀が盜まれたことは彼自身も氣に喰はないのは勿論だつた。が、派出所まで飛んでゆく沙汰でもあるまいと彼は昨夜の宿醉《ふつかよい》の頭で寛容に考へてゐたのである。

四

七太郎がいひに行かねばお前がいつて來いツと、御隱居は、椽の下から出て來たばかりの繁子の尻をこつかんばかりに、座敷椽に居坐つて吐鳴りつけた。怒れば何が飛び出すか知れない御隱居樣の性質を知つてゐる繁子は一目散に裏口から派出所へ目をつむつて走つたのである。空腹の繁子は腹が痛くなるほど走つたが、朝夕山雀の始末役である自分の責任を感じてゐた。八髭をぴんぴん動かしながら、緊張した村上巡査が、加部家を訪れた時、御隱居は奥座敷の絹蒲團に熱を出して臥せつてゐた。

「何、村上がきた」

それでも、御隠居は起き上ると、此所へ早速通れと命じた。座敷椽へ通つてくるとすぐ敷居際に巡査は坐つて、

「や、御隠居さん、鳥が盗まれたて喃《のう》」

村上巡査は上つてくる途中のいきまき方をがらりとかへ、得意の髭を撫でまはしながらいつた。そしてははと無理のやうな笑ひを浮べた。

「村上か、えーッ、早速手配してくれッ、今日のうちに、えーッ今日のうちに山雀を、元のまゝに直してくだされ」

御隠居は相變らず大聲である。しかし云ふか云はぬ間にがつくりうなじをたれて、ハーッハーッ息をついた。激しい熱である。婆のきつは洗面器を近くへよせ、御隠居の額の手拭を、をどく〵しながら何邊もとり代へた。手拭は一分間ほどで湯氣がたつたのである。そして手拭は御隠居の動くたびに何度も疊の上へ落ちたのである。

「御隠居さま、そないに動くと手拭が落ちますがな」

きつがいふと、

「こうざいなことをいふな」

と御隠居は洗面器をたたいた。

村上巡査は主従のそんな有様をみながら、

「御隠居さまの山雀は、立派なもんでがしたわい。何しろ御隠居さまの心が通つてましたでな、

息子さんの遺身ぢやで、そら、大變ですわい。心中わしによく解るやうです」

村上巡査は御隱居の寢様を細目に見て、頤を突き出す様にして聲もなく笑つた。そして、

「いや安心なされ、今日のうちちゆう譯にやいかんかも知れんが、近いうちにやちやんと山雀は元通りにして見せますて、ははは……大體見當がついとりますわい」

流石は商賣柄で、入つてくる前に上り口から椽づたひにこの眼でみてきてゐる。勿論草履の足跡は見のがさなかつたのである。村上巡査の頭のなかにはちやんと計畫は組立てられてあつたのである。

まづ召使ひ共を調べる。其所に何か糸口があるであらう。それから下村へ出掛けて、目星のつく家をあたつてみれば解るのである。今日ぢゆうには出來かねるが明日ぢゆうには判然する。

「なに、ちやんと見當がついとるて」

とつぜん御隱居は頭だけこちへ向け大聲を發した。

「はは……ちやんと見當は御座いますて」

巡査は大きく髭を右左に撫でゝみせた。得意の顏であつた。無理につくつてみせた豪傑顏といふべきものである。すると、

「何ツ見當がついとる、それに二日もかゝるかいツ、そんな巡査は何になるツ、たわけ、見當がついとりやひと時で山雀は戻る筈ぢやツ」

御隱居は前にも負けぬ大聲で巡査を睨んだ。村上巡査はさつと豪傑顏をくづさねばならなか

つたのである。彼はいまにも泣き出しさうな顔をすると、膝をふるはせて、

「よろしいツ、萬事はこの胸にあるで喃、今日ぢうにやちやんと山雀は連れてきますて御隱居樣……」

その應答ぶりは、年に一度、町から臨檢にくる署長に服令するよりもつと嚴肅な顔に見えたのである。

だいたい村の派出所巡査をしてゐるだけでは好きな酒も飲めない村上巡査なのであつた。赴任してから、女房に加部家の田圃を少しばかり小作さしてゐたのである。すると女房とじぶん二人の食ひ米はあまる程出來たし、畦のあずきや豆も、賣る程に出來たのである。つまり村上巡査は加部七左衞門の小作人であつた。

五

北里村は大體山の傾斜にまたがつて出來た層村となつてゐる。村は中央の宮の森と觀音廣場とを境にして上村と下村との二つに分れてゐる。加部家は上村の最高所に構えてゐたわけである。上村は加部家を中心に近親緣故の家が多く、みな夫々の自作農とか小地主であつた。下村はそれと反對に上村の家々の田を小作する小作農の家ばかりといつてもよかつたのである。

村上巡査の頭には當然下村の家々が浮び上つた。泥棒は必らず下村の家の誰かに相違ないであらう。と、かういふ寸斷を下ろす思想は、部落に於ては許されたのであつた。

村上巡査はそれと思はしい家を四五軒、豆手帳に印をつけることにした。午飯を食つたら早速それ等の家を訪れて、取調べて見やうと既に成つた腹案にほくそ笑みながら自轉車のペタルを懸命に蹴んで村を下りていつたのであるが、

「村上さん、家へいつたんと違ふかえ」

勾配を、ブレーキ強く曲らうとしたときに巡査に聲掛けた者がゐた。みるとそれは七太郎と新子であつた。野良でもうひと仕事すませてきたものと見えて、ふたりの足は泥にびつしより濡れてゐた。七太郎の顔にはありありと困惑の色がみえたのである。彼はまさか巡査の口を入れるまでにはなりはしないだらうと思つてゐたのである。御隱居の臥せつたのを幸ひに、夫婦は田圃へ出たのであつた。山雀の件は一應靜まつたものと思ひ込んでゐたのだ。

「いや、はは……山雀がの」

村上巡査は豪然としていつた。そして、シツといつてから、今度は小さい聲でいふのであつた。下村へさしか丶つてゐるのだ。みんなに知れないうちに不意打に突いていつて取調べようといふ心算なのである。

「御隱居はどえらい御立腹ぢやつた。ははは……」

笑ひ聲だけが大きく下村の杉垣にひびいた。

「阿呆な、そんな、大げさな、人の笑ふやうな話やわの、あんたまでが」

七太郎は村上巡査が本氣でか丶つてゐるのが馬鹿らしかつたのである。しかし本氣でか丶つ

てゐるとすればどうしていいか解らなかつた。まあええわ、勝手に馬鹿者達にまかせて置け、とさうあとで思つた。で、新子に目配せすると、たつたと巡査と別れたのである。しかし別れてからも困つたことになつたと思つた。七太郎はまた村が自家のことで一騒ぎするかと思ふとたまらないのである。彼は今晩酒を飲もうと心に思つた。酒は何でも忘れることができる妙薬である。

六

秋の陽は短かかつた。小作人たちは忙がしかつたのである。刈り取りは恰度早稲と後手との間で少し手が空いてゐる筈であつたが、下村の人々は汗だくで田圃と組付いてゐた。が田圃からあがつてめい〳〵の家へ歸つて午飯を食ひ、食後の休みに一服吸ひつけてゐる所へ、村上巡査は訪れていつたのである。

村上巡査はまづ下村の口にある瀧藏の家を訪れたのである。白矢を立てたうちの一軒だつたのである。巡査の手帳にはこんなことが書かれてある。

根岸瀧藏（四十四才）

一、大工職。妻かよ小作をしてゐる。瀧藏の不性働きのため一家を支えてゐるなり。

一、瀧藏は前科あり、一昨年十二月、三度目の賭博をなし罰を言ひ渡さる。

一、子供六人、みな、幼少、長男、海軍工廠の清掃部の給仕をなす。日給六十錢と聞く。
一、加部家の雪隱の建築にあたり瀧藏は加部家へ出入りせしことあり。山雀を見知る筈なり。
この手帳は、加部家から歸ると派出所の臺帳を繰つて拔き書きをして來たものなのである。ところで、村上巡査は別に暗記力にとぼしいといふのでもなかつたけれど、彼は何時も茶色の手帳をもつてゐて、そしてそれに色々と判りきつたことでも書いてみたりするのが樂しみだつたのである。

パチンと手帳を閉ぢると村上巡査は自轉車を、側らの電柱にもたせかけて、瀧藏の家へ向つた。

「御免」

巡査は今は人民保安の爲に闘ふ官吏なのである。すなはち小作人ではなかつた。彼の顏は緊張してゐたのである。彼の言語は型通りであつたけれど、警察官としてふさはしい素振りであつた。すべて嚴肅なおかみの人樣になりきつてゐた。

「誰も居ないのかな」

軒下でおぢやみをしてしきりに遊んでゐる六つ位の女の子と四つ位の女の子供がゐた。むき出したすねは埃でよごれ、まゝごと遊びの莚から外へ出て、じめじめした土とぴつたりくつついてゐた。みてゐて巡査は不快さうに顏をしかめ、このあそびはどうも衞生上いかん、と思つた。

子供達は遊んでゐた手を止めて、泣き出しさうに不意の訪問者を眺めた。子供には一番恐ろしいサーベルが巡査の動く度にかち／＼なるのである。二人の子供は突然抱き合つた。そしてをづをづと恐がりながら巡査を見つめたものである。

「おつ母は、お父つあは」

村上巡査はそれでもやさしく聲掛けた。

「お父うは仕事、おつ母は田圃」

姉の方のがやうやく蚊のなく様に答へた。

「お父うは道具もつて東谷《ひがしたん》へ仕事にいつた」

「ふふん、飯食ひに戻つとるぢやろが」

「ううんべんとうもちや」

賢こい子供と見えて、巡査が笑つて訊ねればだんだん馴れてきて大きな聲になつてくる。

「お前等まんだ飯は食はんのか」

「ううんくツた」

「なんぢや、獨りで食つたんか」

「うん、おつ母たんぼへ出るとき、ちやんとめしのぜんを出しといて行くんや」

小さい姉妹は朝から置きつぱなしの膳でさら〳〵と冷たい茶漬を食べたといふのである。

「ふふん、賢こい賢こい。こら、小つちやいのんはまんだ乳を飲んどるんとちがふか、おつぱい呑んどるんと違ふか」

「ううん松子は乳飲んどらせん、赤みそがをるものなあ」

姉の方はさういつて妹をかばふのであつた。

「はあて……賢こい子ぢや」

巡査はふつと奥の間を破れ障子から眺めたところ、其所にはまだ獨りの赤みそが暗い板間に乳籠に入れられて眠つてゐるのが見えた。

「うん」と一つ何とも譯のわからぬうめきを發すると村上巡査はきびすを返した。が、ちよつと思ひ止つて、そしておもむろに、

「お前等、よんべ、おつ母とお父つあんが外へ出たん知らんか」

と眼を光らしたのである。すると子供は、

「おつ母にあてはだかれてねたし、お父うに松子はだかれてねた」

とこたへたのである。村上巡査は瀧藏の家を後にした。もちろん手帳に鉛筆の芯をひとなめすると大きく×印をつけたのである。

七

松田源助（五十六才）

一、源助、妻きち、共に小作をなす。八反五十程の小作なり。
一、妻きち、今春、上村の清兵衛の硫安、半袋を盗む。田圃の畦に放置したるを、無斷にて持ち歸りしなり。

一、夫婦共に盗癖あり。子供なし。
一、金錢を貯蓄すと聞く。二千圓はあるものならん。然れども、盗癖を嫌ひて養子に行くものなし。下村、山手の作市の次男清の養子に行くといふ話ありたるも、途中で消えたり。
一、加部家の田（汁田）三段を小作す。加部家へ出入りするに山雀を見知る筈なり。

村上巡査は大體この松田源助を一番くさいと思つてゐた。で彼はそのつもりで始めから心構へて訪れたのである。しかし、何らこれといふ證據もなかつた。老夫妻は昨夜、般若心經を二人で合唱すると宵寢したといふのである。その上二人はこの頃神經痛で夜は一歩も歩かぬといつた。

「神經痛といふと、何か、足でも痛いのかな」

と巡査はたづねた。すると源助は、

「へい、くるぶしのところがのう、かう力も何も抜けたあんばいでありますぢや……」

といつた。

「なるほどだるいのぢやな」

「へい、だるいといふのとちいと違ひまするけれど、まあ、他人の足のやうな氣イがいたしまして、へい」

と源助は、卑屈なほど低頭してみせたのである。

「左様か、それで、お婆もをなじ神經痛ぢやな……」

「へい、こいつのはうは、稲荷さんに拜んでもらふとなほるといふことでござりますわい、へい……」

「ほほう、なるほどな、狐にをがんでもらふとなほるといふか……」

「へい、よい天氣に、いつぺん千金村の稲荷さんのところへ、二人で行きたいもんと思ふとりますぢや、へい」

と源助はまた三べんほど村上巡査に低頭したのである。

西野勘左衛門（七十才）

一、そのむかし、この家は上村一の富豪なりと聞く。然れども勘左衛門若かりしとき賭博と女（町の藝者に山、田を賣りて通ふ）のために、財を失なふ。

一、妻、なし。（勘左衛門四十五才のとき死亡）

一、子供一人、京都へ行きて、澤の鶴本舗の樽拾ひをしてゐると聞く。

一、昔の關係もあり加部家とは交際あり、御隱居とは仲良かりたれど借金のことより近々口も聞かず、それよりして加部家によからぬ心を抱くやも知れず取調の要あり。

村上巡査はまだいさゝかの疲れも感じてゐなかつたのである。彼は勘左衛門の家の前に自轉車を置くと、胸をそらして戸口へ近付いていつた。

「御免」

誰もゐないのか、と二三度いつても返事がなかつた。しかし、奥の間で咳が聞えた。

「チヨツ」

村上巡査は怒りを感じたのである。苟《いや》しくも本官が必要と認めて訪れたのに、返事をせずに奥の間に引込んだなりその上、生意氣にも空咳などで愚弄しくさるッ。瞬間、巡査は大戸をガタリツと破る樣に開けたのである。すると薄暗い煤けた障子の向ふに二人の男が置き爐燵に足を突込み何やら眞劍に見つめてゐるのだつた。よく見ると將棋でもしてゐるらしかつた。村上巡査は胸元までせき上げてくるむつとした怒りをくひしばつて嚙みころし、

「おいッ！」

と呶鳴つた。するとその聲で始めて氣の付いた二人は、明るい入口の方をポカンと見止めて、巡査だと知ると互ひにをどをどしはじめたのである。

「一寸調べたいことがあつて來たんぢやが……」

手帖をしまひ込むと巡査は土間をつか〳〵と歩いて上り口に腰を下した。そしてぢろりツとするどい眼を光らした。

「お前は誰ぢや」

向ふ側に、こちらを向いて背をまげてゐるのが勘左衛門らしかつた。村でも老年株であるその顏は巡査は覺えてゐた。けれど、反對に坐つてゐてこちらを見ない四十前後の男はまだ見知らなかつたのである。問はれた男は、

「へ……」

とこちらを向いた。

「うん、何ぢや、この田圃で忙がしいのに將棋などさして、よい御身分ぢやと思ふがのう」

「へへ……、わしやお前ほれ、六次郎のもんやわの、へへ……」

恐縮して答へたその聲に村上巡査はふつと思ひ出したのである。下關から戻つてきて、ふら〳〵遊んでゐる六次郎家の長男か、さう思へばあそんでゐるのも別に不思議なことでもない。

「で別に、何でもないのぢやが、お前等、昨夜、上村へ出掛けやせなんだかのう」

氣をゆるませて置いて、突然パッと云ひはなち、顏色の變化を見のがすまいとした策戰なのである。けれど二人は殆んど異口同音に答へた。

「よんべか、よんべはわし等、宵寢したわの」

その上勘左衛門はしわがれた聲で、

「わしや、三月程前から鳥目での、宵歩きや出來ませんや」

といつた。

「何ぢや、鳥、鳥目……」

と巡査はくすぐられたやうに口ごもると、

「へい、鳥目でこまつとりますぢや……」

そのとき、二人の男達が足を突込んでゐる爐燵の上からころ〳〵と轉がつたものがあつたのである。みると、何か小さいものである。薄團のしわのあたりに止つてゐたのだが、ひよつとしたはずみに轉げ落ちたらしい。小さいものはサイコロであつた。

村上巡査は職業柄それを見逃しはしなかつた。といふよりはそのサイコロが轉がり落ちた瞬間す早くそれを拾ひ上げてゐたのである。勘左衛門と六次郎の息子はさつと表情を變へた。大戸も開けてない家のなかは、いま巡査が入つてきた戸口からの光を受けてうつすらと明るかつた。巡査は二人の顔を睨みながら蒲團のはしを摑むが早いかポイと向ふ側へまくり上げた。すると痩せ細つた二人の毛ずねが四つ、によきりツと交錯して爐燵を圍んでゐたがその足の下にはきら〳〵光るバラ錢が轉つてゐた。

「阿呆目等、何ちゆうこつちや。まだやつとるな、たわけ」

「………」

二人は失望の色でかちかちと歯をならして、お互ひに睨み合つてゐるやうな面持ちであつた。

「わしの眼の黒いうちや、ごまかされはせんぞ！　よし、わしや承知せん」

「………」

村上巡査は怒りでいつぱいの胸をはりながらぬツと立ち上つた。そして二人を見下すと、威とどなりつけたのである。

「晩までに連れにくる。ちやんと待つとれ」

嚴味溢れた口調で、

八

思はぬ收獲があつたと巡査は思つた。しかし、そんな悪事を摘發する毎に起る村上巡査の心理狀態といふものは、それは、實に不氣嫌なのであつた。困惑もあつたのである。しかし不愉快さが強いのである。

村上巡査は思はぬ收穫に雀躍りする様なことはなかつたのである。なほ一層足取は重くなり、氣が進まなくなつた。

「ボケた話やわいッ」

彼はつぶやいた。ボケたといふのは、普通のボケたのでなくて、村上巡査には別な意味を含んでゐる言葉である。自分自身の現在へある憤りを感ずる場合である。そんなとき、彼は虛無的にボケた話やわいッと吐き出すのが常なのであつた。

「あーツ、ボケた話やわい」

溜息とも何とも、つかぬ聲を出すと村上巡査は勘左衛門の戸口を出てきた。

だいたい村上巡査はその風貌に似合ない小心者であつた。犬の吠えるのには一番閉口なのである。そのくせ酒が入ると敖然とうそぶき、犬などは蹴ちらす如くの元氣で夜の村を都々逸で一杯にするのであつたけれど——。また、この村に限つて犬が多かつた。

ちようど村上巡査が、勘左衛門の家から洗ひ川の橋を渡り自轉車を引づつて出てきたとき、大きな赤犬がによきりと前方の杉垣の中から現れた。瞬間巡査は、

「アッ」

と聲を上げてゐた。これはいけない、と思つたのである。赤犬は忽ち、うーッとうなり始めた。まだ喧しく吠え立てて逃げて行く犬は恐ろしがつて吠えるのだが、この赤犬は吠えもせずうーッとうなると、のそりのそり近付いてきたのである。

足でも嚙まれやうものなら大變であつた。巡査はしばらく休んでゐた野犬狩りを後悔したが、くるくる目を廻すと、す早く自轉車に飛び乗ると反對側の横途から宮の森の方へ抜ける途を懸命にペタルを踏んだ。逃げる者の心理で、背すぢあたりに追ひ付く者が迫つてくる氣がする。巡査は全身の力を足とハンドルに傾けて走り出した。眼をつむり、口をしかめて——。

薄暗い森の下に自轉車を止めて身體びつしよりの汗を拭きとつてゐると、巡査は何かガタッと力が落ちた樣な感じであつた。木の葉のバサバサ落ちる音の他には鳥も鳴いてゐない。あたりの靜かな空氣に改まつた樣な孤獨を感じた。

「ボケた話やわい」

それに、いままでじぶんが取調べて廻つてきた下村の樣々が、頭にへばりついて動かないの

である。だいたい下村へは村上巡査は赴任以來數へる程しか行つてみたことがなかつた。といふと管內巡視を怠つてゐたといふ風に聞えるかも知れないがそんな譯でもない。下村へは春秋二度の戶籍調べと大掃除の他は殆ど用がなかつたのである。上村は週に一度位は足を入れてゐた。やれ法事ぢやの、やれ嫁取りやの、やれ祝ひやのと村の名士格の巡査は呼ばれてゆくのであつた。

何しろ、この北里村のある谷一圓にひとつの派出所なのだ。それが便宜上北里の村口にあるだけで、隣の在や谷の奥まで八つ餘りの部落も管內に包含されてゐる。一年三百六十五日はそんな散在した村々に關聯して机の上だけでも暮れてゆく程だつた。

しかし北里村はじぶんの寢てゐる在でもあるのだ。小作田や女房の附合ひに關聯して、加部家は勿論、上村の家々とは並々ならぬ連なりを持つてゐたのである。すなはち小作人としてのつきあひがあつたわけである。

そんな譯で、下村を通ることは通るのであるが、詳しくはこの度の樣に臺帳でも繰らねば判らないのである。

ところで村上巡査はいま山雀の行方について取調べる勇氣をすつかり失つてしまつてゐた。馬鹿々々しいと思へたのである。赴任以來の珍らしい仕事ではあつた。こんまい山雀を盜んだ犯人を捜す――。犯人には違ひないが、山雀を盜んだ犯人といふと、何かじぶんが小さい無心の山雀になぶられてでもゐるかの樣に思へてくる。馬鹿々々しかつた。

だがしかし、盗まれたものは山雀だとしても、深夜忍び込んだ悪剌な泥棒は放つて置けまい。この山雀と思へば馬鹿馬鹿しい話であるが、若し金が盗まれたとしたなら――と考へてくると、村上巡査はこりや不可《いか》ん、やつぱり大事件ぢや、たしかに盗んだ形跡があるんぢやでな、と腹の中で思ひ改めた。

管内に惹起した確固たる盗難事件である。これは言はずもがな一箇の犯罪として成り立つ。紙一枚盗まれたにしろ警察官は何處までもその事の眞實をつきつめて犯人を說得する任務がある。紙一枚の行方が大事なのである。どんな些細なことも見逃してゐては恐ろしいことになると村上巡査は考へた。

だが、村上巡査はさつきから山雀の犯人が下村の人間の誰かに相違ない、と思ひ切つてゐることにふと思ひをやつたのである。いくら上村に比して貧しい家がより集つてゐやうと、北里村の悪事はみんな下村のものが仕出かすとは限つてはゐないであらう。これは迂闊なことぢやつたと巡査は我が心に恥ぢるものがあつた。

といつて、犯人は何處の誰かと考へてくると、日頃交際のある上村の人々の人好い顏が浮び上つてくる。まさかあの人達がと思ふと、やはりこれは下村の誰かに相違ないと思へるのである。だから取調べにかかる最初にまづ派出所へ歸つて下村の臺帳を繰つたではなかつたか。

――そんなことを頭のなかでごちや〱さしてゐると、怒り極點に達した御隱居の顏や山雀の羽ばたきや、加部家の廊下の泥棒の足跡などが入り交つて、果ては堂々廻りは腦髓が廻轉を始めてくるやうで、巡査は森の下に突立つたなり、動くのが厭になつてきた。

九

色々思ひあぐんだ結果、やはり豫定の通りあと二、三軒の家を取調べてみる必要がある。さう決心した村上巡査は、以前よりはいささか氣拔けのしたやうな顔付きで、くだんの手帖を取出し、何所からにしやうかと頭をかしげた。

小杉いね（四十才）

一、寡婦なり。夫六藏に早くより別る。若き頃あづきの劍にて眼をさし、いねは片眼となる。六藏は、そのいねの顔を嫌つて滿洲へ逃げしとなり。

一、一子あり。石灰小屋のトロッコ押しなりしが昨年四月、はつぱ事件のときの五名と共に町の共濟病院へ收容、今なほ病臥中なり。病狀見る目もひどく、膀胱に石灰石の破片數個飛入り、大腸、尿道の切開手術後、黄疸を併なひ、未だ衰弱のまゝにて臥せりと聞く。

一、いねは性來ひねこびし性格にて、日陰者の如く村人にかくれて生活す。息子よりの金も入らず、病院の費用の僅少の負擔もあり、加部家の小作をなし汁田四反三十狩を作る。故に山雀を見知るものなり。

その次にはこのやうな○印もある。

服部七兵衛（六十才）

一、アメリカより歸り來たる浮浪人なり。アメリカに於て、如何なる商賣に従事せしや判明せず。しかし、本人の語るところによれば、コーヒー園經營ならびに鑵詰業といふことなるべし。

一、村人の風說によれば、少しく腦を患へる者のごとく、變人なり。會ふ人ごとに、グット・モーニング・サア・ハウドウ・ユウ・ドウといひ、去る人ごとにグットバイ・トウモロウといへり。

一、子も妻もアメリカにてうしなへり。ただ加部家の木小屋の一隅を借り受け、乞食のごとき簡易生活を營めり。

一、加部家は家賃として月二十七錢を支拂ふべきも、既に三ケ年も滞納してゐる有様なり。

一、刄物を研ぐことを好む。近寄りてさからへば、危險なれば村人とともに、余も相手になりたることなし。

まづ、村上巡査は、いねの家に自轉車を止めた。服部七兵衛を訪ねることはまづさし控へたのである。いねの家は埋葬地附近の一番村端で、村一番の汚ない小さい家である。むかし上村の藤左衛門の木小屋であつたのを、後に葬列の休み場に改造したのだが、六藏の借財に負はれて、この休み場にいね一家は住居する様になつたのだつた。だから三坪よりない部屋のぐるりには荷物や味噌桶蓑笠までが、障子の腰高くまで積み上げてあり、戸障子は斜めに閉つてなか〳〵開きさうもなかつた。折角の西陽も後ろの孟宗藪に遮られて、屋根のぺんぺん草が生き生きしてゐるのであつた。

「御免」

村上巡査は一通り家の廻りを見渡すと、とんとんと戸をたゝいた。

「はい」

中からいねらしい聲がした。巡査は思ひ違つたやうに思つた。人手の足りない家のこと故、田圃へ出てゐることだらうと思つてゐたのであるが、がらりツと障子を開けたいねは、木棉の小ざつぱりした他所着を身にまとつて、ひよつと顔を出したからである。

いねは巡査の顔をみると、どきツと胸を突かれた様に顔色をかへた。そして泣きさうな顔で村上巡査を見つめたのであつた。

「いや、わしはちよつと調べたいことがあつてのう」

村上巡査はやはり、ここでも胸をそらすことを忘れなかつた。

「ああ……何か他所へでも出掛けるのかの。それ共、他所から戻つてきたのかの、田圃に忙がしいのに何處へ行つて御座つた」

村上巡査がそれを云ふか云はぬ間であつた。巡査自身も驚いたのであつたが、いねはその場にバツタリ頭を下げたかと思ふと、

「すんません。旦那さま、すんません」

と泣きだしたのである。

「何ぢや」

巡査は、あまりのいねの行動に魂消てしまつた。

いまだかつて、こつちが悪事をほぜくり出した經驗はあつたけれど、向ふから簡單に頭を下げて白狀してくる罪人には、巡査もまだ數多く會つたことがなかつた。それで、瞬間は、ちよつといねの心理狀態を摑むのに手間取つたのであるが、巡査はポカンといねの白髮まぢりの頭を見てゐると、戸口近くの一尺もへだてぬ場所に、小便桶が泡をふいて一杯だつた。アンモニヤの匂ひが鼻にせまつた。附近はぢめ〳〵濡れてゐるのである。そのぢめ〳〵した土の上へ、いま頭をすりつける樣にしておいおい泣いてゐる老婆を、巡査は、これはしたり何か量見違ひを起したなツと見てとつた。だが、巡査は大膽《だいたん》にいつてみたのである。

「うん、何か。うんにや、ではあの仕事は婆のしたことぢやつたかツ」

まさか、このいねの家に山雀が要るとは思へなかつた。けれど、山雀を賣れば少しの金にはなるであらう。金に窮して山雀を盜んだかも知れぬ、と思つた。

しかし、山雀を盗んだ罪を、いねが悔いてゐるのではなく見えたのである。村上巡査は、山雀とはいはずに、あの仕事はと、其所のところはおぼろげながら、ボカシて突いた所以である。

「はい、たしかにわしですわな。悪るいことをしまして」

泣き聲まぢりにいねはさう答へた。

「ふうーむ」

婆は何か些細な悪いことをしたと見える。かくしてゐるつらさに、――いや巡査が珍らしく家にくるからは、てつきり露れたと思つて――泣くに違ひなかつた。しかし巡査は、ここのところ山雀事件のほかに、村に起つたそんな盗みや何かの事件を知らないのである。

「で、上村へ昨夜いつたのぢやな」

巡査は、ふつと出た言葉をたたみかけてみた。

「はい」

「加部の御隠居のところへな」

「はいッ」

村上巡査は實に勢ひついた力をもつていつたのである。

「山雀を盗んだなッ」

「はいッ」

いねは云はれるまゝに答へて、またおいおい泣きはじめたのである。

意外なことであつた。實のところ、村上巡査は、赤犬に吠えられてからといふものは、いくら下村の家を調べてみたところで無駄の様に思つてゐたのである。山の上へ逃げていつて、山雀は碧い空をいつぱいに飛び廻つてゐるとも思へたりしたのであつた。しかし、まあまあもう一軒二軒は當つて見ようと出掛けてきたのであるが、それが最初のこの家で解決がついたといふのだ。彼は赤犬に感謝せねばならない。そして、巡査はアメリカ歸りの七兵衞を訪れないで、よかつたと思つた。

「はあーてな」

誰にいふともなしに、巡査は感心した様につぶやいたが、頭のなかはまだポカンとしてゐて、空洞のやうなものが滿たし切れないままに浮いてゐるやうだつた。

十

村上巡査が取調べた昨夜に於ける小杉いねの行動はかうである。——

いねは町の病院にゐる息子の枕元へ加部家にゐる可愛いい鳥籠を吊してやれたら、どれだけ息子が嬉しがることかと思つた。それに、田圃が忙がしくなると町へ歩いててく〳〵見舞ふ暇もない。たつた一人の息子ではあるし、それにもう死期の迫つた我子をそのまゝ一週間も見ずにゐることはどうしても絶えられないのである。

息子は、もうすぐ雪が降るやうになると死ぬであらう。係りの醫者からも聞いてゐることであるし、いねの我子への不憫は狂ふ程燃えた。

いねが山雀を盗む前の日である。何げなく田圃へ出る途で加部家の七太郎夫婦と出遭つた。そのとき、いねの心のなかには加部家の山雀はまだ浮んでゐなかつたのであるが、日夜息子のことで苦しみつゞけてゐる頭である。彼女は七太郎夫婦の新しい紺の野良着や、白い洗ひのきいた手拭などを眺めてゐるうちに妙にうらやましい感に襲はれて、

「あなた達は何ひとつ心配ごともなしに樂しさうですな」

心のなかでさう思つたのださうである。山はある、田はある、銀行預金はある。金持ち様はぢつと坐つてゐても利に利が增えて財が富む。それにひき比べて、じぶんの家は何といふことだらう。ひとり兒は死なうとしてゐるけれど見舞ふことも出來ない。米を獲つて借金にあてねばならぬ。樂しげな若夫婦の語らひをみながらいねはだんだん心がいやしくなつてくるのを覺えたのださうである。

「旦那樣、恐ろしいことで御座います、はい。そのとき、わしは突然山雀を盗む決心をしましただ」

巡査にいねはさう告白してゐる。そのとほりいねは夫婦の後ろ姿を見てゐて、山雀を盗むことに心をきめたのだつた。

田圃へ出たことは出たが、その日一日仕事も手がつかず、をろをろしてゐたのである。夜になるのが待遠しかつたのである。

ぴつたりと土塀に圍まれた加部家の內側は、年貢ををさめたり、日傭に來たりしたこともあるので詳しくいねには判つてゐた。

いねは深更に家を出るとまづ山へ上つた。土塀を超へて入ることは出來ないのである。で、加部家の庭が林の背にひかへた山の足をそのまま庭の一部にしてゐるのを知つてゐたのだ。山から下りれば御隱居の居間のある奧へすぐ手が屆くだらう。

いねは暗い雜木の山を步きながら考へた。しかし泥棒をしようとしてゐるじぶんを振り返つた。惡るいといふ良心とのたたかひはあつたけれど、たゞ町の息子が山雀を手の平にのせ、眼をつむり幸福さうに眠つてゐる樣を思ひ浮べるとそれは消えた。息子のほかには何もなかつた。

山を下りると池をとび越え、廊下の外傳ひに逼ひぱつて大戶の端に手をかけた。つまり村上巡査の手帖にある通りである。

——池西端より來りて、大戶の西端の一枚を開けんと試みたるに、犯人はその時戶の鍵かけてあるを知り、そのまゝ、雪隱の續き戶を試み、云々——。

泣きの止らぬいねに村上巡査はあびせていつた。つまり巡査は得心のいくまで、現行を究明してみたわけである。

「それで、よくもあの高い山雀の籠に手が屆いたのう……」

「はい手は屆きましたやうでございますだ」

といねは泣きながらこたえた。

「何か、梯子か踏みつぎでも使用したのであらうがな」
「いいえ旦那さま、うらは二三べんとびあがりましたでございますだ……」
「二三べんとび上つたら、手が届いたといふのか……」
「はい、神様は難なく屆かさしてくださいました」
「神様はそんなわるいことをする者に味方はせんぢやらうがな、お婆あよ……」
「いや、神様は、旦那さまよ、たいへんな皮肉なことをなさるお方でございますだに……」
「阿呆をいへツ、それは、お婆よ、お前の一念といふ奴ぢや、とにかくお婆、これからわしを、その山雀のおる所へ連れていけといふたら……」

十一

陽はもう奥山の三本松を通り過ぎて、姿を見せてゐなかつた。空一杯のちぎれ雲が橙々色に染めあげられ、段々に家のならんだ北里の部落は壁畫の様にしづまりかへつてゐた。

しかし加部家では怒りと不眠の疲れから、朝方から、ぐつすり寝入つてしまつた御隠居が、突如水枕を蹴る様にして起き上ると、またわめき始めたのである。

御隠居は起るなり、

「えーツ、村上はどないしたツ。山雀はまだ居らんぢやないかツ。どないしくさつたツ」

をどをどと嚙みつかれるまゝに召使達はどうする術もない。

「何をボケてくさる。山雀はどないしたといふんぢやツ」

「は、あの、巡査様が探しにお出でで御座りますが、はい」

「何、探しとる。たわけた話ぢや。村上は、ちやんと見當がついとるといひをつて、何たる手間取るこつちや。あーツ、あんな巡査は糞にもならん。あーツ」

蒲團の上をどん〳〵踏みながら、血ばしつた瞳をすえて、御隱居の亂行は火と燃えてゐる。するとそ所へ痴呆性の賢太郎が、えへらえへら笑ひながらやつてきたのである。賢太郎は鼻糞をほぜりながら、

「お爺、蠅がぎようさん止つてなあ。蠅をとつたら蠅は死んだわな、ほれ、見な、お爺」

一匹の蠅を賢太郎は指先につまんで御隱居にさし示したのである。

「馬鹿ツ。貴様の出る幕ぢやないわいツ」

御隱居は賢太郎の蠅をとると指でひねりつぶした。

その時、下の襖をあけて、七太郎がによきりツと現れたのである。ぷーんと酒くさかつた。七太郎の顏は青ざめてゐた。彼は入つてくるなり賢太郎をうしろへはじきとばして、

「爺ツ。阿呆」

と、大きく叫んだのである。

「なに、七か。よく來た、たわけ、はよ村上はどないしとるぢや」

「知つたことかい。巡査の番はしとらせん。それよか爺、ええ加減に鳴りを靜めんと、わしや

ほんまに怒るど」

「ほんまに怒る、生意氣なことをいふな、伜の分才で何をほざく」

「なにツ」

七太郎は、つかつかと近寄つていくと御隱居の襟元を摑んだ。

「あんた、何をするんどす」

後から嫁の新子が寄る隙もなかつた。七太郎の手が御隱居の頬と肩のあたりへ二つ三つ飛んだのである。

「やつたな、七ツ」

「やつたわ」

「糞ツ」

御隱居は、あたりにあつた煙草箱をぐつと摑んで投げようとしたが、しかしそれを上げる力はなかつたのである。心もち下へ曲げた全身をそのまゝ、くたくたと折るとぐんなりと床へのめつてしまつた。そして眞靑な顔に汗をながして、ひーひーとうなりつづけた。「白梅」の中へ親指を突込んだまま、御隱居は動かなかつたのである。


——そんな頃、一體村上巡査は何をしてゐたのであらうか。——

いま、村上巡査は町の石灰小屋共濟會病院の一室に、釘づけにされた様に棒立つたなり、身動きもしなかつたのである。

丸一年半をベツトの上に横へたま丶、骨と皮だけ程に細りきつたいねの息子の捨吉が、青白い手に山雀をのせて、さも嬉しさうに巡査を眺め、さつきからいふのであつた。

「今朝方、おつ母がこの鳥を持つてきてくれましてな、わしにや、これからええ友達がひとりふへたもんですて、わしや嬉しての、嬉しての、巡査さま……」

村上巡査は捨吉の疲れた聲を、何邊聞いても耳の中を突抜けるきりで頭はガンと空いたやうだつた。何もいはずにポカンとその様を眺めてゐる方がましだつたのである。巡査はやうやく口をあけると、取りとめもない、

「いま、何時ごろぢやらう……」

といつたのである。

山雀は、息子が左手を出すと左手へ、右手を出すと右手へ移つた。右の手も左の手も蒲團の中へ引込めると、今度は息子の額の上へのつていつた。

小さい鼻先の黒いべつかうのやうな口嘴、黄色と鼠色の交錯した胸毛、茶褐色の濡れたやうな翼毛、電光の様にす早くふれる尻つぽ、細い赤い足、山雀は加部家の椽先とチツとも變らず、幸福さうに飛び廻るのであつた。

「今朝方、おつ母が持つてくると、院長さんが籠を借してくれましてな、ほれ、何しろおつ母は町までの途中を紙袋に入れて持つてきたもんでの、少し弱つとりましたが、いまは、ほれ、

この通り元氣に鳴きますわッ。あ、これでおつ母もわしの枕元はなれて秋の獲入れに田圃がでけますでな、わしや嬉しいわの巡査様、巡査様、わしや嬉しいわの」

怒るときには上目につり上がる村上巡査の八髭も、いまはだらりと情なく下へ下がつて見えたのである。鼻がつまるのであらう。巡査はずうずう鼻汁をすする革をさしてゐた。——その昔、東京の街で毒をのんで死んだ加部由太郎の死骸の側でさえづつてゐた山雀が、いままた、この北國の町で瀕死の若者の側を飛び廻つてゐるといふのだ。

「左樣ぢやつたか、こりやいつたい何といふ風のふき廻はしぢや……」

誰にいふともなくつぶやくと、村上巡査は病室のドアの方へ、つんのめるやうに足を運んだのであつた。

巡査は部落へ歸ると、駐在所の机にもたれ、村へ上ることもせず、ガラス越しに北里の部落の全體をみつめてゐた。巡査は長いこと姿勢をくずさなかつた。山の傾斜の層村は、石段のやうな夜景となり、風に吹かれ、轟々と音だつてゐるやうにみえた。巡査は憂欝であつた。

冒頭にものべた如く、ふるい昔の話しである。

あとがき

これは、私の第一創作集である。おさめた八つの作品はいづれも終戰後の作品であるが、この中で、表題『風部落』は二十一歳の時に「山雀の話」といふ題で、東洋物語といふ雜誌に掲載されたものを土臺にして、今回、全面的に書きなほしたものである。これは私には思ひ出ふかいものがあつて、當時、丸山義二氏からほめられ、激勵をうけたことが頭にのこつてゐる。『ひこばえ』は「藝苑」に、『もぐら』は「新文藝」に、『巷風』は「創造」に發表した。『巷風』は當時、創造の編輯長であつた池澤丈雄氏に依頼されて書いたものであるが、氏は新年號の第一回新人推薦として、私を撰んで下さつたのであつた。この作品は、武田麟太郎氏のお目にとまり、私は二度ばかり、氏とお酒を呑む機會を得たが、まもなく、氏は急逝された。亡くなられる十四、五日前に、私は氏とお酒を呑んでゐたのであつた。氏のお葬式の歸りに、私は、ひとりで片瀬の海岸をあるいた、淋しさを、忘れられない。

『若狹にて』は「北陸生活」に、『赤ちやん帽』は「浪漫」創刊號に發表した。『山上學校』は宇野浩二先生の推薦で關西の雜誌に送られたが、なかなか掲載されなかつたので、のちに、「文學者」の創刊號に發表した。これは意識して說話體をつかつたものであるが、三度ばかり書きなほしたことをおぼえてゐる。つまり三度めに、宇野浩二先生の『合格』を得たのである。かなり苦しんで書いたので、いちばん愛着のふかい作品となつた。

かうして、ならべてみると、私は私なりに「私の道」を歩んできたのであらうが、何か慨嘆なきを得ない。

さて、この本は、私の處女出版であつた「フライパンの歌」を上梓して下さつたところの文潮社から、またまた發行していただくこととなつたのであるが、文潮社々長池澤丈雄氏は、はじめに書いた如く「創造」の編輯長であつたのである。私の終戰後の作品を最初に認めて下さつた人であつた。さういふ縁で、池澤氏の御厚情がつづいてゐるわけであるが、私はその御厚情に對しても酬ひるに足る仕事をしてきたであらうか。またまた、慨嘆なきを得ないのである。この上は、今後の精進を見ていただくしか方法がない。

昭和二十三年七月三十日

浦和市白幡の假寓にて　水上　勉

〔初刊：1948（昭和23）年 文潮社「風部落」〕

P+D BOOKS ラインアップ

虚構のクレーン
井上光晴
●戦争が生んだ矛盾や理不尽をあぶり出した名作

浮草
川崎長太郎
●私小説作家自身の若き日の愛憎劇を描く

塵の中
和田芳恵
●女の業を描いた4つの話。直木賞受賞作品集

鉄塔家族(上下)
佐伯一麦
●それぞれの家族が抱える喜びと哀しみの物語

散るを別れと
野口冨士男
●伝記と小説の融合を試みた意欲作3篇収録

白い手袋の秘密
瀬戸内晴美
●「女子大生・曲愛玲」を含むデビュー作品集

P+D BOOKS ラインアップ

ゆきてかえらぬ　瀬戸内晴美　●　5人の著名人を描いた珠玉の伝記文学集

愛にはじまる　瀬戸内晴美　●　男女の愛欲と旅をテーマにした短篇集

お守り・軍国歌謡集　山川方夫　●　「短篇の名手」が都会的作風で描く11篇

演技の果て・その一年　山川方夫　●　芥川賞候補作3作品に4篇の秀作短篇を同梱

断作戦　古山高麗雄　●　騰越守備隊の生き残りが明かす戦いの真実

龍陵会戦　古山高麗雄　●　勇兵団の生き残りに絶望的な戦闘を取材

P+D BOOKS ラインアップ

フーコン戦記　古山高麗雄　●旧ビルマでの戦いから生還した男の怒り

地下室の女神　武田泰淳　●バリエーションに富んだ9作品を収録

裏声で歌へ君が代（上下）　丸谷才一　●国旗や国歌について縦横無尽に語る渾身の長編

手記・空色のアルバム　太田治子　●〝斜陽の子〟と呼ばれた著者の青春の記録

銀色の鈴　小沼 丹　●人気の大寺さんもの2篇を含む秀作短篇集

怒濤逆巻くも（上下）　鳴海 風　●幕府船初の太平洋往復を成功に導いた男

P+D BOOKS ラインアップ

香具師の旅　田中小実昌　●直木賞受賞作「ミミのこと」を含む名短篇集

燃える傾斜　眉村卓　●現代社会に警鐘を鳴らす著者初の長編SF

EXPO'87　眉村卓　●EXPO'70の前に書かれた〝予言の書〟的長篇

秘密　平林たい子　●人には言えない秘めたる思いを集めた短篇集

フライパンの歌・風部落　水上勉　●貧しい暮らしを明るく笑い飛ばすデビュー作

心映えの記　太田治子　●母との軋轢や葛藤を赤裸々につづった名篇

（お断り）

本書は１９６２年に角川書店より発刊された文庫『フライパンの歌』、１９４９年に文潮社より発刊された単行本『風部落』再版を底本としております。

あきらかに間違いと思われるものについては訂正いたしましたが、基本的には底本にしたがっております。また、一部の固有名詞や難読漢字には編集部で振り仮名を振っています。

本文中には部落、女工、処女作、貰い子、妾、気ちがい、百姓、浮浪者、坊主、人夫、小使、老婆、乞食、どもる、びっこ、片輪、不具、痴呆、私生児、給仕、浮浪人などの言葉や人種・身分・職業・身体等に関する表現で、現在からみれば、不当、不適切と思われる箇所がありますが、著者に差別的意図のないこと、時代背景と作品価値とを鑑み、著者が故人でもあるため、原文のままにしております。

差別や侮蔑の助長、温存を意図するものでないことをご理解ください。

水上 勉（みずかみ つとむ）
1919（大正８）年３月８日―2004（平成16）年９月８日、享年85。福井県出身。1961年『雁の寺』で第45回直木賞を受賞。代表作に『飢餓海峡』『五番町夕霧楼』などがある。

P+D BOOKS とは

P+D BOOKS（ピー プラス ディー ブックス）とは
P+Dとはペーパーバックとデジタルの略称です。
後世に受け継がれるべき名作でありながら、現在入手困難となっている作品を、
B6判ペーパーバック書籍と電子書籍を、同時かつ同価格で発売・発信する、
小学館のまったく新しいスタイルのブックレーベルです。
ラインナップ等の詳細はwebサイトをご覧ください。

https://pdbooks.jp/

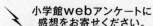

フライパンの歌・風部落

2025年2月18日　初版第1刷発行

著者　水上　勉
発行人　石川和男
発行所　株式会社　小学館
〒101-8001
東京都千代田区一ツ橋2-3-1
電話　編集　03-3230-9355
販売　03-5281-3555
印刷所　大日本印刷株式会社
製本所　大日本印刷株式会社
装丁　おおうちおさむ　山田彩純
（ナノナノグラフィックス）

ISBN978-4-09-352504-6

P+D BOOKS